WUGONGHAI GUOPIN
GAOXIAO SHENGCHAN JISHU

无公害果品
高效生产技术

张传来　苗卫东
扈惠灵　周瑞金　编

（北方本）

化学工业出版社
·北京·

图书在版编目（CIP）数据

无公害果品高效生产技术（北方本）/张传来等编.
北京：化学工业出版社，2011.1
ISBN 978-7-122-09975-4

Ⅰ. 无… Ⅱ. 张… Ⅲ. 果树园艺-无污染技术
Ⅳ. S66

中国版本图书馆 CIP 数据核字（2010）第 230437 号

责任编辑：邵桂林　　　　　　　装帧设计：周　遥
责任校对：郑　捷

出版发行：化学工业出版社（北京市东城区青年湖南街 13 号　邮政编码 100011）
印　　装：大厂聚鑫印刷有限责任公司
850mm×1168mm　1/32　印张 7¼　字数 207 千字
2011 年 3 月北京第 1 版第 1 次印刷

购书咨询：010-64518888(传真：010-64519686)　售后服务：010-64518899
网　　址：http://www.cip.com.cn
凡购买本书，如有缺损质量问题，本社销售中心负责调换。

定　　价：19.00 元

前　言

随着生活水平的普遍提高，果品成为人们的主要食品之一，其消费量逐年增加，这也使果树生产得到了较快发展。尤其是近十几年来，新品种不断出现，品种结构更加优化，栽培技术不断改进，栽培模式不断丰富，果品质量显著提高。但在果品生产中，由于片面追求产量和果实外观品质，化肥、农药、生长调节剂等农业生产投入品使用不合理，导致果品中有毒有害物质和农药残留时有超标现象。

"民以食为天，食以安为先"。20世纪60年代以来，人们了解到环境污染物通过食物链对人类造成的危害后，引发了对食品实施全过程质量控制，提高食品质量安全的呼声越来越大；在国际市场上，食用农产品的质量安全成为了贸易壁垒的主要形式。为了全面提高食用农产品的质量安全水平，增强农产品的市场竞争能力，农业部于2001年在全国范围内组织实施了"无公害食品行动计划"，之后又发布了包括果品在内的无公害食品农业行业标准，对我国无公害果品生产起到了强大的推动作用。

科学技术是第一生产力。提高生产者的技术水平，使从业者掌握相关知识是发展无公害果品生产的关键。为了推广和普及无公害果品生产技术，提高从业者的经济效益，推动果树产业的发展，在化学工业出版社的组织下，我们编写了本书。全书共分五章：无公害果品生产概述、无公害果园的选择与认证、无公害果品生产栽培技术、无公害果品生产的病虫害综合防治、无公害果品的市场营销。全书以无公害果品生产技术和果品营销为主线，内容丰富，文字简练，重点突出，技术先进，科学实用，通俗易懂，适合广大果树科技人员、果农、果品营销人员阅读参考。

在本书编写过程中，借鉴和参考了多位同行的有关书籍和论文，在此特向原作者表示衷心的感谢！但由于时间和水平有限，经验不足，书中定有缺点和不妥之处，敬请广大读者和同行不吝赐教。

编　者

2010年10月

目 录

第一章 无公害果品生产概述

第一节 无公害果品的含义

所谓的无公害果品是指遵循可持续发展原则，生态环境质量符合无公害果品生产环境条件标准要求，按照无公害果品生产技术规程标准进行生产，生产的果品经专门机构检测符合无公害果品质量标准要求，经认证获得认证证书，并由授权部门审定批准允许使用无公害农产品标志的、未经加工或者初加工的果品。

无公害农产品标志图案（图1-1）主要由麦穗、对勾和无公害农产品字样组成，麦穗代表农产品，对勾表示合格，金色寓意成熟和丰收，绿色象征环保和安全。

图1-1 无公害食品标志

无公害果品属于无公害食品的范畴，应在无污染或远离污染源的土地条件下进行果树栽培，在栽培管理过程中不施或限量使用化学合成的肥料、农药和激素类物质，生产出的果品中不含有毒有害物质或其含量在安全标准以下。因此，无公害果品应出自无污染的生态环境，对果品的生产实施全过程的质量控制，生产基地和果品经有关部门检测认证，允许使用无公害食品标志，是无污染、安全、优质、营养丰富的果品。

无公害果品注重果品的质量安全，这是无公害果品的核心内容之一。2001年，我国颁布了国家标准《农产品安全质量 无公害水果安全要求》（GB 18406.2—2001），为我国无公害水果的食用安全质量提供了统一标准，也为无公害果品评判提供了依据。在该标准中，对重金属及其他有害物质种类及其含量、农药种类及其最大残留量作出了具体规定（表1-1、表1-2）。

表 1-1　无公害水果重金属及其他有害物质限量

项　目	指标/(毫克/千克)	项　目	指标/(毫克/千克)
砷（以 As 计）	≤0.5	镉（以 Cd 计）	≤0.03
汞（以 Hg 计）	≤0.01	氟（以 F 计）	≤0.5
铅（以 Pb 计）	≤0.2	亚硝酸盐（以 NaNO$_2$ 计）	≤4.0
铬（以 Cr 计）	≤0.5	硝酸盐（以 NaNO$_3$ 计）	≤400

表 1-2　无公害水果农药最大残留限量

项　目	指标/(毫克/千克)	项　目	指标/(毫克/千克)
马拉硫磷	不得检出	敌敌畏	≤0.2
对硫磷	不得检出	乐果	≤1.0
甲拌磷	不得检出	杀螟硫磷	≤0.4
甲胺磷	不得检出	倍硫磷	≤0.05
久效磷	不得检出	辛硫磷	≤0.05
氧化乐果	不得检出	氯氰菊酯	≤2.0
甲基对硫磷	不得检出	溴氰菊酯	≤0.1
克百威	不得检出	氰戊菊酯	≤0.2
水胺硫磷	≤0.02(柑橘果肉部分)	三氟氯氰菊酯	≤0.2
六六六	≤0.2	百菌清	≤1.0
滴滴涕	≤0.1	多菌灵	≤0.5

此外，2001 年及其以后，我国农业部在原有农业行业标准管理框架的基础上，设立了无公害行业标准系列，颁布了 NY 5000 系列无公害果品农业行业强制性标准，涉及北方落叶果树的有《无公害食品　苹果》（NY 5011—2001）、《无公害食品　鲜食葡萄》（NY 5086—2002）、《无公害食品　梨》（NY 5100—2002）、《无公害食品　草莓》（NY 5103—2002）、《无公害食品　猕猴桃》（NY 5106—2002）、《无公害食品　桃》（NY 5112—2002）、《无公害食品　柿》（NY 5241—2004）、《无公害食品　冬枣》（NY 5252—

2004）等。在食用质量安全的要求上，这些行业标准许多内容与上述国家标准相同，但有些标准增加了一些农药的限量指标。如《无公害食品 苹果》（NY 5011—2001）中规定抗蚜威、三唑酮、克菌丹、敌百虫、除虫脲、三唑锡、毒死蜱和双甲脒在苹果中的残留量分别不得超过 0.5、1.0、5.0、0.1、1.0、2.0、1.0 和 0.5 毫克/千克；《无公害食品 梨》（NY 5100—2002）中规定毒死蜱在梨果中的残留量不得超过 1.0 毫克/千克；《无公害食品 鲜食葡萄》（NY 5086—2002）中规定敌百虫、百菌清和多菌灵在鲜食葡萄中的残留量分别不得超过 0.1、1.0 和 0.5 毫克/千克；《无公害食品 桃》（NY 5112—2002）中规定百菌清、多菌灵、三唑酮和毒死蜱在桃果中的残留量分别不得超过 1.0、0.5、0.2 和 1.0 毫克/千克；《无公害食品 草莓》（NY 5103—2002）和《无公害食品 猕猴桃》（NY 5106—2002）中规定在草莓和猕猴桃中多菌灵的残留量不得超过 0.5 毫克/千克。

2005 年以后，农业部又对单一的树种标准进行了逐渐归类，使得标准更加简洁、实用，并扩大了同一标准的适用范围。如《无公害食品 落叶果树坚果》（NY 5307—2005）适用于无公害食品核桃、榛子、扁桃、白果、板栗的带壳果实和去壳果仁；《无公害食品 落叶浆果类果品》（NY 5086—2005）适用于无公害食品葡萄、无花果、树莓、醋栗、穗醋栗、石榴、猕猴桃、越橘等落叶浆果类鲜食果品；《无公害食品 落叶核果类果品》（NY 5112—2005）适用于无公害食品桃、李、杏、梅、樱桃、稠李、欧李等落叶核果类鲜食果品；《无公害食品 仁果类水果》（NY 5322—2006）适用于无公害食品苹果、梨、山楂等仁果类鲜食果品。这些标准的出台，同时取代了相应的原有的单一树种标准。

第二节 生产无公害果品的意义

一、保证人民身体健康的需要

在经济不发达，果品数量尚不能满足人民需要的时期，化肥、化学合成农药、人工合成的激素类物质以及农用塑料薄膜对防病防虫、促进果树树体生长、提高产量等方面起到了应有作用。但随着这些物质的使用，造成了农田、水体和大气的污染，也致使病虫的抗药性不断增强。为进一步提高产量和防病防虫效果，化肥、剧毒和高残留化学农药施用量不断增加，从而导致了有害有毒物质在果品中积累，且含量越来越高，在果品中积累的有害有毒物质通过食物链的传递对人们的身体健康构成了极大威胁。

"民以食为天，食以安为先"，果品的质量安全不仅影响着现阶段人们的身体健康，也关系着子孙后代。随着人们生活水平、健康意识和环保意识的提高，引起了人们对上述问题的反思，也引发了世界各国人民对回归自然消费、实施"从果园到餐桌"全过程质量控制、提高果品食用质量安全的呼声越来越高。在经济快速发展的当今，果品的消费量不断增加，已成为人们的主要食品之一。在这一新的形势下，世界各国对果品的质量安全越来越重视，要求越来越高。因此，只有全面推进和加快无公害果品生产，才能满足人民生活质量提高的迫切需要，保证人们的身体健康。

二、保护生态环境的需要

工业"三废"、公路交通排污、化肥和化学农药的施用等均会造成土壤、水体和大气等果树生态环境的污染和破坏。如减少有机肥料的使用量而大量施用化学性肥料，不仅会破坏土壤的自然结构，造成多种重金属离子在土壤的残留，而且大量施用氮肥还会使土壤中积累大量的硝酸盐类物质。在使用剧毒和高残留化学农药防治病虫害的同时，也会杀灭害虫的天敌，增强病虫的抗药性，不仅需要进一步加大农药的施用量，增加生产成本，而且造成有机磷、有机氯在土壤中的积累。土壤中积累的这些有害有毒物质不仅可以通过树体的吸收引起果品的污染，而且还会限制果树生产力的充分发挥，如长期下去，形成恶性循环。因此，推行无公害生产，使果品生产基地建立在远离污染源的地方，限制化肥和化学农药的使用，施用有机肥、绿肥，采用生物、物理和农业方法防治病虫害等生产技术，可以有效地减少或避免对果树生态环境的污染，实现对自然环境的保护。

三、高效农业发展，增加出口创汇，提高经济效益的需要

随着经济全球化的进行，世界贸易往来越来越频繁，各国将失去关税控制和配额对农产品的保护，而农产品的质量安全成为了新兴的贸易壁垒和技术壁垒的主要形式，加剧了国际市场上包括果品在内的农产品的激烈竞争。发达国家通过实施管理体系标准、全过程的质量安全控制和认证注册，提高其国产农产品质量和市场竞争力，增加市场份额。与此同时，一些发达国家纷纷起用这些新兴的贸易壁垒，实行市场准入制，限制我国农产品的进口。在实现对外农产品贸易中，包括果品在内的我国一些农产品确因存在农药等方面的超标问题，频繁遭遇进口国的退货或拒收，直接影响了我国农产品的出口创汇，也严重影响了我国农业的经济效益。

在国内，粗级低质果品缺乏市场竞争力，在市场上长期处于低价位运行，而安全、无污染的无公害果品备受市场青睐，其价格远高于普通果品。虽然在无公害果品的生产过程中，一些农药、化肥等的限制或禁止使用会降低产量，增加生产成本，但由于无公害果品供不应求、市场竞争能力强，其效益明显高于普通果品的生产。

面对激烈竞争的国际和国内市场，在无污染的环境区域建立无公害果品生产基地，推行标准化无公害生产技术，实施无公害果品生产的全过程管理，生产安全、优质的无公害果品并进行认证，是增强果品市场竞争力、提升果品价格、提高我国果业经济效益，增加果农收入的重要途径，这也是当今社会经济发展的必然要求。

四、有利于推动果品生产科技进步

发展无公害果品生产，提高生产者的果品生产质量安全意识，可以有效促使农业生产方式的转变，有力推动粗放型农业向集约农业、传统农业向现代农业的发展，不断提高果品的质量安全，增加果品生产者的经济效益。科学技术是第一生产力，发展无公害果品生产，需要有相应的生产技术作保障，因此，需要农业科技工作者改革、研究、推广适合于无公害果品的生产技术。例如，在无公害果品生产中，由于一些化学农药的限制使用，需要采用生物防治、

物理防治和农业综合防治技术来替代，从而，就会推动这些新技术的研究、开发和推广应用，促进果品生产技术的进步。

第三节　我国无公害农产品生产现状与发展前景

一、无公害农产品的生产现状

为促使农业可持续发展，1972 年联合国在《人类与环境》大会上首次提出"生态农业"的概念。一些发达国家总结了使用农药盛行时期的弊端，改变了单纯依靠化学农药防治的植保工作。我国政府对环境污染和食品安全也极为重视。在 20 世纪 70 年代，农业部对农业环境和农业投入品进行了调查、分析和研究；进入 80 年代以后，在农业部指导下，黑龙江、河南、云南、山东等省份积极开展了"无公害农产品生产技术研究与基地示范"工作，绝大多数省份相继出台了无公害农产品管理的地方文件；20 世纪 90 年代后半期，我国由食物短缺阶段进入到了相对过剩阶段，主要农产品的供求关系发生了改变，由主要解决食物数量问题转向了主要解决食品质量安全问题，农产品质量安全成为了关注的焦点。

为解决我国农产品质量安全问题，经国务院批准，农业部于 2001 年 3 月启动了"无公害食品行动计划"，并率先在北京、天津、上海和深圳四个大城市进行试点，2002 年又在全国范围内进行了全面的加快推进。2003 年 3 月，经过批准，农业部又成立了农产品质量安全中心，开展无公害农产品的认证工作，并使用全国统一的无公害农产品认证标志。至此，在全国范围内对食用农产品全面实施了以提高农产品质量安全水平为核心，以增强农产品质量安全保障体系建设为基础，以农产品产地环境、生产过程、投入品监管、质量追溯和市场准入等环节为重点的"从农田到餐桌"的全过程质量控制和质量安全监管工作。

自 2003 年 4 月开展无公害农产品认证以来，在全国各级管理部门以及科研、技术推广和生产单位的共同努力下，无公害农产品工作制度逐渐完善，管理体系逐步健全，技术体系日趋成熟，有力地推动了无公害农产品生产的发展，生产规模不断扩大，认证数量不断增多，明显地提高了我国农产品质量安全的整体水平。

截止 2008 年底，全国有效获证无公害农产品达 41249 个，获证单位 18952 个，产品总量 2.2 亿吨，占食用农产品商品量的 23%左右，认证无公害农产品产地 44915 个，其中种植业产地 29871 个，产品 30361 个，面积 3905.51 万公顷，占全国耕地总面积的 30%。全国共委托无公害农产品定点检测机构 176 家，产地环境检测机构 154 家，各级农口部门相继确定了 47 个相关的农产品地理标志工作机构。

为加强对无公害农产品的规范化管理，我国先后颁布和出台了《农产品质量安全法》、《无公害农产品管理办法》、《无公害农产品质量与标志监督管理规范》、《无公害农产品标志管理办法》、《无公害农产品产地认定程序》、《无公害农产品认证程序》、《无公害农产品质量安全风险预警管理规范》、《无公害农产品检测机构选择委托管理办法》、《无公害农产品检验员管理办法》、《农产品地理标志管理办法》等一系列法律和规定，明确了各级工作机构的职责任务、监管重点和工作要求等，规范了产地和产品的监督检查、认证工作督导、标志使用、风险评价以及责任界定等工作。

二、发展无公害果品生产的前景

与一些发达国家相比，虽然我国无公害果品的研究和生产历史较短，但自农业部在全国范围内实施"无公害食品行动计划"以来发展很快，无公害果品生产面积不断扩大，产量不断增加，认证数量不断增多，市场建设初见成效，制度建设逐渐完善，技术日趋成熟。随着人们对果品质量安全重视程度的不断提高，无公害果品的需求量逐年增加，不少国家和地区对无公害果品的需求量超过了本国的生产量，必须依靠进口来解决。如英国、德国的进口量分别为 80%和 90%。近些年来，我国生产的无公害果品出口量也在逐年增加，据不完全统计，我国每年出口的无公害优质梨在 12 万吨左右。无公害果品在市场上不仅畅销，而且价格也高。如北京市通州明太阳农场有限责任公司生产的达到有机食品标准的无公害樱桃售价为每千克 59.6 元，河南省新乡市龙泉集团生产的达到绿色食品标准的无公害黄金梨的售价为 6 元/千克。套袋是生产无公害果品的主要措施之一，山东省冠县生产的套袋绿宝石梨以每千克 8 元的价格被外商收购，山东、北京等桃主产区生产的套袋桃比不套袋桃的售价一般高 50%～100%，山东省沂源、蒙阴和威海等地生产的套袋红富士苹果比不套袋苹果每千克价格高 1 元左右。在发达国家的鲜果市场上，无公害水果、绿色水果或有机水果与一般水果相比，价格高 20%～100%。

总之，随着人们经济收入、生活水平，尤其是对环境保护和食品质量安全认识程度的不断提高，安全、优质、营养丰富的无公害果品越来越受到消费者的青睐，实施无公害果品生产将成为农业增效、农民增收的重要途径，为生产者、经营者带来良好的经济效益。由此可见，发展无公害果品生产的前景十分广阔。

第四节　发展无公害果品的指导思想及其途径

一、发展无公害果品的指导思想

无公害果品不同于一般性果品，既要有优良的品质、丰富的营养，又要有健康安全的质量，既有生产技术的独特性，又有管理办法的独特性。因此，必须有一套相应完善的机制，并能很好地适应现代市场经济发展的要求。

发展无公害果品，必须着眼国内市场，面向国际市场，遵循现代市场经济规律，以科学发展和可持续发展为核心，以大宗果品为基础，以名、特、优、稀、新果品为重点，以生产基地建设为突破口，以企业或合作组织为龙头，以规范生产示范作用为带动，大力推广无公害果品标准化生产技术，加大检测和认证力度，实施全过程的质量控制、产地准出制和市场准入制以及质量追溯制，着力提高果品的质量安全水平，用产品信誉赢得市场，用市场拉动产品生产，不断扩大总量规模，促进无公害果品生产的健康快速发展。

在无公害果品生产的发展中，还必须实施区域化布局、基地化建设、规模化发展、龙头化带动、良种化种植、商品化生产、工业化管理、标准化技术服务、专业化经营、市场化运作，形成产业化的经济支柱，加快传统果品生产向现代果品生产的转变，使无公害果品生产不断发展壮大。

二、发展无公害果品生产的途径

（一）加大宣传力度，重视示范带动作用

发展无公害果品生产是需要全社会共同参与的一项系统工程，为使全社会树立起健康第一的观念，增强果品生产者、加工者、经营者和消费者的质量安全意识，必须形成强大的社会舆论，大力宣传无公害果品生产的意义、生产技术，普及相关知识，提高全社会的知晓率和认同率，共同关注果品的质量安全。

为促进无公害果品生产的快速发展，应根据当地实际，在适宜区建立一批科技含量高的无公害果品生产示范基地，采用相应的标准化生产技术，实施标准化管理，着力提高果园的生产效率和经济效益，并通过典型示范区、示范基地或示范户向周边辐射，引领和带动当地无公害果品生产的发展。

（二）加强技术培训，推广无公害标准化生产技术

无公害果品的从业者掌握无公害果品知识，会应用无公害果品生产技术是实施无公害果品生产的关键。到目前为止，我国农业部制订、发布了一批不同果品的无公害生产技术规程，各地也可以根据当地实际，因地制宜地制订更加适合本地区的、科学实用的地方性无公害果品生产技术规程。为使这些技术得到有效推广，为无公害果品生产提供技术支持，可在农闲季节、技术应用的关键时期，聘请农业高等院校和科研单位的专家教授或组织当地的农业技术推广单位的技术人员，对从业者进行技术和管理方面的培训，全面提高生产者和管理者的技术水平和素质，实现无公害果品生产技术和管理的科技化。

在技术推广中，重点是加强关键控制点技术的推广与应用。一是注重果园的选址。果园应远离城市、工矿企业、主要交通要道，避免有害物质的污染。二是积极引进、推广抗病虫品种，增强树体自身的抗病虫能力。三是着力推行标准化无公害果品生产技术，控制生产性污染。生产性污染主要是指施肥和病虫害防治中使用化学

性农药等引起的污染。在施肥上，提倡秸秆还田、增施无害无毒的有机肥料，提高土壤有机质含量；在无机肥料的选择上尽量施用每千克含镉 90 毫克以下的天然矿石粉，如硫酸钾肥料用富含硫酸钾的天然矿石粉，碳酸钙肥料用富含碳酸钙的天然矿石粉，同时还应控制无机氮肥的使用量。在病虫防治上，全面贯彻"预防为主，综合防治"的植保方针，通过加强栽培管理，提高植株的抗病能力；在防控措施上优先选用农业措施、物理措施和生物措施，并通过实施果实套袋技术、改进喷药技术等最大限度地减少化学农药的使用量；在使用化学农药时，严格控制不同时期的用药种类和时间，杜绝使用高毒、高残留农药。四是加强采后管理，避免采后和流通环节对果品造成污染。积极推行采后选果、清洗、消毒、果实涂蜡，使用无毒、无异味的包装材料进行包装，保证运输过程的冷链运转，加强对贮藏环境的控制和调节，禁止用防腐剂、杀菌剂处理果品和用化学农药、有毒化学品消毒贮藏库。

（三）加强组织体系建设，提升经营管理水平

当前，我国果品生产多是以农户为主的基本经营单位，规模小、分散经营，技术服务指导难度大，提升技术水平的成本高，不利于实施标准化技术服务体系的推广；质量监控难度大，容易造成果品质量参差不齐，很难形成规模效应和品牌效应，市场竞争力弱，占有率低，效益不高。此外，根据新的规定，就目前以农户为主的分散式经营形式，由于规模小，一家一户不可能作为无公害果品的申报主体。各自为政、分散经营也会导致树种和品种不统一、技术体系不统一、果品质量不统一、市场营销不统一，严重阻碍了无公害果品生产的发展。

积极发挥涉农龙头企业作用，采取以公司为龙头，以基地为示范，引导果农从事生产的"公司＋基地＋农户"模式，或组织果农参加果业合作经营组织，成立果业协会，可以有效地将千家万户的小规模生产组织起来，形成规模化生产，有利于统一生产资料供应，统一按标准化无公害果品生产技术规程操作，统一检测，统一果品质量，统一产地和果品认证，统一果品包装，统一品牌，统一营销，不仅可以提高生产效率，而且还可以确保果品质量，增强整体竞争力，拓展市场销路。

（四）强力推行产地和产品认证

无公害果品属于无公害农产品的范畴。对无公害农产品进行产地认定和产品认证是国家无公害农产品管理制度规定的重要内容之一，是"无公害食品行动计划"的重要组成部分，也是我国农产品质量安全工作进入依法管理阶段的必然要求。目前，我国无公害农产品认证采取的是产地认定和产品认证相结合的模式，产地认定主要解决生产基地和生产环境的质量安全，产品认证主要解决的是产品质量安全和市场准入问题。

对生产基地进行认定是无公害果品生产的前提和基础。无公害果品生产与其他农产品不同，具有生产周期长、土壤不能更换等特点，土壤、大气和灌溉水污染后，通过枝、叶、根吸收后，容易使有害物质在树体中积累，继而通过树液的流动向果实中运转，并在果实中积累。因此，对无公害果品生产基地进行环境检测和评价，将符合标准要求的生产基地通过认证，为其颁发《无公害农产品产地认定证书》尤为重要，这有利于促使生产基地向清洁、无污染的适宜生产区转移，加快无公害果品生产基地的建设步伐。

对无公害果品认证是我国政府为提升农产品质量安全水平、保障公众消费安全而实施的质量安全担保制度，实行的是政府推动机制，属公益事业，对生产者申请认证不收费，认证费用由政府支付。无公害农产品是政府推出的一种安全公共品牌。获得无公害农产品证书，取得"无公害农产品"标志使用权，在产品或产品包装上进行贴标，不仅可以有效地证明产品的质量安全性而得到公众的认可，方便市场准入地的查验和质量安全的追溯，而且还能提高产品的市场占有率，获得良好的经济效益。

（五）实行产地准出制、市场准入制和质量安全追溯制

基于提升果品质量安全水平，保障公众消费安全的无公害果品发展定位，生产的果品在进入流通领域之前应进行品质检测，不合格的产品应就地处理，不得进入流通领域。上市销售的果品必须是符合无公害质量安全要求，经检测合格，获得认证，取得"无公害农产品"标志使用权，在产品或包装上进行贴标的果品。质量安全追溯制是管理者将生产者及其生产的全部信息录入到信息系统中，形成特定的质量安全追溯条码，以追溯条码标签的形式加贴在产品

包装上，而且一个追溯条码标签对应一个相应的产品，成为产品质量安全保证的"身份证"。消费者可以根据产品包装上的追溯条码标签，查询产品的产地、生产者等相关信息，一旦产品出现了质量安全问题，可以以此追溯到生产者。

实行无公害果品产地准出制、市场准入制和质量安全追溯制，可以促使生产者采用无公害标准化生产方式，加强流通过程中的质量安全，把住"生产"和"市场"两个质量安全口，保证产品的质量安全性，真正实现"从果园到餐桌"的全过程质量控制。同时，也为加强果品质量安全监管提供有效手段，使各项管理工作的作用和价值得到充分体现，促进果品质量安全监管工作良性机制的建立。

（六）实施品牌战略，大力开拓市场，提高市场竞争力

为在市场上充分体现无公害果品的优势和价值，取得良好的经济效益，必须打造品牌，实施品牌战略，大力开拓市场，提高产品的市场竞争力和占有率。可从以下几个方面着手：一是要根据当地实际，统一规划、合理布局，相对集中，形成规模，进行区域化果品生产。二是树立质量意识，推行标准化生产，实行集约化经营，加强果品质量安全的全过程控制，努力提高质量安全性。三是树立品牌意识，依据主导果品优势，确定骨干品种，突出特色，实行统一品种，统一果品质量，统一包装，统一注册商标，统一品牌，统一宣传，推进"一体化"进程，不断提高果品品牌知名度。四是加大市场开拓力度。组建市场信息收集和营销队伍，广泛收集市场信息，积极推荐经过认证和注册品牌的无公害果品，健全以初级市场为基础，以区域性市场为主体，以全国性批发市场为龙头，以国际市场为目标的多种经济形式和经营方式并存的商品市场网络，扩大果品销售渠道和销售量。

第二章 无公害果园的选择与认证

第一节 无公害果品产地的环境质量要求

果树是多年生植物，一旦种植，需要在种植地生长几年、十几年甚至几十年，其生长发育和果品质量受周围生态环境条件的影响很大。因此，产地的生态环境条件对果品生产十分重要。所谓的产地是指具有一定面积和生产能力的果品生产区域。所谓的生态环境条件是指影响果树生长发育和果品质量的空气、灌溉水和土壤等自然条件。

为发展无公害果品生产，确保果品质量安全水平，2001年我国颁布了推荐性国家标准《农产品安全质量　无公害水果产地环境要求》（GB/T 18407.2—2001）。2001年及其以后，我国农业部又发布了 NY 5000 系列的强制性农业行业无公害果品产地环境标准，涉及北方果树的有《无公害食品　苹果产地环境条件》（NY 5013—2001）、《无公害食品　鲜食葡萄产地环境条件》（NY 5087—2002）、《无公害食品　梨产地环境条件》（NY 5010—2002）、《无公害食品　草莓产地环境条件》（NY 5104—2002）、《无公害食品　猕猴桃产地环境条件》（NY 5107—2002）、《无公害食品　桃产地环境条件》（NY 5113—2002）等，对不同无公害果品的产地空气环境质量要求、产地农田灌溉水质量要求和产地土壤环境质量要求等均作出了具体规定。在具体内容指标规定中，农业行业标准与国家标准在许多方面是相同的。

一、产地大气环境质量要求

无公害果品产地环境空气质量要求的衡量指标项目多少因种类不同而异。无公害草莓和无公害猕猴桃要求 2 项，无公害桃和无公害梨要求 3 项，无公害苹果和无公害鲜食葡萄要求 4 项。虽然上述衡量指标项目多少不同，但对于同一污染物浓度不得超过的规定限值是相同的（表 2-1）。在标准状态下，任何一日内平均每立方米的空气中，总悬浮颗粒物不得超过 0.3 毫克；二氧化硫不得超过 0.15 毫克；二氧化氮不得超过 0.12 毫克；氟化物每立方米空气不得超过 7 微克或每立方分米不得超过 1.8 微克。任何一小时内平均每立方米空气中，二氧化硫不得超过 0.5 毫克；二氧化氮不得超过 0.24 毫克；氟化物不得超过 20 微克。

表 2-1　无公害果品产地环境空气质量要求

项　目	浓度限值		适用树种
	日平均	1 小时平均	
总悬浮颗粒物（TSP）（标准状态）/（毫克/米³）	≤0.30	—	苹果、草莓、猕猴桃、梨、桃、鲜食葡萄
二氧化硫（SO_2）（标准状态）/（毫克/米³）	≤0.15	≤0.50	苹果、梨、桃、鲜食葡萄
二氧化氮（NO_2）（标准状态）/（毫克/米³）	≤0.12	≤0.24	苹果、鲜食葡萄
氟化物（F）（标准状态）/（微克/米³）	≤7.0	≤20	苹果、草莓、猕猴桃、梨、桃、鲜食葡萄
氟化物（F）（标准状态）/（微克/分米³）	≤1.8		苹果

注：日平均指任何一日的平均浓度；1 小时平均指任何一小时的平均浓度。

二、产地灌溉水质量要求

在产地灌溉水质量要求的衡量指标项目上，无公害梨有 5 项，无公害桃和无公害猕猴桃有 6 项，无公害鲜食葡萄有 8 项，无公害苹果有 9 项，无公害草莓有 12 项。对不同无公害果品产地灌溉水质量所要求控制的污染及其限值见表 2-2。

表 2-2　无公害果品产地灌溉水质量要求

项　目	梨	桃	猕猴桃	鲜食葡萄	苹果	草莓
pH	5.5～8.5	5.5～8.5	5.5～8.5	5.5～8.5	5.5～8.5	5.5～8.5
总汞/(毫克/升)	≤0.001	≤0.001	≤0.001	≤0.001	≤0.001	≤0.001
总镉/(毫克/升)	≤0.005	≤0.005	≤0.005	≤0.005	≤0.005	≤0.005
总砷/(毫克/升)	≤0.1	≤0.1	≤0.1	≤0.1	≤0.1	≤0.05
总铅/(毫克/升)	≤0.1	≤0.1	≤0.1	≤0.1	≤0.1	≤0.1
总铜/(毫克/升)	—	≤1.0	—	—	—	—
氯化物(以 Cl^- 计)/(毫克/升)	—	—	≤250	—	—	—
挥发酚/(毫克/升)	—	—	—	≤1.0	—	≤1.0
氰化物(以 CN^- 计)/(毫克/升)	—	—	—	≤0.5	≤0.5	≤0.5
石油类/(毫克/升)	—	—	—	≤1.0	≤10.0	≤0.5
铬(六价)/(毫克/升)	—	—	—	—	≤0.1	≤0.1
氟化物/(毫克/升)	—	—	—	—	≤3.0	≤3.0
化学需氧量/(毫克/升)	—	—	—	—	—	≤40
粪大肠菌群数/(个/升)	—	—	—	—	—	≤10000

三、产地土壤环境质量要求

土壤是果树赖以生存的基本条件。衡量无公害果品产地土壤环境质量的指标项目主要是重金属和砷。衡量不同无公害果品产地土壤环境质量的元素种类多少不同，无公害猕猴桃要求 4 种，无公害桃和无公害草莓要求 5 种，无公害鲜食葡萄、无公害梨和无公害苹果均要求 6 种。对于不同的无公害果品，其产地土壤环境质量所要求的对应不同土壤 pH（pH＜6.5、pH＝6.5～7.5 和 pH＞7.5）的污染物及其限值见表 2-3。

四、产地环境质量检测

（一）试验方法

为确保无公害果品产地不受环境的污染，在果树栽植前及其以后的生产过程中，应对果园的大气质量、灌溉水质量和土壤质量进行定期监测，只有这 3 个方面均符合标准要求的才能被确定为无公害果品生产基地。根据农业部发布的《无公害食品　苹果产地环境条件》（NY 5013—2001）、《无公害食品　鲜食葡萄产地环境条件》（NY 5087—2002）、《无公害食品　梨产地环境条件》（NY 5010—

表 2-3　无公害果品产地土壤环境质量要求

项目	金属限值			适用树种
	pH<6.5	pH=6.5～7.5	pH>7.5	
总镉/（毫克/千克）	≤0.3	≤0.3	≤0.6	苹果、梨、鲜食葡萄、草莓、桃、猕猴桃
总汞/（毫克/千克）	≤0.3	≤0.5	≤1.0	苹果、梨、鲜食葡萄、草莓、桃、猕猴桃
总砷/（毫克/千克）	≤40	≤30	≤25	苹果、梨、鲜食葡萄、草莓、桃、猕猴桃
总铅/（毫克/千克）	≤250	≤300	≤350	苹果、梨、鲜食葡萄、草莓、桃、猕猴桃
总铬/（毫克/千克）	≤150	≤200	≤250	苹果、梨、鲜食葡萄、草莓
总铜/（毫克/千克）	≤150	≤200	≤200	苹果、梨、桃
总铜/（毫克/千克）		≤400		鲜食葡萄

注：重金属（铬主要为三价）和砷均按元素量计，适用于阳离子交换量>5厘摩/千克的土壤，若≤5厘摩/千克，其标准值为表内数值的一半。

2002）、《无公害食品　草莓产地环境条件》（NY 5104—2002）、《无公害食品　猕猴桃产地环境条件》（NY 5107—2002）、《无公害食品　桃产地环境条件》（NY 5113—2002）等农业行业标准，无公害果品产地空气环境质量、产地灌溉水质量和产地土壤环境质量应按表 2-4 中规定的标准方法进行监测。

表 2-4　无公害果品产地环境质量检测方法

	指标	执行标准编号	标准名称
空气	总悬浮颗粒物	GB/T 15432	环境空气　总悬浮颗粒物的测定　重量法
	二氧化硫	GB/T 15262	环境空气　二氧化硫的测定　甲醛吸收-副玫瑰苯胺分光光度法
	二氧化氮	GB/T 15435	环境空气　二氧化氮的测定　Saltzman法
	氟化物	GB/T 15433	环境空气　氟化物的测定　石灰滤纸·氟离子选择电极法
		HJ 480—2009	环境空气　氟化物的测定　滤·氟离子选择电极法
农田灌溉水	pH	GB/T 6920	水质　pH的测定　玻璃电极法
	总汞	GB/T 7468	水质　总汞的测定　冷原子吸收分光光度法
	总砷	GB/T 7485	水质　总砷的测定　二乙基二硫代氨基甲酸银分光光度法
	铅	GB/T 7475	水质　铜、锌、铅、镉的测定　原子吸收分光光度法
	镉	GB/T 7475	水质　铜、锌、铅、镉的测定　原子吸收分光光度法
	六价铬	GB/T 7467	水质　六价铬的测定　二苯碳酰二肼分光光度法
	氟化物	GB/T 7487	水质　氰化物的测定　第二部分：氰化物的测定
	氟化物	GB/T 7484	水质　氟化物的测定　离子选择电极法
	石油类	GB/T 16488	水质　石油类和动植物油的测定　红外光度法

指标		执行标准编号	标　准　名　称
土壤	总汞	GB/T 17136	土壤质量　总汞的测定　冷原子吸收分光光度法
	总砷	GB/T 17134	土壤质量　总砷的测定　二乙基二硫代氨基甲酸银分光光度法
	铅	GB/T 17141	土壤质量　铅、镉的测定　石墨炉原子分光光度法
	镉	GB/T 17141	土壤质量　铅、镉的测定　石墨炉原子分光光度法
	铬	GB/T 17137	土壤质量　总铬的测定　火焰原子吸收分光光度法
	铜	GB/T 17138	土壤质量　铜、锌的测定　火焰原子吸收分光光度法

（二）监测规则

1. 空气环境质量监测

按农业行业标准《农区环境空气质量监测技术规范》（NY/T 397）执行。

2. 灌溉水质量监测

按农业行业标准《农用水源环境质量监测技术规范》（NY/T 396）执行。

3. 土壤环境质量监测

按农业行业标准《农田土壤环境质量监测技术规范》（NY/T 395）执行。

4. 监测结果数值修约

按国家标准《数值修约规则》（GB/T 8170）执行。

第二节　无公害果园的选择与规划

建立无公害果园是进行无公害果品生产的一项重要基本建设，涉及果树自身的特点特性、自然环境条件、社会因素等方方面面，也需要多项科学技术的综合配套。在建设果园时，任一环节决策失误或实施技术不当，直接关系着无公害果品生产的成败和长期的经济效益，甚至造成重大损失。因此，必须进行慎重和全面的考察论证，精心规划，认真组织实施，使之既符合现代果品生产的要求，又具有现实的可行性。

一、无公害果园的选择

无公害果园选址应主要考虑以下几个方面。

（一）生态环境

基于提高果品的质量安全性和果园的经济效益的需要，应将无公害果园选择在生态环境良好，并具有可持续生产能力的农业生产区域。具体来讲，就是根据树种、品种的要求将无公害果园选择在无自然灾害、无病虫害或病虫害较少，无工业"三废"污染，具有清洁、无污染的灌溉水源，生态环境最适宜区或适宜区，并远离城镇、工矿企业、生活垃圾堆放点以及车站、码头、机场、公路等交通要道，以免有毒有害物质的污染。

（二）社会因素

1. 技术服务

在一些果树生产先进国家非常重视对果园的技术服务工作。农业高等院校、科研单位和技术推广部门，信息来源广泛，仪器设备先进，技术力量雄厚，对于有条件的地区将果园建立在上述单位附近，或聘请上述单位在生产基地设立技术服务站，可以得到高质量的物质设备和广泛的优质技术服务，对于提高果品产量和质量，增加经济效益，避免不必要的损失具有重要作用。

2. 劳动力资源

大面积规模性生产基地建设还必须考虑社会劳动力资源问题，以便在果园用工较多的繁忙季节，如土壤深翻、疏花疏果、果实套袋、施肥、打药、果实采收等时期，可以保证大量用工的需要，有利于果园生产的正常进行。

（三）地形及土壤

1. 平地

平地地势平坦或起伏高差不大，建园设计施工、生产操作管理和运输销售方便，建园和生产成本低，但与丘陵山区相比，光合有效辐射少、空气湿度大，植株生长势偏旺，病虫害较重。由于平地的成因不同，土壤状况存在着一定的差异。

（1）冲积平原　这类平地，地势平坦，土层深厚，土壤有机质含量较高，水热资源丰富，适合于多种果树的生长，单位面积产量高，但植株生长偏旺，有些地区的地下水位较高，建园时应选地下水位在 1 米以下的地方。

（2）洪积平原 这类平地是由山洪冲积形成的冲积扇延伸而来的，如山前平地。与平原相比，成块面积小，土层薄，土层下往往是石砾层、土壤中也夹杂有大量的石砾，而且离山越近，石砾越多。在这类地区建园最好选在离山较远、土层较厚的地方。果树栽植前应捡出石块，换入好土。在树种选择上最好选用耐瘠薄的树种。

（3）泛滥平原 这类平地是指河流故道和沿河两岸的沙滩地带。黄河故道地区就是典型的泛滥平原。在黄河故道的中游地区多为黄土，肥力较高；下游地区，多为沙性土，土壤贫瘠，盐碱化程度高，风沙大，部分地区的土层下有黏土层或白干土层，在这些地区果树易发生铁、锌等元素的缺乏症。但昼夜温差大，如能加强管理，生产出的果实品质较其他平地好。根据这些地区的特点，在建园前应营造防护林，采取增施有机肥、翻淤或拉淤压沙、打破黏土层和白干土层等措施改良土壤。

2. 山地

山地海拔高，与平地相比气候冷凉、空气流通、日照充足、昼夜温差大，植株生长矮小，树体管理方便，植株形成花芽容易，碳水化合物积累得多，果实糖分含量高、着色好，而且病虫害较轻，因此，是生产优质果品的良好场所。但山区交通不便，土层薄，水土流失较为严重，而且存在着不同海拔高度、坡向、坡度、坡形等很多因素，气候变化复杂。

3. 丘陵

丘陵是介于平地与山地之间的地形，其地面起伏不大。相对高度差在 200 米以下，其中顶部与麓部高度差小于 100 米的称为浅丘，在 100 米以上的称为深丘。浅丘的特点与平地相似，深丘近于山地。总的来讲，丘陵地的气候条件介于平地和山地之间，生产的果品品质虽然不如山区，但优于平地，因此，也是较好的果品生产场所。

丘陵山区是良好的果品生产场所，有利于无公害果品的生产。因此，果树上丘进山是今后发展果树的趋势，国内外优质果品产地多数是丘陵山地或海拔较高的高原，如日本，74％的果园分布在山地。但在丘陵山区建园，也应慎重考虑多方面的复杂性。总的来讲，应选在土层较厚、肥力较高、坡度在20°以下的阳坡或半阳坡，同时应避开凹地和迎风口，以免低温和霜冻的危害。丘陵山区突出的问题还有干旱和水土流失严重，因此，还应做好蓄水防旱和水土保持工程的修建工作。

二、无公害果园的规划与设计

（一）土地规划

1. 用地比例

应保证生产用地的优先地位。大型果园，果树栽培面积应占80％～85％，防护林占5％～10％，道路占4％，绿肥占3％，建筑物、蓄水池等占4％左右。小型果园，果树栽培面积应占90％以上。

2. 小区的规划

（1）划分小区的要求　正确划分小区需要满足3个要求：在一个小区内，土壤、坡向和气候条件应基本一致；有利于果园的运输和机械化操作；有利于防止风害和土壤侵蚀，以保证同一小区内管理技术和效果的一致性。

（2）面积、形状和位置　平原地区，一个小区的面积一般为8～12公顷。丘陵山区多以1～2公顷为一个小区。为了方便管理、有利于机械化操作，提高工效，小区的形状应设计成长方形。平原地区，小区的长边应与主要风向相垂直；丘陵山区，长边应与等高线相平行。

3. 道路系统

（1）主路　要求主路居中，贯穿全园，便于运输。其宽度以6～8米为好。山区，主路应盘山而行或呈"之"形，转弯处要宽，最好选在冰雪先融化的地方。

（2）支路　在小区之间应设置支路，支路与主路相通，宽为4～6米。山区，可沿坡修筑，但应有3/1000的比降。

（3）小路　在小区内设置小路。其宽度一般为1～3米，主要用于通过大型喷雾器和便于小区内果品的外运。在平地果园，小路应与支路相通；在山区，小路可沿等高线设置。在修筑水平梯田的果园，可利用梯田的边埂作为人行道。

小型果园，为减少非生产用地，可不设主路和支路，只设小路。

4. 建筑物

果园的建筑物主要包括：办公室、贮藏室、包装场、药池等。办公室应设在主路的两边或果园的最外部，主要是便于与外界联系。平地果园，包装场和配药池最好设置在交通方便的地方或果园的中心或小区的中心；畜牧场、肥料场应设置在远离办公和生活区的边角处。山区果园，肥料场、配药场和贮藏室应设在地势较高的地方，主要是便于下运；包装场和果品贮藏库应设在较低的地方。小型果园可根据面积大小，设置有关的建筑物，原则是尽量减少非生产用地。

（二）果园防护林的设计

在果园内设置防护林，主要是为了减轻风害和冻害，减少土壤水分蒸发，防止土壤返盐返碱，在山区营造防护林还具有保持水土的作用。

1. 防护林的类型

（1）稀疏透风林带　该防护林又有上部紧密下部透风和上下通风均匀两种类型，上部紧密下部透风类型只由乔木组成，上下通风均匀类型由乔木和灌木组成。稀疏透风林带的优点：防风范围大，向风面是林带高度的 5 倍左右，背风面是林带高度的 25～35 倍，其中以离林带高度 10～15 倍的地带防风效果最好；而且这种林带通风好，冷空气不易沉积而造成辐射霜冻，风速恢复慢。缺点：防风固沙、保持水土的效果不如不透风林带。

（2）紧密不透风林带　该防护林是由高大乔木、中等乔木和灌木 3 种不同高度的树冠组成的"林墙"。优点：在防护范围内防风固沙、调节温度、增加湿度的效果好。缺点：防风范围小，透风性差，冷空气容易下沉造成霜冻，而且越过林带的气流恢复风速快，背风面容易集中积雪和积沙。

2. 防护林带的营造

从综合性能比较而言，透风林带较不透风林带好，因此，大多数国家倾向采用透风林带。

大型果园的防护林一般包括主林带和副林带。主林带应与主要风向相垂直，如果因地形、地势不能相垂直时，主林带与主要风向的夹角不能小于 60°～70°。主林带的间距一般为 300～400 米，由 4 行树木组成；风沙大的地区间距可缩小到 200～250 米，行数以 6～8 行较好。主林带可采用乔木、灌木隔株混栽，也可采用隔行混栽。

副林带与主林带相垂直，间距一般为 500～800 米，风沙大的地区可缩小到 300 米。副林带一般由 2～4 行树木组成。

乔木的株行距一般为（1～1.5）米×（2～2.5）米，灌木为 1 米×1 米。

为防止林带对果树的遮阴和林果串根，南面林带距果树不得少于 20 米，北部、东部和西部不少于 15 米。

3. 树种

作为防护林的树种应具备以下 4 个条件：抗逆性强，适应当地的环境条件；与果树无相同的病虫害；生长快，枝叶繁茂；具有较高的经济价值。乔木树种主要有杨树类、泡桐、榆、苦楝、合欢、山定子、杜梨等；小乔木和灌木主要有刺槐、柽柳、酸枣、荆条、枸杞等。

4. 防风网

防风网是用维尼龙和聚乙烯制成的。虽然使用防风网投资大，但具有使用寿命长、防风效果好、节省土地、减轻林木遮阴等优点，因此，使用防风网是今后的发展方向之一。

（三）水土保持的规划与设计

果园的水土保持工作是丘陵山区果园的一项重要工作，其目的是减缓地表径流，拦蓄降水，减少冲刷，保证一定的土层厚度和肥力。措施主要有以下 3 个方面。

1. 改造地形

（1）修筑梯田　修筑梯田是改造地形的最有效的措施。梯田由梯壁、阶面、边埂和背沟 4 部分组成。

① 梯壁和边埂　有直壁式和斜壁式 2 种。梯壁与水平面相垂直的是直壁式，梯壁与水平面有夹角的是斜壁式。斜壁式阶面窄、

修筑费工，但牢固；而直壁式修筑较为省工、阶面宽，但不如斜壁式牢固。梯壁最好用石头修筑，这样梯田的寿命长。纵向走向与等高线相同，长度根据具体情况来定，原则是能长则长，这样省工。高度不宜超过 3.5 米。边埂应高于阶面以保持水土。

② 阶面　有水平式、内斜式和外斜式 3 种，其中以水平式和内斜式较好，有利于蓄水保土。坡度大的地段可以不同果树的树冠大小确定阶面宽度，核果类果树 3～5 米、仁果类果树 4～5 米。在坡度小、土面平缓的地段梯面可宽。即坡度小应宽、坡度大宜窄。为了防止雨季梯面大量积水，冲垮梯壁影响梯田的寿命，阶面在横向上应有 2～3/1000 的比降，但不能超过 5/1000，以免水土流失较多。

③ 背沟（排水沟）　位于阶面内侧，沟深和沟宽均为 20～30 厘米，每隔 10 米左右挖 1 个沉沙坑，以沉积泥沙，缓冲流速。背沟在纵向上也应有 2～3/1000 的比降，以利排水。在背沟的最低处纵挖总排水沟，排水下山。

（2）撩壕　在坡面上按等高线开沟，将土筑在沟的外沿形成壕，果树栽在壕的外坡。壕的一般规格：壕顶距沟心 1～1.5 米，壕外坡长 1～1.2 米，沟宽 50 厘米。为了防止土壤冲刷，可逐步将撩壕改造成复式梯田。

（3）鱼鳞坑　以一条等高线为基础线，以行距顺坡向下划线，在各线上按株距定点挖半圆形坑，相邻两线的鱼鳞坑插空安排，使之成"品"字形。将土筑在坑的下沿，修成半圆形的土埂，将果树栽植在坑的内侧。要求坑长 1.6 米左右，宽 1.0 米，深 0.7 米，埂高 0.3 米。

2. 种植覆盖植物

坡地果园植被的多少与径流的强弱呈负相关。因此，在坡地果园种植覆盖植物对减缓地表径流、防止水土流失具有良好效果，而且对减少土壤蒸发、提高土壤腐殖质含量也有良好作用。在果园内和坡上可种植多年生宿根性护坡草种或绿肥，在坡上也可种植树木。

3. 改良土壤

果树定植前和定植后，在果园内结合深耕，多施有机肥，可以促使土壤团粒结构的形成，增加土壤的孔隙度，提高土壤的渗水力和持水力，削弱地表径流，防止土壤冲刷。

（四）果园排灌系统设计

1. 灌水系统

（1）水源　山区应注重修建水库，以便蓄水用于灌溉，水库应建在比果园高、溪流不断、谷口窄、集水面大、无渗漏的地段，堤坝应建在葫芦口处。平地要做好深井以及引河灌溉的配套工程，以便提水灌溉。

（2）明渠灌溉的灌水渠设置　灌水渠包括干渠、支渠和毛渠。干渠将水引入果园并纵贯全园，支渠将水从干渠引到果园小区，毛渠将水引到果树行间和株间。干渠和支渠的位置要高，距离要短。为节省用工，干渠和支渠可采用半填半挖式修建。根据土质设计不同的边坡比（渠道断面横距与竖距之比），黏土为 $1\sim1.25$，沙砾土 $1.25\sim1.5$，沙壤土 $1.5\sim1.75$，沙土 $1.75\sim2.25$。为减少水分流失、避免冲刷毁渠，应用混凝土或石头修建。干渠的方向和位置应随路走，山区可沿等高线设在上坡。支渠与小区的短边走向一致。为保证一定的流量，节约灌溉时间，干渠要有 $1/1000$ 的比降，支渠要有 $1/500$ 的比降。毛渠低于地面，走向与小区的长边一致。

（3）滴灌系统　滴灌是一种省水、省工、省力的灌溉方式，尤其适用于水源短缺的干旱丘陵山区和沙地，与喷灌相比可节水 $36\%\sim50\%$，与漫灌相比可节水 $80\%\sim92\%$。由于供水均匀、持久，根系的环境稳定，因此，十分有利于果树的生长发育。滴灌系统包括水泵、水表、压力表、过滤器、肥料罐等控制设备以及干管、支管、毛管和滴头等输水设备。在一定的压力下，灌溉水在过滤后经干管、支管被输送到果树的行间，毛管与支管相连接，毛管上安装有 $4\sim6$ 个流量为 $2\sim4$ 升/小时的滴头，在灌水时，水从滴头滴入土壤。在采用滴灌系统进行灌溉的果园，不需要设置明渠灌溉。

2. 排水系统

雨季容易积水的平地果园和地表径流大的山地果园均需设置排水系统。山区的排水系统由背沟和总排水沟组成。背沟设在梯田的内侧，并与总排水沟相连，总排水沟设置在集水线上，走向与等高线斜交或正交。总排水沟与可与水库、蓄水池等相连。

平地果园的排水系统由集水沟、支沟和干沟组成。集水沟是小区内集中雨水向支沟排水的小沟，为节省用地，集水沟可与毛渠合二为一。支沟是小区间向干沟排水的设施，干沟末端是果园向外排水的出水口。为利于排水，排水沟应有一定的比降，支沟的比降为 $1/1000\sim1/3000$，干沟为 $1/3000\sim1/10000$，而且集水沟朝向支沟、支沟朝向干沟。

有条件的果园，排水系统可用陶瓷管或混凝土管设置成地下暗管，其优点是不占用土地，不影响机械化操作。

（五）　树种、品种的选择和授粉品种的配置

1. 树种和品种的选择

树种和品种的选择直接关系着果园的产量、果实的品质和经济效益，因此，确定适宜的树种和品种是整个果园规划的核心。选择树种和品种应遵循以下 3 个原则：

（1）适应当地的自然条件，能早果丰产，经济价值高　任何一个栽培种和品种在它的系统发育过程中，都形成了对环境条件的特定要求，选择的树种和品种只有适应当地的环境条件，才能表现出良好的性状，才能进行经济栽培。此外，选择的树种和品种还必须具有结果早、丰产、果品价值高的特点，只有这样，果园才能较早和长期获得较好的经济效益。如普通型富士苹果，在冷凉的山区和西北高原结果早、果个大、丰产、含糖量高、着色好、香味浓，商品性强，可作为主栽品种。但在河南省的平原地区，普通型富士苹果树势旺，早果性和着色不如短枝型元帅系品种，在果实成熟期上比早熟富士晚，雨季之后，病害重，因此，河南省平原地区可重点发展早熟富士和短枝型元帅系品种。

（2）适应市场需要　只有适应市场需要，深受消费者喜爱的果品才能大量销售，占领市场，果园才能取得较好的经济效益。因此，在选择树种和品种时，必须了解市场信息，这些信息包括：果品供应状况、群众的喜好、销售地的消费水平等。

（3）依据地理位置选择树种　当地的地理位置是选择树种和品种的重要依据。在城市的郊区，可发展以鲜食为主的树种和品种，如苹果、梨、杏、李、梅、草莓、樱桃和鲜食桃、大粒葡萄等；在

离城镇较远、交通不便的山区应发展耐贮运的树种，如苹果、板栗、核桃等。

2. 授粉品种的配置

在果树中，有些树种雌雄异株（如猕猴桃），有些树种雌雄异熟（如核桃），还有些树种自花不实（如大多数苹果和梨的品种），这些树种和品种均需要异花授粉才能结实，即使是自花结实的树种和品种，配置授粉树进行异花授粉，能够明显地提高产量和品质，因此，在果园中配置授粉树具有重要作用。

（1）授粉品种应具备的条件　与主栽品种花期一致，每年都能开花，且产生大量有发芽能力的花粉；与主栽品种授粉亲和力强，且能产生经济价值较高的果实；与主栽品种结果年龄和寿命相同或大致相同；与主栽品种的果实成熟期相同或前后衔接；如果主栽品种不能为授粉品种授粉，应按上述条件再为第一授粉品种配置授粉树，但主栽品种或第一授粉树则必须能为第二授粉品种授粉。

（2）授粉品种的配置　授粉品种与主栽品种的距离，依传粉媒介来定。虫媒花树种，授粉品种与主栽品种的距离不能超过 60 米。风媒花树种，雄株的花粉量大，且传粉距离远，它们的距离可远些，但其距离也不宜超过 100 米。在配置方式上，以行列式配置为主，核果类果树授粉品种与主栽品种的行数比为 1：（3～7），仁果类为 1：（4～8）。小型果园也可按中心式配置，即 1 株授粉树周围栽 8 株主栽品种。

第三节　无公害果品产地认定和产品认证

无公害果品生产产地认定和产品认证是政府推动、服务大众的一项公益性事业，是果品质量安全管理的重要内容。开展无公害果品生产产地认定和产品认证工作是促进结构调整、推动农业产业化进程、实施名牌战略、提升果品竞争力、扩大出口的重要手段。目前，我国的无公害果品生产产地认定和产品认证工作已进入了规范、有序、快速发展的轨道。认证的审批依据是农业部、国家质量监督检验检疫总局于 2002 年 4 月 29 日发布的第 12 号令《无公害农产品管理办法》和农业部、国家认证认可监督管理委员会于2003 年 4 月 17 日公布的《无公害农产品产地认定程序》、《无公害农产品认证程序》。

一、申请认证的主体

（一）企业

主要包括食品厂、加工厂、公司等，其特点是组织机构健全，具有较强的资金和技术优势，以"企业＋基地"、"企业＋农户"、"企业＋基地＋农户"等基本形式，按照标准化技术规程进行生产操作，对产品质量控制能力较强。该主体在申请主体中所占比例最大。

（二）经济组织

主要有农民专业合作社、果业协会和其他经济组织。农民专业合作社是在农村家庭承包经营的基础上，果品生产经营者自愿联合、民主管理的互助性经济组织；果业协会是在自愿、平等、互利的基础上组织成立的一种由果品生产者参加的群众性技术合作组织，如苹果协会等；其他形式的经济组织主要包括果业联合社、产业园、示范园、果品生产示范园区等。

（三）农场

主要有农场、林场等，具有一定的生产规模、生产技术、生产经验和产品经营自主权，场内职工是主要的劳动力提供者。这类主体可以实现统一农业投入品供应、统一技术、统一管理、统一产品质量、统一包装和品牌等"一体化"管理，能自发、自觉地进行无公害果品生产，但这类主体所占比例较小。

（四）个人

主要是果树种植、生产大户。家庭成员是主要的劳动力提供者。这类主体以果品生产为基本工作内容，独自生产、独自承担责任，有一定的资金和技术基础，操作和管理经验丰富，责任心强，注重产品的质量和安全。但由于受生产规模和检测等方面的制约，在申请认证主体中所占比例小，认证的产品比例很低，认证的面积和产量比例更低。

（五）其他部门和服务组织

在生产分散又无企业和经济组织等作为申请主体的生产区域，可由管理类、农业技术推广类或服务组织类的单位和部门等作为申请主体承担组织农户、服务农户进行无公害果品生产的作用。管理类主要指村委会、乡政府、产业办公室等管理部门；农业技术推广类主要指农业技术推广站、林业技术推广站、研究所、土肥站、经作站等事业单位；服务组织类主要指农业服务中心、农业服务站等。这类主体具有一定的管理职能、技术优势和资金基础，可以利用自身的技术、资金等优势指导、服务、协调无公害果品生产。这类主体在无公害果品认证主体中所占比例也较大。

二、无公害果品产地认定及程序

（一）认定部门

由省、直辖市、自治区、计划单列市等省级农业行政主管部门组织完成产地认定（包括产地环境检测），并颁发《无公害农产品产地认定证书》。

（二）认定程序

申请主体从当地无公害农产品管理部门领取或从中国农业信息网（www.agr.gov.cn）下载并按要求填写《无公害农产品产地认定与产品认证申请书》（下称申请书）。《申请书》中主要有以下内容：申请人基本情况；产地基本情况；产地和产品执行的标准编号及名称；申报无公害产品情况；注册商标；无公害产品质量控制措施；申请认证产品计划使用无公害农产品标志情况以及其他有关材料。填写完整后提交县级农业行政主管部门进行初审，对初审符合要求的，县级农业行政主管部门逐级将推荐意见和有关材料上报省级农业行政主管部门审核。对审核符合要求的，省级农业行政主管部门组织有关人员对产地环境、区域范围、生产规模、质量控制措施、生产计划等进行现场检查。对现场检查符合要求的，通知申请人委托具有相应资质资格的检测机构，对产地环境进行检测。承担产地环境检测任务的机构，根据检测结果出具产地环境检测报告。

省级农业行政主管部门对材料审核、现场检查和产地环境检测结果符合要求的，颁发无公害农产品产地认定证书，并报农业部和国家认证认可监督管理委员会备案。

三、无公害果品的认证

符合《无公害农产品管理办法》规定，生产的产品在《实施无公害农产品认证的产品目录》内，具有无公害农产品产地认定有效证书的单位和个人（申请主体），均可申请无公害农产品认证。

（一）认证部门

由农业部农产品质量安全中心组织完成产品认证工作，颁发《无公害农产品认证证书》，核发无公害农产品认证标志。

（二）申报认证需提交的材料

申报认证需提交的材料：《无公害农产品产地认定与产品认证申请书》；《无公害农产品产地认定证书》（复印件）；产地《环境检验报告》和《环境评价报告》；产地区域范围、生产规模；无公害农产品的生产计划；无公害农产品质量控制措施；无公害农产品生产操作规程；专业技术人员的资质证明；保证执行无公害农产品标准和规范的声明；无公害农产品有关培训情况和计划；申请认证产品的生产过程记录档案；"公司＋农户"形式的申请主体应当提供公司与农户签订的购销合同范本和农户名单、管理措施以及要求提交的其他材料。

（三）认证程序

申请主体可从农业部农产品质量安全中心或农业部农产品质量安全中心种植业产品认证中心或所在地省级无公害农产品认证归口单位领取，或者从中国农业信息网（www.agr.gov.cn）下载并按要求填写《无公害农产品产地认定与产品认证申请书》及有关资料。可以通过省、自治区、直辖市、计划单列市农业行政主管部门或者直接向农业部农产品质量安全中心申请产品认证。农业部农产品质量安全中心对申请材料进行审查。对申请材料符合要求，但需要对产地进行现场检查的，农业部农产品质量安全中心组织有资质的检查员组成检查组进行现场检查。对申请材料符合要求（不需要对申请认证产品产地进行现场检查的）或者申请材料和产地现场检查符合要求的，农业部农产品质量安全中心书面通知申请主体委托有资质的检测机构对其申请认证的产品进行抽样检验。检测机构按照相应的标准进行检验，并出具产品检验报告，分别送农业部农产品质量安全中心和申请主体。对材料审查、现场检查（需要的）和产品检验符合要求的，进行全面评审，作出认证结论。符合颁证条件的，由农业部农产品质量安全中心主任签发《无公害农产品认证证书》，核发无公害农产品认证标志。并报农业部和国家认证认可监督管理委员会备案。认证结果由农业部和国家认证认可监督管理委员会公告。

四、复查换证

《无公害农产品产地认定证书》和《无公害农产品认证证书》有效期均为 3 年。期满后需要继续使用的，证书持有人应当在有效期满前 90 日内分别向省级农业行政主管部门和农业部农产品质量安全中心提交填写完整的《无公害农产品产地认定与产品认证复查换证申请书》及有关资料，进行复查换证。《无公害农产品产地认定与产品认证复查换证申请书》的主要内容：申请人基本情况；产地基本情况；产地和产品执行的标准编号及名称；申报无公害产品情况；注册商标；产地、产品与上次对比变化情况（包括生产主体、注册商标、区域范围、生产规模、环境状况、操作技术规程、质量控制措施、产品种类、农业投入品等方面的变化内容）。

五、使用无公害农产品标志

获取《无公害农产品认证证书》的申报主体，应及时向认证机构申请国家统一制定的无公害农产品标志，并在其生产的产品或其包装上进行加贴，用以证明产品符合无公害农产品标准。该标志的印制工作应由经国家认证认可监督管理委员会考核合格的印刷单位承担。

第三章 无公害果品生产栽培技术

第一节 苹果无公害果品生产技术

一、品种的选择

（一）品种选项依据

苹果是多年生植物，品种繁多，不同品种对环境条件、栽培技术要求不同，经济价值各异。各地应以区域化、良种化、规模化为基础，以市场为导向，选择适应当地气候条件和土壤条件，表现优质丰产，并且适应市场需求，经济效益高的优良品种。

（二）优良鲜食品种

1. 藤牧 1 号

该品种又称巨森。果实呈短圆锥形，单果重 180～200 克；底色黄绿，果面大部有红霞和宽条纹，充分着色时全红；果面光滑，蜡质较多，有果粉，果点稀，不明显，果皮较薄；果肉黄白色，肉质松脆，汁较多，风味酸甜，有香气，可溶性固形物占 11%～12%，品质上。7 月中旬至 8 月初成熟，采后普通果库可贮存 2～3 周。适应性较强，对土壤、气候条件要求不严格，对蚜虫抗性强，较抗落叶病。在我国华北、华中、江苏、西北地区均可栽培。

2. 珊夏

果实短圆锥形，果形整齐，平均单果重 130 克；果面光滑，底色黄绿，着鲜红色晕，果点稀而小，果梗中长；果肉淡黄色，肉质脆细，酸甜适中，风味较浓，可溶性固形物占 13%～15%，品质上。7 月下旬至 8 月上旬成熟，比津轻早 1 周，无采前落果，普通果库可贮存2～3周。在我国主要苹果产区均可栽培，但以黄土高原凉爽地区发展潜力更大。

3. 美国8号

果实近圆形或短圆锥形，均匀，端正，平均单果重240克；果面光洁，果点稍大，无果锈；果皮底色黄绿，着色面达90%以上，鲜红，优于皇家嘎拉；果肉黄白色，松脆，汁多，酸甜适口，品质上。成熟期在8月上中旬，比嘎拉早1周左右，普通果库可贮存2～3周。该品种适应范围广，苹果适生区均可栽植。

4. 嘎拉系

世界上已经选育出40多个嘎拉优系。生产上栽培较多的有皇家嘎拉、丽嘎拉、早红嘎拉等。近几年我国也选育出了烟嘎1号、烟嘎2号、陕嘎1号、早红嘎拉等。嘎拉系品种适应性强，抗逆性强，在苹果适宜区均可栽植，尤其宜于我国西北黄土高原和渤海湾凉爽地域栽植。

① 皇家嘎拉　果实近圆形或圆锥形，稍有五棱，单果重150～200克；果实底色绿黄或淡黄，阳面有淡红晕和条纹，一般只部分着色；果肉淡黄色，肉质细脆，汁多，香气浓，风味酸甜适口，品质上。8月下旬至9月上旬成熟，普通果库可贮藏4～6周。

② 丽嘎拉　果实近圆形，果实中大，平均单果重180克左右；果面光洁，无果锈，蜡质多，果点稀少。果皮底色黄绿，全面着浓红色；果肉淡黄，细脆，致密，多汁，酸甜适口，香气较浓。8月下旬至9月初成熟，普通果库可贮存4～6周。

③ 早红嘎拉　果实圆锥形，平均单果重150克左右；果皮底色黄绿，果点小，有光泽，片红，色泽艳丽；肉质细脆，汁多，酸甜适口，有香气。7月下旬至8月初成熟。早果、丰产、优质，上市早，抗病，耐日灼，较耐贮存。

5. 红将军

果实近圆形或扁圆形，平均单果重250克；果皮底色黄绿，光滑，着色鲜红并有浓红粗条纹；果肉黄白色，多汁，风味浓。成熟期比红富士早1个月，贮藏性比红富士稍差。红富士适栽区均可栽培。

6. 华冠

果实近圆形或圆锥形，果个中大，平均单果重180克；底色黄绿，着色鲜红条纹。果肉黄白色，致密，多汁，风味浓。9月中下旬成熟。耐贮藏，普通果库可贮至翌年5月，仍保持肉质松脆。该品种适应性广，抗病力强，对早期落叶病和轮纹病的抗病能力较金冠、红富士强。

7. 着色系富士

泛指由富士中选出的着色系芽变。果实圆形或扁圆形，平均单果重200克；果面光滑，有果粉，蜡质层厚，底色黄绿，果面覆盖红色，呈片红霞彩；果肉浅黄色，细脆，致密，多汁，酸甜爽口，有香气。10月中下旬成熟，耐贮藏，普通果库贮至翌年5月仍可保持肉质松脆。苹果适生区均可栽培。

8. 粉红女士

又叫粉红佳人、粉红玫瑰。果实近圆柱形，平均单果重200克左右；果面艳丽洁净，无锈。果皮底色绿黄，着色全面粉红或鲜红，果肉乳白色，硬脆，汁较多，酸甜适度，无香味，鲜食品质佳。10月下旬成熟，耐贮藏。苹果适生区均可栽培。

（三）优良鲜食加工兼用品种

1. 澳洲青苹

果实圆锥形，平均单果重200克；果面翠绿色，向阳面常带有橙红至褐红晕；果面光洁，有光泽；果肉绿白色，肉质硬脆，致密，多汁，味酸，少香气。10月中下旬成熟。果实耐贮藏。该品种是良好的鲜食兼加工和餐用品种。

2. 乔纳金

果实近圆形，整齐度高，平均单果重250克；果面光洁，无锈，蜡质多，果点小，外观美；果皮底色黄绿，全面着橙红色及浓红条纹；果肉浅黄色，质细、松脆、汁多，酸甜适口，芳香味浓。9月下旬至10月上旬成熟，较耐贮藏。该品种是鲜食和制汁兼用品种。

（四）加工专用优良品种

1. 瑞丹

单果重70～120克，10月下旬至11月上旬成熟，耐贮运。早实、丰产性强，无大小年，树势中庸，抗黑星病，出汁率70%～

75%，制汁品质极佳。

2. 上林

单果重 100～150 克，黄色，10 月下旬至 11 月初成熟。丰产性强，树势旺，抗黑星病。出汁率 70%～75%，适于制汁和制果泥。

3. 甜麦

单果重 38～64 克，果面金黄着片红，11 月初成熟，耐存放。出汁率 63%，果汁香气浓，色深。该品种是优良的酿酒品种。

4. 甜格力

单果重 50～70 克，皮黄有红晕，11 月初成熟，耐存放。出汁率 65%，果汁甜、略香，酒甜，一般和较苦的品种勾兑。

5. 贝当

单果重 30～78 克，黄色，11 月中旬成熟，耐贮运。出汁率 64.5%，果汁口味甜至甜苦，芳香浓郁。该品种是优良的酿酒品种。

6. 苦绯甘

单果重 50～60 克，红色，10 月末成熟。出汁率 65.5%，果汁甜涩，富香气，是酿造甜涩型酒的基础品种。

二、果园的建立

（一）园址的选择

1. 温度

苹果喜冷凉气候，生长最适宜的温度条件是年平均气温 7～14℃，冬季最冷月（1 月份）平均气温在 −10℃ 至 7℃。整个生长期（4～10 月）平均气温在 13～18℃，夏季（6～8 月平均气温在 18～24℃。果实成熟期昼夜温差在 10℃ 以上，果实着色好。需冷量小于 7.2℃ 低温 1200 小时。

2. 光照

苹果是喜光树种，生产优质苹果要求年日照时数 2200～2800 小时，特别是 8～9 月份不能少于 300 小时以上。年日照小于 1500 小时或果实生长后期月平均日照时数小于 150 小时会明显影响果实品质。

3. 水分

苹果生长要求的适宜年降水量为 500～800 毫米。若生长期降雨量在 500 毫米左右，且分布均匀，可基本满足树体对水分的需求。

4. 土壤

要求土质肥沃、土层深厚，土层深度在 1 米以上，土壤 pH 以 5.7～8.2 为宜，以富含有机质的沙壤土和壤土最好，有机质含量应在 1％以上。

表 3-1 为苹果的适宜生态指标。

表 3-1　苹果的适宜生态指标

产区名称		主要指标					辅助指标		符合指标项数
		年均温/℃	年将雨/毫米	1月中旬均温/℃	年极端最低温/℃	夏季均温(6～8月)/℃	>35℃天数/天	夏季平均最低气温/℃	
最适宜区		8～12	560～750	＞−14	＞−27	19～23	<6	15～18	7
黄土高原区		8～12	490～660	−1～−8	−16～−26	19～23	<6	15～18	7
渤海湾区	近海亚区	9～12	580～840	−2～−10	−13～−24	22～24	0～3	19～21	6
	内陆亚区	12～13	580～740	−3～−15	−18～−27	25～26	10～18	20～21	4
黄河故道区		14～15	640～940	−2～2	−15～−23	26～27	10～25	21～23	3
西南高原区		11～15	750～1100	0～7	−5～−13	19～21	0	15～17	6
北美寒冷区		4～7	410～650	＜−15	−30～−40	21～24	0～2	16～18	4
美国华盛顿产区		15.6	470	8	−8	22.6	0	15	5

（二）栽植

1. 授粉树的配置

苹果属异花授粉树种，建园时必须配置授粉品种。一般果园需有 2 个以上的品种相互搭配，以利授粉；三倍体品种，必须配置 2 个或 2 个以上授粉品种。授粉树的生长势与主栽品种相近，即普通型配普通型，短枝型、矮砧树配短枝型、矮砧树。主栽品种与授粉

品种的株数比例一般（2～5）：1，具体多少由授粉品种的经济价值
而定，经济价值高可适当多栽些，最高可达1：1；若授粉品种的
经济价值低也可适当少些。主栽品种与授粉品种最好按比例成行配
置。当授粉树少时可按8：1的中心式配置。授粉树与主栽品种间
的距离不应超过30米。常见的苹果适应授粉组合见表3-2。

表 3-2　苹果主要品种的适宜授粉组合

主栽品种	适宜授粉组合
元帅系	富士系、金冠系、嘎拉系、红玉、国光、津轻、千秋、烟青
富士系	元帅系、金冠系、红玉、嘎拉、津轻、王林、千秋
金冠系	元帅系、富士系、津轻、国光、嘎拉、千秋
乔纳金系	元帅系、富士系、王林、国光、红玉、嘎拉
嘎拉系	元帅系、富士系、金冠系、印度、烟青、津轻、澳洲青苹
津轻	元帅系、金冠系、嘎拉、红玉、世界一
王林	嘎拉、千秋、元帅系、富士系、津轻、红玉

2. 栽植密度

合理密植是取得优质高效生产的基础。品种、砧木类型和当地
土壤条件是确定栽植密度的主要依据，生产上常采用的栽植密度见
表3-3。

表 3-3　苹果栽植密度

场 地 条 件		乔化砧(普通型/乔化砧)	半乔(矮)化树(普通型/矮化中间砧,短枝型/乔化砧)	矮化树(普通型/矮化自根砧,短枝型/矮化中间砧)
山丘地	株行距/米	4×(5～6)	2×(3～4)	1×(2.5～3)
	每667平方米株数	28～33	83～111	222～267
沙滩地	株行距/米	5×(6～7)	3×(4～5)	1.5×(3～4)
	每667平方米株数	19～22	44～56	111～148
平原地	株行距/米	6×(7～8)	4×5～6	2×(4～5)
	每667平方米株数	14～16	28～33	67～83

3. 栽植时间

冬季气候寒冷的地区多在春季栽植，其他地区最好在秋季栽
植。秋栽是指苗木从落叶后到土壤封冻前栽植。此期土壤温度较

高，栽植后根系伤口容易愈合，有利于根系恢复和发生新根，成活率高，缓苗期短，萌芽早，生长快。在冬季寒冷的地区，采用秋栽后必须埋土防寒，否则容易发生抽条，降低成活率。春栽是指在土壤解冻后到萌芽前进行，与秋栽相比，春季栽植缓苗期长，发芽迟，生长慢。

4. 苗木处理

栽植前将根系在清水中浸泡一昼夜后，用 5°石硫合剂或 1500 倍液的高锰酸钾浸泡根系 10～15 分钟，再用加有磷肥的泥浆蘸根，或用 ABT 生根粉、蘸根宝等处理。随处理随栽植。

5. 栽植

株距在 2 米及其以内的挖宽 1 米、深 80 厘米的栽植沟，株距大于 2 米的可挖 1 米见方的栽植穴；挖沟（穴）时，底土与表土分开放置。按 15 千克/株腐熟的有机肥与表土混合后回填。填平后灌入透水促使土壤沉实。栽植时再在栽植处挖 40 厘米见方的定植穴，放入苗木后填入湿碎土，边填土边踏实。栽植深度以苗木根颈与地面相平为度。

6. 栽后管理

栽后根据树形要求在适宜高度处定干。采用纺锤形整枝方式的果园可不进行定干。对于秋栽的苗木，入冬前以苗木为中心培一个 30 厘米高的土堆，目的是防冻和防风摇。翌年春季土壤解冻后扒开土堆。萌芽前以苗木为中心，每株覆盖 1 米见方的地膜，4 月上、中旬揭膜。

三、土、肥、水管理

（一）土壤管理

1. 深翻扩穴

从栽植后的第二年开始直至全园土壤深翻一遍为止。具体做法：沿栽植沟（穴）逐年向外挖 40 厘米宽、60～80 厘米深的沟。挖出的表土和底土分开，回填时，将有机肥与表土混匀后填入沟中，再将底土填入沟的上部。深翻可在春、夏、秋季进行，以秋季结合施基肥进行最好。

2. 园地耕翻

每年进行 1～2 次，多在秋季或春季进行，以秋季深翻最好。秋季耕翻一般在秋梢停止生长或果实采收前进行。

3. 中耕除草

清耕制苹果园生长季降雨或灌水后，及时中耕松土，保持土壤疏松无杂草。中耕次数应以当地气候条件、杂草多少而定。中耕深度以 6～10 厘米为宜。

4. 果园覆草

覆草一般在 5～6 月份进行为好。覆草厚度 10～20 厘米。覆草前最好先进行土壤翻耕和灌水。全园覆草，第一年每 667 平方米覆草 3000 千克左右，以后每年再补 1000 千克左右；如果只盖树盘，用草量为全园用草量的 1/4。

5. 种植绿肥和行间生草

无公害果园推广应用生草制，行间可种植白三叶草，每年割 2～3 次覆于行内。

（二）无公害果园使用的肥料种类

1. 允许使用的肥料种类

（1）农家肥料　指就地取材、就地使用的各种有机肥料。主要包括堆肥、沤肥、厩肥、沼气肥、作物秸秆肥、绿肥、饼肥、人畜粪尿和草木灰等。

（2）商品肥料　指按国家法规规定，受国家肥料部门管理，以商品形式出售的肥料。包括商品有机肥、腐殖酸类肥、微生物肥、有机复合肥、无机（矿质）肥和叶面肥等。

（3）其他肥料　指不含有毒物质的食品、纺织工业的有机副产品，以及骨粉、骨胶废渣、氨基酸残渣、家禽家畜加工废料、糖厂废料等有机物制成的，经农业部门等允许使用的肥料。

2. 限制使用的肥料种类

（1）允许有限度地使用部分化肥。

（2）化肥必须与有机肥配合使用，有机氮与无机氮之比以 1：1 为宜，大约厩肥 1000 千克加尿素 20 千克。最后一次追肥必须在采果前 30 天进行。

（3）化肥可与有机肥、微生物肥配合使用。厩肥 1000 千克，加尿素 10 千克、磷酸二铵 20 千克、微生物肥料 60 千克。最后一次追肥必须在采果前 30 天进行。

（4）城市生活垃圾要经过无害化处理，质量达到国家规定标准后才可使用。

（5）秸秆还田时，允许使用少量氮素肥料调节碳氮比。

（6）秸秆烧灰还田法，只有在病虫害严重的地块采用较为适宜，避免盲目放火烧灰的做法。

（7）生产无公害苹果的农家肥料，无论采用何种原料，必须经过高温发酵，使之达到无公害质量标准。

（8）农家肥料就地生产，就地使用。外来农家肥料应确认符合要求后才能使用。化肥必须经过国家有关部门的登记认证及生产许可后才能使用。

3. 禁止使用的肥料种类

（1）没有经过无害化处理的城市垃圾或含有金属、橡胶和有害物质的垃圾。

（2）硝态氮肥和没有腐熟的人畜粪尿。

（3）没有获准登记的肥料产品。

（三）科学施肥

1. 施肥原则

苹果无公害果园施肥应以有机肥为主，化肥为辅，保持或增加土壤微生物活性，所施用的肥料不应对果园环境和果实品质产生不良影响。

2. 施肥方法和数量

（1）秋施基肥　早熟品种在秋末，晚熟品种在入冬前的 10～11 月份施入，以有机肥为主，用量为每年 30 立方米/公顷。成龄果园适宜采用每年不同位置的条沟施或全园撒施。此外，应多采用能增加土壤有机质的其他生产措施，如落叶及剪枝归田、果园行间生草等。磷、钾肥需与有机肥混合后作基肥施用。此次施肥的氮、磷用量均应占全年用量的 1/2～3/5。

（2）花前肥　又称萌芽肥。在 3 月下旬至 4 月初施用。这次施肥主要满足萌芽、开花、坐果及新梢生长对养分的需要。每生产 50 千克果追施纯氮 150～200 克。

（3）坐果肥　或称新梢速长肥。在 5 月下旬至 6 月上旬。这次追肥能增强叶片功能，促进花芽分化，提高坐果率，有利增大果实体积，提高果实品质。每生产 50 千克果需施纯氮 150～200 克，纯磷、纯钾各 200～300 克。

（4）果实速长肥　一般在 7 月下旬至 8 月下旬施用。此次追肥能促发新根，提高叶片功能，增加单果重、果实硬度和含糖量，促进果实着色，提高商品果率和产量，充实花芽，增加树体营养积累，提高树体抗性。每生产 50 千克果需施纯氮、纯磷、纯钾各 200 克。

（四）水分管理

1. 果园灌水

土壤含水量以维持在土壤最大持水量的 60%～80% 为宜。灌溉时间和灌水量应根据当地降雨、土壤水分情况以及果树需水规律而定，做到灌水、排水、保水、节水并重。北方苹果园水分管理要遵循"春灌、夏排、秋稍旱、冬灌越冬保安全"的原则。灌水可选择以下时间进行。

（1）萌芽前　在 3 月下旬进行，此期根、芽、花、叶都开始生长，需水较多。

（2）落花后　此期为新梢生长旺盛期，需水较多，是需水临界期，应适时灌水。

（3）幼果生长期　即 5 月底至 6 月上旬，适量灌水，维持最大持水量的 60% 即可。

（4）果实迅速膨大期　此期需水较多，水分多少是决定果实大小的关键，要保证水分的充足供应。但应注意久旱遇到大的降水或灌水，易落果、裂果。

（5）封冻水　在土壤上冻前进行。此次灌水可以增强果树的越冬能力。

2. 果园排水

在多雨季节或一次降雨过大时，要及时利用果园排水系统进行排水，防止果园发生涝害。

四、整形修剪

（一）整形修剪的原则

1. 因地制宜，随树选形

根据立地条件、品种、砧木、密度、树龄的不同，因地、因园、因树选择合理树形，最大限度地利用空间。

2. 通风透光，优质高效

整形修剪的目的是实现生长和结果、产量和质量的有机统一，解决果园通风透光与营养分配的问题，实现优质高效的目标。

3. 动态管理，灵活适度

不同树龄选择不同树形，实行树形管理动态化。根据树形特征和生长发育规律，合理有度地进行修剪改形。

4. 冬季改形与四季修剪相结合

改形的工作重心在冬剪，而保证改形成功的关键在夏剪。只有将冬季改形和四季修剪相结合，才能使营养生长与生殖生长相协调，充分显现改形效果。

（二）主要树形

1. 细长纺锤形

干高 60 厘米左右，树高 2.5 米左右，冠径 1.5～2 米。有中心干，其上均匀配备 15～20 个临时性小主枝，间距 15～20 厘米，下部 4 个小主枝斜向行间，呈南低北高分布，小主枝插空排列，螺旋上升。各主枝与着生处中心干的最佳粗度比为 1：2。小主枝两侧每隔 15～20 厘米配备一个单轴呈下垂状的小型结果枝组或结果枝。全树修长，上下略短，中部略长，呈纺锤形。适宜株行距为 2 米×（3～4）米的栽植密度。

2. 自由纺锤形

干高 60～70 厘米，树高 3.0～3.5 米，冠径 2.5～3 米。有中心干，中心干自上而下均匀着生 10～15 个单轴延伸的主枝，间距 20～25 厘米，插空排列，螺旋上升。开张角度 70°～90°。下部主枝长 1.5 米左右，越往上主枝越小。主枝上不着生侧枝，相隔 20～25 厘米，直接着生各类结果枝组，略呈下垂，松散式排布。适用于株行距为（2～3）米×4 米的栽植密度。

3. 小冠疏层形

干高 50～60 厘米，树高 3～3.5 米，冠径 2.5～3 米。有中心干，中心干上着生 5～6 个主枝，分 2～3 层排列。第一层 3 个主枝互成 120°角，主枝开张基角为 70°，每主枝上有 2 个侧枝，第一侧枝距主干 30～40 厘米，两侧枝间距为 40～50 厘米，相对分布。第二层 2 个主枝，插在第一层 3 个主枝的空间，开张角度 65°左右，每主枝上一个侧枝。第一、第二层间距 80～100 厘米，层内着生 3～5 个辅养枝。第三层 1 个主枝，开张角度 60°左右，插在第二层两个主枝的大空间，第二层与第三层间距 60～80 厘米。适用于株行距为 （3～4）米×（4～5）米的栽植密度。

（三）不同树龄时期的修剪特点

1. 幼树的修剪

修剪的主要任务是选留和培养骨干枝，安排树体骨架，迅速扩大树冠，缓和树势，促进早果、丰产、优质。修剪原则是培养好骨干枝，迅速扩大树冠；轻剪缓放，充分利用辅养枝；拉枝开角缓和树势，保证通风透光；培养好枝组，为丰产做好准备。

2. 盛果期树的修剪

修剪的主要任务是调整生长与结果的关系，达到优质、丰产、稳产、延长盛果期年限。修剪原则是解决光照，确保冠内通风透光良好；培养更新复壮枝组；合理调整营养枝与结果枝比例。

3. 衰老树的修剪

修剪的主要任务是通过更新复壮恢复树势。大枝轻疏轻缩，少造成伤口；小枝应全面复壮，增强活力。修剪原则是选好预备枝培养新头；充分利用背上两侧枝组结果；合理利用冠内徒长枝；疏除过多花芽，防止大小年结果。

五、花果管理

（一）花期管理技术

苹果属于异花授粉植物，花只有经过授粉受精才能坐果，并发育成正常的果实。授粉受精充分，坐果率高，果实品质好；授粉不足，容易落花落果，果实品质差。苹果属于虫媒花，一般情况下主要依靠昆虫进行授粉，但在不利于昆虫活动的气候条件下，需进行人工辅助授粉。

1. 昆虫授粉

（1）蜜蜂授粉　1 箱蜂平均可完成 0.4 公顷苹果园的授粉任务。蜜蜂的授粉范围以 40～80 米为好。但在放蜂期间严禁使用对蜜蜂有毒的药剂。

（2）壁蜂授粉　主要有角额壁蜂、凹唇壁蜂、紫壁蜂、圆蓝壁蜂及橘黄壁蜂几种。壁蜂访花速度快，工作效率高，有效活动范围40～50米。

2. 人工授粉

人工授粉适宜在盛花初期进行，以花朵开放的当天授粉，坐果率最高。

（1）人工点授　将花粉和滑石粉或干燥细淀粉以 1：（2～5）的比例混匀，用纸棒、小毛笔、橡皮头、气门芯等，蘸花粉点授到刚开放花的柱头上，每蘸一次可点授 5～7 朵花。重点是发育正常的中心花和 1～2 朵边花，每隔 20～25 厘米点授一丛。

（2）机械喷粉　将花粉和滑石粉按 1：（5～10）的比例混匀，运用授粉器在距花 20 厘米处喷粉。

（3）液体授粉　将花粉混入 10% 的蔗糖液中，用喷雾器喷布。为增强花粉生活力，还可用水 10 升、砂糖 1 千克、花粉 50 毫克、硼酸 10 克混匀喷布。但需在混后 2 小时内喷完，喷雾最好在盛花期进行。一株大树需花粉液 100～150 克。

（4）撒粉法　将花粉和滑石粉按 1：（10～20）的比例混匀，装入由 2～3 层纱布缝制的撒粉袋中，吊在竹竿上，盛花期在树冠上敲打竹竿，花粉便均匀飘落在花上。

3. 花期喷肥

除人工授粉外，在花期喷施 0.3%～0.4% 的尿素溶液，花蕾期或花期喷 0.1%～0.2% 硼砂溶液，均能明显提高苹果坐果率。

（二）合理负载

1. 疏花

在花序露出时开始疏花，每 15～20 厘米选留一个健壮花序，其余疏除。铃铛期时疏边花，只留中心花和 1～2 朵边花。

2. 疏果

应在谢花后 7 天开始疏果，20 天之内完成。每隔 20～25 厘米左右留 1 个果，选留中心果、单果、下垂果、壮枝上的果，疏除病虫果、畸形果及弱果枝上的果。

（三）果实套袋

1. 套袋前的准备工作

一是通过修剪，做到"枝枝见光、叶叶见光、果果见光"。二是疏花疏果，使树体合理负载，节省大量养分，提高果品质量，保证丰产稳产。三是要做好病虫综合防治，套袋前果园病虫害防治直接关系到套袋成败，应采取农业措施与化学防治相结合的办法进行综合防治。

2. 果袋的选择

苹果果袋主要有塑膜袋和纸袋，其中以双层纸袋效果好。

3. 套袋时期

应在谢花后 30～35 天开始，半个月内完成。套袋前 2～3 天将果园浇一次透水。在一天中，以晴天上午 9:00～11:00 和下午 14:00～18:00 套袋为宜。

4. 套袋技术

选定幼果后，手托纸袋，撑开袋口，使袋底两角的通风放水孔张开，袋体膨起；使幼果处于袋体中央，然后将袋口两侧依次折叠袋口于切口处，将扎丝反转 90°，扎紧袋口于折叠处，扎紧袋口，以免纸袋让风吹掉和害虫入侵。套袋时应"先上后下，先里后外"。

5. 摘袋时期与方法

在采收前 30 天摘袋。摘袋时先去掉外层袋，5～7 天后摘除内袋。摘袋应在阴天或晴天的中午进行，而不宜选在早晨、傍晚。

（四）促进果实着色

1. 秋剪

清除树冠内徒长枝，疏除外围竞争枝，以及骨干枝背上直立旺梢，以使各处果实（尤其是内堂果实）得到良好的光照。

2. 摘叶

摘除影响果实光照的遮光叶和贴果叶。

3. 转果

在摘袋后 1 周左右开始。用手托着果实轻轻旋转，使果实阴面转向阳面，如果实不宜固定，可用透明胶带固定在附近的合适枝上。转果时不能用力过猛，以免扭落果实。以下午 4 时以后进行转果最为适宜，避免在晴天中午进行，以免发生日灼。

4. 铺反光膜

铺反光膜主要是使果实尊洼部位和树冠下部的果实也能受光，从而促进果实着色。铺设反光膜应在内袋摘除后 1 周左右开始，采摘前 25 天铺完。铺设的方法是整平树盘，将反光膜铺设在树盘上，膜外缘与树冠外缘对齐，用装有土的塑料袋多点压实，防止被风卷起和刮破。采果前 1 天将反光膜扫净，晾干收起，翌年可再次利用，一般可以使用 3～5 年。

5. 喷肥

在着色期，每隔 10～15 天喷 1 次 0.4％～0.5％的磷酸二氢钾，或 0.3％～0.5％的硫酸钾，连喷 2～3 次，可以有效促进果实膨大，提高果实含糖量和着色度。

六、采收与分级

（一）采收时期

采收时期应根据果实用途而定。需长途运输和贮藏，或用于加工蜜饯、罐头的果实，可在八成熟时采收；供应市场鲜销，或作为果汁、果酱、果酒的加工原料，则适宜在食用成熟期采收。

（二）采收方法

为避免对果面造成机械损伤，降低苹果的商品价值，应采用手工采摘。采摘时用手轻握果实，拇指和食指捏住果柄，向上轻折，果柄即可自然与枝条分离，切忌用力硬拽，以免拽掉果柄或连同果台一起拽掉。将采下的果实装入周转箱，运往分级包装场地。采摘的顺序是由外而内，先下后上。采摘的时间以气温较低的早晨为好。采收过程中要轻拿轻放。为提高优质果率，最好分期采收。首次采收主要是树冠外围和上部着色好的果实；1 周左右后再采摘树冠内膛和中下部着色好的果实。

（三）果实分级

我国鲜苹果主要按照果形、色泽、鲜度、果梗、果锈、果面缺陷等几方面进行分级。各个等级对果个的要求：大型果不低于 65 毫米，中型果不低于 60 毫米。2001 年 2 月 12 日中华人民共和国农业部发布的《苹果外观等级标准》（NY/T 439—2001）对各等级规格作出了具体规定（表 3-4～表 3-6）。

表 3-4　苹果外观等级规格标准

项　目		特　等	一　等	二　等
基本要求		充分发育,成熟,果实完整、良好,新鲜洁净,无异味,无不正常外来水分,无刺伤、虫果及病害,果梗完整		
色泽		具有本品种成熟时应有的色泽,苹果主要品种的具体规定参照表 3-5		
单果重(克)		苹果主要品种的单果重等级要求见表 3-6		
果形		端正	比较端正	可有缺陷,但不得有畸形果
果梗		完整	允许轻微损伤	允许损伤,但仍有果梗
果锈	褐色片锈	不得超出梗洼和萼洼,不粗糙	可轻微超出梗洼和萼洼,表面不粗糙	不得超过果肩,表面轻度粗糙
	网状薄层	不得超过果面的 2%	不得超过果面的 10%	不得超过果面的 20%
	重锈斑	无	不得超过果面的 2%	不得超过果面的 10%
果面缺陷	刺伤	无	无	允许干枯刺伤,面积不超过 0.5 厘米²
	碰压伤	无	无	允许轻微碰压伤,面积不超过 0.5 厘米²
	磨伤	允许轻微磨伤,面积不超过 0.5 厘米²	允许不变黑磨伤,面积不超过 1.0 厘米²	允许不影响外观的磨伤,面积不超过 2.0 厘米²
	水锈	允许轻微薄层,面积不超过 0.5 厘米²	轻微薄层,面积不超过 1.0 厘米²	面积不得超过 1.0 厘米²
	日灼	无	无	允许轻微日灼,面积不超过 1.0 厘米²
	药害	无	允许轻微药害,面积不超过 0.5 厘米²	允许轻微药害,面积不超过 1.0 厘米²
	雹伤	无	无	允许轻微雹伤,面积不超过 0.8 厘米²
	裂果	无	无	可有 1 处短于 0.5 厘米² 的风干裂口
	虫伤	无	允许干枯虫伤,面积不超过 0.3 厘米²	允许干枯虫伤,面积不超过 0.6 厘米²
	痂	无	面积不超过 0.3 厘米²	面积不超过 0.6 厘米²
	小疵点	无	不得超过 5 个	不得超过 10 个

注：1. 只有果锈为其固有特征的品种才能有果锈缺陷。2. 果面缺陷,特等不超过 1 项,一等不超过 2 项,二等不超过 3 项。

表 3-5　苹果主要品种的色泽等级要求

品　种	特有色泽	最低着色百分比/%		
		特等	一等	二等
元帅系	浓红或紫红	95	85	70
富士系	片红/条红	90/80	80/70	65/55
寒富	浓红或鲜红	90	80	65
华冠	鲜红	90	80	65
秦冠	暗红	90	80	65
秋锦	暗红	90	80	65
嘎拉系	红色	80	70	55
乔纳金系	浓红或鲜红	80	70	55
津轻系	红色	80	70	55
国光	暗红或浓红	70	60	50
金冠系	绿黄	所有等级均应表现出固有色泽		
王林	黄绿或绿黄			

注：1. 本表中未涉及的品种，可比照表中同类品种参照执行。2. 提早采摘出口和用于长期贮藏的金冠系品种允许淡绿色，但不允许深绿色。

表 3-6　苹果主要品种的单果重等级要求

品　种	特等	一等	二等	品　种	特等	一等	二等
元帅系	≥240	≥220	≥200	金冠系	≥200	≥180	≥160
乔纳金系	≥240	≥220	≥200	华冠	≥200	≥180	≥160
富士系	≥240	≥220	≥200	津轻系	≥200	≥180	≥160
王林	≥200	≥180	≥160	秋锦	≥200	≥180	≥160
秦冠	≥200	≥180	≥160	嘎拉系	≥180	≥150	≥120
寒富	≥200	≥180	≥160	国光	≥180	≥150	≥120

第二节　梨无公害果品生产技术

一、品种的选择

（一）优良早熟品种

1. 早魁

果实椭圆形，平均单果重 258 克；果面绿黄色，成熟后金黄色；果皮薄，无锈斑，果点小而密；果肉白，石细胞少，肉质较细，松脆适口，汁多，味甜，有香气，品质上。在河北石家庄 8 月初成熟。树势健壮，生长旺盛，萌芽率高，成枝力强。适宜在华北、西北、淮河及长江流域的大部分地区栽培。该品种抗黑星病能力较强。

2. 华酥

果实近圆形，平均单果重 250 克；果面黄绿色，光洁，无果锈，有蜡质光泽，果点小且稀；肉质细，淡黄白色，石细胞少，果心小，酥脆多汁，酸甜适口，味浓，有芳香，品质上。在辽宁兴城 8 月上旬成熟。室温可贮 20～30 天，冷藏可贮 60 天以上。树势中庸偏强，萌芽率高，成枝力中等。适应性强，耐高温高湿又有较强的抗寒能力，适于在东北、华北、西北、华东、西南地区栽培。也适于设施栽培。该品种高抗黑星病，兼抗果实木栓化斑点病和腐烂病，抗轮纹病能力较强。

3. 华金

果实长圆形或圆形，平均单果重 300 克；果面绿黄色，有蜡质光泽，无果锈，果点中大、中密；肉质细，黄白色，石细胞少，酥脆多汁，味甜，略有芳香，品质上。在辽宁兴城 8 月上中旬成熟。室温下可贮 20～30 天，冷藏下可贮 60 天以上。树势较强，萌芽率高，成枝力偏弱。适应性强，耐高温高湿，抗寒能力较强，适于在东北、华北、西北、华东、西南地区栽培。该品种高抗黑星病，并抗果实木栓化斑点病和腐烂病。

4. 早酥

果实卵形或卵圆形，平均单果重 250 克；果面黄绿色或绿黄色，在山地或高原地区向阳面有红晕，有蜡质光泽，具棱状突起，无果锈，果点小、稀、不明显；果肉白色，肉质细、脆，石细胞少，汁液多，味甜或淡甜，品质上。在渤海湾地区 8 月上中旬成熟。室温下可贮 20～30 天，冷藏下可贮 60 天以上。树势强健，萌芽率高，成枝力偏弱。适应性较强，对土壤条件要求不严格，既耐高温高湿，又有较强的抗旱、抗寒能力。可在东北、华北、西北、华中、华东地区栽培。有较强的抗黑星病和食心虫能力。

5. 金水酥

果实圆形或倒卵形，平均果重 150 克；果面绿色，略有果锈，无光泽，果点中等大小、密集；果肉白色，肉质细、松脆，石细胞少，汁多，酸甜适口，风味浓，品质上。在武汉 7 月中旬成熟。室温下可贮 20～30 天，冷藏下可贮 60 天以上。树势中庸，萌芽率中等，成枝力弱。适应性一般。在高温、高湿条件下栽培，裂果严重，抗病性一般，易感黑斑病；对梨蚜、红蜘蛛、梨木虱有较强的抗性。适于在鄂北、河南、皖北等地栽培。

（二）优良中熟品种

1. 黄冠

果实椭圆形，平均单果重 278 克；果面绿黄色，果点小，无锈，光洁。果肉白色，石细胞少，肉质细、松脆，汁多，酸甜适口，有蜜香，品质上。在冀中南 8 月中旬成熟。自然条件下可贮 20 天，冷藏可贮至翌年 3～4 月份。树势强健，树姿直立。早果性强，丰产。可在华北、西北、淮河及长江流域的大部分地区栽培。该品种高抗黑星病，亦抗炭疽病和黑斑病。

2. 冀蜜

果实椭圆形，平均单果重 258 克；果面绿黄色，果点中大、密，光洁，有蜡质光泽；果肉白色，肉质较细、松脆，石细胞少，汁多，味甜，品质极上。在河北石家庄 8 月下旬成熟。自然条件下可贮 20 天，冷藏可贮至春节。树势较强，树姿较开张，萌芽率高，成枝力中等。适宜在黄河、淮河、海河流域大部分地区栽培。高抗黑星病，但在降水偏多的年份易发生褐斑病。

3. 丰水

果实近圆形，单果重 300～350 克；果面浅黄褐色，阳面微红，粗糙，有棱沟，果点大而密；果肉白，石细胞少，果心小，肉质细嫩、脆，汁多，味甜，品质上。在冀中南 8 月底～9 月初成熟。常温可贮 10～15 天，冷藏条件下可贮 4 个月。树姿半开张，萌芽率高，成枝力低。结果早，丰产。该品种适应性较强，在晋、冀、鲁、豫及湘、皖、江、浙等地均可栽培。抗黑星病、黑斑病，但成年树树干易感轮纹病，果实易受金龟子为害。

4. 西子绿

果实近圆形或扁圆形，平均单果重 240 克；果面浅绿色，贮放一段时间后变为金黄色，无锈，有蜡质，光洁；果肉白色，肉质细、嫩、脆，石细胞少，汁多，味甜，有香气，品质极上。在杭州7月中下旬成熟。常温可贮 7～10 天，冷藏条件下可贮 60 天以上。树势中庸，树姿较开张，萌芽率高，成枝力中等。在多雨地区抗裂果能力强，较抗黑星病和锈病，梨茎蜂和蚜虫为害较轻。

5. 红香酥

果实纺缍形或长卵圆形，平均单果重 220 克；果面底色绿黄色，向阳面 2/3 有红晕，光洁平滑，有蜡质光泽，果点中大、较稀；果肉白色，肉质细、酥脆，石细胞少，汁多，味甜，有芳香，品质上。在郑州 8 月底～9 月初成熟。室温可贮 60 天，冷藏条件下可贮至翌年 3～4 月份。树势中庸，树姿较开张，萌芽率高，成枝力中等。适应性较强，抗寒、抗旱能力强，耐涝性较强，适宜在华北、西北、黄河故道及渤海湾地区栽培。较抗黑星病，但贮藏期易感轮纹病，易受食心虫为害。

（三）优良晚熟品种

1. 库尔勒香梨

果实纺缍形或倒卵圆形，平均单果重 100 克；果面底色绿黄，阳面有暗红色晕，在冀中南表现为淡红色，光滑，果点小、密；果肉白色，石细胞少，肉质细、松脆，靠果心处肉质较粗，汁多，味香甜，品质上或极上。在郑州 9 月上中旬成熟。自然条件下可贮至翌年 4～5 月份。树势强健，树姿较开张，萌芽率高，成枝力强。对土壤要求不严格，在陕西、山西、辽宁、河南等地栽培表现良好。该品种抗旱、抗寒力较强，较抗黑心病，食心虫为害较轻，但抗风力差，易因风引起采前落果。

2. 茌梨

果实近纺缍形，不端正，平均单果重 220～280 克；果面黄绿色，套袋后淡黄色，贮存后黄色，果点大、密，木栓化突出，粗糙；果肉白，石细胞少，肉质细脆，汁多，味甜，有微香，品质上。在莱阳 9 月中下旬成熟。较耐贮，可贮至翌年 3～4 月份。树势健壮，树姿较开张，萌芽率较高，成枝力中等。该品种适应性广，较抗旱、抗寒，抗风能力强，但易感黑星病、轮纹病及易受黄粉蚜的为害，也易受晚霜的危害。

　　3. 黄金梨

　　果实椭圆形或近圆形，平均单果重 350 克；果面黄绿色，有果锈，贮后金黄色，套袋后黄白色，果点小、均匀；果肉白，肉质细脆，石细胞少，果心小，汁多，味甜，有清香，品质上。在冀中南 9 月中旬成熟。在自然条件下贮藏果肉易变软，冷藏条件下可贮 6个月。树姿较开张，萌芽率低，成枝力弱。该品种对肥水要求较高，喜沙壤土，抗黑星病能力较强。

　　4. 鸭梨

　　果实倒卵圆形，果梗弯向一方、基部肉质，果顶呈鸭头状突起，单果重 150～200 克；果面绿黄色，贮后黄色，近梗部有锈斑，微有蜡质，果点中大、稀；果肉白，肉质细脆，石细胞少，果心小，汁多，酸甜适口，有香气，品质上。在冀中南 9 月中旬成熟。自然条件下可贮至翌年 2～3 月份。树姿开张，萌芽率高，成枝力弱。该品种适应性强，抗旱性强，抗寒力中等，适宜在干燥冷凉地区栽培。抗黑心病能力强，食心虫危害较重。

　　5. 雪花梨

　　果实长卵圆形或长椭圆形，平均单果重 300 克；果面绿黄色，贮后鲜黄色，果点褐色、较大而密，果面稍粗糙，有蜡质；果肉白，肉质稍粗，脆而多汁，石细胞较少，果心小，味甜，有微香，品质上。在河北赵县 9 月上中旬成熟。冷藏条件下可贮至翌年 2～3 月份。树势中庸，萌芽率高，成枝力中等。抗旱能力强，抗寒能力中等，喜肥沃深厚的沙壤土。该品种较抗轮纹病，但黑星病为害较严重，抗风力差。

　　6. 新高梨

　　果实扁圆形，平均单果重 300 克；果面褐色，果点中大、密，果面较光滑；果肉白色，肉质松脆，石细胞少，果心小，汁多，味甜，品质上。在冀中南 9 月下旬至 10 月上旬成熟。树势强健，树姿直立，萌芽率高，成枝稍弱。抗旱、抗寒性较强，在河北、河南、山东、山西及浙江、江苏等地均可栽培。该品种不抗黑星病，易受金龟子为害。

　　7. 爱宕梨

果实扁圆形，平均单果重 450 克；果面黄褐色，果点中大、密，较光滑；果肉白，肉质细脆，汁多，石细胞少，果心中大。在冀中南 10 月中旬成熟。冷藏条件下可贮至翌年 5 月份。树势较强，树姿半开张，萌芽率高，成枝力中等。在黄河流域和长江流域的大部分地区均可正常生长结果，但耐高温能力较差。该品种抗黑星病、黑斑病能力较强，梨木虱为害较轻；幼树易发生蚜虫危害，低洼地或春季雨量多的年份易感赤星病。

二、果园的建立

（一）园址的选择

无公害梨生产园应选择在梨的最适宜区或适宜区，具体要求：年均温 7～14℃，最冷月份平均温度不低于-10℃，极端最低温不低于-20℃，大于等于 10℃的有效积温不少于 4200℃；日照时数 1400～1700 小时；年降水量 400～800 毫米；无霜期 140 天以上。土层厚度在 1 米以上，地下水位在 1 米以下；土壤 pH 在 6.0～8.0、含盐量在 0.2％以下，土壤有机质在 1％以上的壤土或沙壤土地段。

（二）栽植

1. 配置授粉树

梨树的多数品种自花不实，建园时必须配置授粉品种。大型果园以行列式配置为好，4～5 行主栽品种配置 1 行授粉品种；面积较小的梨园可采用 8∶1 的中心式配置。

2. 栽植密度

无公害梨园应做到"因地制宜，合理密植"。不同砧木、品种以及种植条件采用不同的种植密度，如利用乔化砧，在土、肥、水条件较好的地区，可采用（3～4）米×（4～5）米的株行距；在土层较薄，肥水条件较差的条件下，可采用（2～3）米×（3.5～4）米的株行距。应用半矮化砧或矮化中间砧，可采用（2～2.5）米×（3.5～4)米的株行距；选用矮化砧或极矮化砧，可采用（1～1.5)米×（3～3.5）米的株行距。山区土层薄，宜选用乔化砧，栽植时可采用（2～3）米×（3～5）米的株行距。

3. 定植时期

梨树定植分为春栽和秋栽。冬季寒冷的地区，秋季栽植的苗木，在冬季易被冻死或发生抽条现象，宜采用春栽，春栽一般在3月下旬至4月中旬进行。冬季温暖的地区，适宜于秋栽，栽后土壤温度较高，苗木根系愈合快，当年容易发生新根，成活率高，翌年春季生长发育早，缓苗快，长势好。

4. 栽植

选择苗高80厘米以上的大苗、壮苗栽植。栽前修剪主、侧根，然后将根系在清水中浸泡12～24小时。栽植行向以南北向为好。株距在2米或小于2米的可挖宽1米、深80厘米的栽植沟，株距大于2米的挖80厘米见方的栽植穴。将挖出的表土与腐熟的有机肥混合后回填，填平后灌水沉实。栽植时再挖定植穴，放入苗木，舒展根系后边填土边踏实，栽植深度以根颈部与地面相平为宜。

5. 栽后管理

栽后立即定干，干高一般为80～100厘米。萌芽前及时检查，对枯死苗、失水苗及时补栽，并在灌水、松土后以苗木为中心覆盖1米见方的地膜，4月上旬揭膜。苗两侧1米以内不要种植间作物，并做好除草工作。生长期加强对病虫害的防治。北方地区冬季寒冷，可在枝干上涂白或埋土以保护幼苗，以免发生冻害。

三、土、肥、水管理

（一）土壤管理

1. 土壤改良

黏重土地、沙荒地、盐碱地及土层瘠薄的土壤均需改良。山区土层薄，除做好水土保持工程、深翻扩穴、增施有机肥外，逐年压土是加厚活土层、培肥土壤的有效方法。沙质土可通过种植绿肥、增施有机肥、抽沙换土和黏土压沙等方法培肥地力。黏土地通透性差，在增施有机肥的基础上，可通过压入秸秆、杂草，春季喷布"免深耕"土壤调理剂，掺沙等增加土壤的通透性，提高土壤肥水供应能力。对于盐碱地，应在灌水后及时中耕，干旱季节地面覆盖秸秆或沙土、种植绿肥，减少土壤蒸发条件等措施来防止下层盐碱上升。另外，引入淡水洗盐也是改良盐碱地的有效措施之一，但最好在建园前进行。方法：每隔20～40厘米开一条深1米、上宽

1.5 米、下宽 0.5～1 米的排水沟，排水沟与外界排水渠相连通，定期引水浇灌，冲洗土壤中的盐分。

2. 土壤耕作

（1）扩穴深翻　栽后第二年开始，逐年向外进行扩穴（沟），栽后 5 年内翻完全园。成龄梨园深翻的部位是行间，以隔行深翻为宜。扩穴深翻的时间一般在秋季至土壤结冻前，最好是秋季采果后立即结合秋施基肥进行。深翻的宽度为 0.4 米，深度为 0.6～1 米。深翻时尽量不伤及直径在 1 厘米以上的粗根。

（2）翻刨树盘　在春季土壤解冻后至萌芽前和秋季采果后至土壤结冻前两个时期进行。翻刨树盘可以改善土壤理化性状，加深根系分布，促发新根；秋季翻刨树盘还可以将在浅层土中越冬的病虫体暴露出来，利用冬季低温进行杀灭。翻刨的深度一般为 10～20 厘米。为少伤根，近树干处应浅，远离树干处宜深。矮化密植梨园，根系分布得浅，翻刨应浅。

（3）中耕除草　多用于以清耕为主的梨园。中耕多在降水和灌水后进行，深度以 6～10 厘米为宜。除草每年可进行 2～3 次，在杂草出苗期和结籽期除草效果好。

3. 土壤覆盖

（1）春季覆盖地膜　我国北方，早春土壤干旱、温度低，覆盖地膜可以增温保湿，保持土壤疏松，促进根系和地上部分的生长发育，提高产量。覆盖地膜的时间为春季萌芽前至 4 月上中旬，覆盖地膜应在施肥、灌水和松土后进行。覆盖地膜有全园覆盖和树盘覆盖两种形式。

（2）夏季树盘覆草　夏季覆草可明显降低地温，减少土壤蒸发，防止返盐返碱，抑制杂草生长，提高土壤有机质含量。以 5～6 月份覆草，秋后翻压，翌年再覆为宜。材料可因地制宜选用作物秸秆、杂草、树叶、绿肥等，厚度以 10～20 厘米为宜。覆盖前要平整土地，为加速覆盖材料的腐烂分解可在地面上施用适量速效性氮肥。覆草后易招致虫害和鼠害，应加以防治。对于覆草造成的根系上浮问题，可通过秋、春两季翻刨树盘来解决。

4. 间作和行间生草

对于幼龄梨园，可在行间种植植株矮小的间作物，如草莓、蔬菜、豆科植物等。对于成龄梨园，提倡行间生草制，禾本科草种有黑麦草和高羊茅等，豆科草种有三叶草、毛叶苕子、紫花苜蓿、草木樨等，每年割草 3～4 次，通过翻压、覆盖和沤制等方法将其转变为梨园有机肥。但是年降水量不足 500 毫米，又没有灌溉条件的地区不宜生草。

（二）施肥

1. 基肥

秋季施入，最好在采果后即施。基肥以有机肥为主，可混加少量氮素化肥。初果期树每生产 1 千克梨施 1.5～2.0 千克优质有机肥；盛果期梨园每 667 平方米施 3000～5000 千克。可采用条沟深施、放射状沟施或全园撒施，施肥后立即灌水。

2. 土壤追肥

土壤追肥以速效肥为主。可采用树盘穴施和放射状沟施。追肥后及时灌水。根据果园土质、树龄、树势以及叶分析结果，确定施用时期、施用次数以及施用量。一般追肥可以分 3～5 次进行。

（1）萌芽肥　此次施肥主要是为了促进萌芽、新梢生长、开花和坐果。萌芽肥以氮肥为主。

（2）花后肥　开花后，新梢生长旺盛，幼果生长速度快，树体需要养分较多，此时施用花后肥。花后肥以氮肥为主，配以磷钾肥。

（3）果实膨大期　此次施肥可以促使果实膨大，增大果个。此期施肥以钾肥为主，配以氮肥和磷肥。

（4）果实着色前　果实着色一般在采前 1 个月。此次施肥可以提高果实品质和促进花芽分化。此期施肥以磷肥和钾肥为主。

（5）采后肥　采后施肥是为了延长叶片寿命，促进光合作用，恢复树势。此期施肥以氮肥为主，配合磷肥和钾肥。

3. 叶面追肥

叶面喷肥，肥料发挥作用快，同时可以避免土壤对所施元素的固定作用。但叶片施肥肥效保持较短，喷肥后 10～15 天反应最明显，30 天后作用消失。叶面追肥全年可以进行 4～5 次，生长前期 2 次，以氮肥为主；后期 2～3 次，以磷肥、钾肥为主，也可根据树体情况喷施果树生长发育所需的微量元素。叶面喷肥时应注意避开高温时间，以免对叶片造成伤害。常用叶面肥种类及浓度见表 3-7。

表 3-7　主要叶面肥种类及使用浓度

肥料名称	适宜浓度（%）	喷施时期	喷施次数
尿素	0.3～0.5	落花后至采收前	2～4
过磷酸钙	1～2	落花后至采收前	2～4
磷酸二氢钾	0.3～0.5	落花后至采收前	2～3
硫酸亚铁	0.2～0.3	落花后至采收前	2～3
硫酸锌	0.2～0.3	落花后至采收前	1
硼砂、硼酸	0.2～0.5	落花后	1～2

（三）水分管理

1. 果园灌水

梨树生长发育要求的适宜土壤含水量是田间持水量的 60%～80%。灌溉时期和灌水量应根据当地降雨、土壤墒情以及梨树需水规律而定，也可根据梨树物候期灌水。

（1）萌芽前　华北地区在 3 月下旬至 4 月上旬灌一次水。此次灌水可促进芽的萌动、新梢生长和叶片增大，并有助于提高坐果率。在春旱多风的地区此次灌水必不可少。

（2）谢花后　此时正是幼果形成、膨大和新梢迅速生长的时期，也是树体需水量最大的时期和对水分最敏感的时期。可在花后追肥后进行灌水。

（3）果实迅速膨大期　北方梨园一般在 6 月灌一次水，此时降雨较少，新梢停止生长或生长缓慢，果实迅速膨大，树体需水多。此次浇水可在果实膨大期追肥之后进行。

（4）采后水　采前一般不宜浇水，但采后浇水可以帮助恢复树势，增加树体营养，促进根系生长。可在秋施基肥后进行。

（5）封冻水　封冻前浇一次透水，以使土壤贮备充足的水分，增强树体抗寒能力。此次浇水对于北方梨园尤为重要。

2. 果园排水

梨树抗涝能力相对较强，但长时间浸泡也会发生不同程度的涝害。因此，在雨季要注意及时利用果园排水系统排除积水。

四、整形修剪

（一）适宜树形

1. 纺锤形

干高 40～50 厘米，树高 2～3 米，冠径 2 米左右。有中心干，在中心干上均匀分布着向四周伸展的 10～15 个主枝。主枝开张角度 70°～90°。结果枝组直接着生在主枝上，以中小型枝组为主，一般不配置大型枝组。主枝基部直径一般不应超过其着生处中心干直径的 1/2。这种树形适于株距 2～3 米、行距 4 米或小于 4 米的密植梨园。

2. 棚架式树形

按 10 米×10 米的间距设置支柱，在其上用铁丝拉成 70 厘米×80 厘米的网格，形成棚架，架高 1.8 米左右。梨树定干高度 80 厘米，主枝 3～4 个，主枝基角 40°～50°。全树有 6 个侧枝，12 个副侧枝。将枝条固定在棚架上，相互距离 20 厘米。

3. 小冠疏层形

干高 50～70 厘米。第一层 3 个主枝，邻近排列，基角 70°～80°，方位角 120°，层内距 30～40 厘米，每一主枝着生 2～3 个侧枝。第二层 2 个主枝，基角 70°左右，位于第一层主枝的空当，层内距 20 厘米左右。第三层 1 个主枝，基角 50°～60°。第二层以上的主枝不留侧枝。第一层与第二层的层间距为 80 厘米左右，第二层与第三层的层间距为 60 厘米左右。适于株行距 3 米×4 米的梨园。

4. 多主枝开心形

干高 60 厘米，无中心干，树高 3 米左右。主干上配备 4～5 个主枝，主枝开张角度 60°，其上直接着生中小枝组和短果枝群，适于株行距 3 米×5 米～4 米×6 米的梨园。

5. Y 字形

干高 40 厘米，主干上着生伸向行间的两大主枝，主枝基角 40°～50°，腰角 55°～60°，梢角 75°～80°。每个主枝上直接着生中型和小型枝组和短果枝群，树高控制在 2.5 米左右。适于株行距 2 米×(4～5)米的梨园。

（二）梨树修剪

1. 幼树

定干后的第 1 年修剪，对选作主枝的枝条，长度超过 30 厘米的进行中短截，不足 30 厘米的不短截；再将选作中干延长枝的枝条适当短截。由于梨树的大部分品种成枝力弱，因此，骨干枝的选留要灵活，第一层主枝原则上选 3～4 个，主枝邻近、邻接均可，根据发枝情况确定，其他枝条尽量多留少疏，作为辅养枝提早结果。侧枝有空就留。主、侧枝的延长枝剪留长度一般为 50～60 厘米，西洋梨可以适当短些。

2. 初结果期树

继续培养各级骨干枝和结果枝组，使其尽快进入盛果期。继续培养选定的骨干枝，各级骨干枝延长枝的剪留长度，一般比前一时期短。对于长枝，在空间较大处可以逐年短截，培养成大型枝组或辅养枝；在空间较小处可以先缓放，在形成花芽或结果后，再于下部弱分枝处回缩，培养为中型枝组。对于中枝，如果培养中、小型枝组，第 1 年不剪，待形成花芽后回缩；如培养成较大的枝组，第 1 年中短截，连年留带头枝短截。短枝只要不转旺，不需修剪，结果后让果台枝继续分枝。

3. 盛果期树

保持树冠结构和维持复壮枝组，保持中庸健壮的树势，延长结果年限。此期修剪量不宜忽轻忽重，对趋向衰弱的树，可以重短截骨干枝的延长枝，中度回缩连年延长的枝组，细致修剪结果枝群和中小枝组，剪除弱枝弱芽。延长枝要短留，以防延伸快，骨架软，对自然开张的骨干枝，选角度较小的枝做延长枝；对角度过大的骨干枝也可以在背上培养角度小的新头。外围长枝多时，适当疏枝，留下的枝缓放，减少外围枝密度；冠内过渡层主枝和辅养枝过多时，逐年疏除；主干上层主枝多而且发旺枝时，可减少上层主枝的数量或落头。健壮枝组和短枝的培养，要在调整好骨干枝的前提下进行。

4. 衰老树

养根壮树，更新复壮枝组和骨干枝。当树势衰弱时及时进行小更新，在主、侧枝的枝头 2～3 年生部位，选角度较小和生长旺的背上枝换头；如果树势严重衰弱，部分骨干枝即将枯死，就要进行大更新，在树冠内选择徒长枝或旺枝加以培养，使其代替原来的骨干枝，对其余枝条多截少疏。

五、花果管理

（一）保花保果

1. 花期放蜂

开花前 2～3 天将蜜蜂引入梨园，1 箱蜂可满足 0.4 公顷梨树授粉的需要，花期放蜂前后禁止果园喷药。

2. 人工点授

可用毛笔、橡皮头等蘸花粉点授到刚开花的柱头上，每蘸一次可点授 5～7 朵花。一般每花序授 1～2 朵边花，每隔 20～25 厘米点授一丛。此方法效果最好，但费时费工。

3. 磙授法

在木棍或竹竿上绑一个草把，外包毛巾，或直接用鸡毛掸，于盛花期在主栽品种和授粉品种之间交替磙动。该方法简单易行，省时省工，适于授粉品种搭配合理的梨园，最好能在 2～3 天内磙授 2 次。

4. 喷雾法

将 20 克花粉加 10 千克水配制成花粉溶液，为促进花粉萌发，也可加入 10～15 克硼砂或少许蔗糖。于盛花中期用喷雾器对花朵进行喷雾授粉。该方法授粉均匀，效果好，但花粉溶液不能长期间存放，现用现配，配后 2～5 小时内喷完为宜。

5. 花期喷硼和赤霉素

盛花初期喷 0.3% 的硼砂或硼酸溶液，或 50 毫克/千克的赤霉素等，对促进受精，提高坐果率均有良好效果。

（二）疏花疏果

1. 疏花

疏花在花蕾分离期至开花前进行。疏除发育不好的、位置不当的、腋花芽花序、枝条背上的和病虫为害的花序；在花序的分布上，内膛和外围部少留，树冠中部多留；壮枝多留，弱枝少留。适宜的花序间距为 20～30 厘米，果个大的间距大，否则应小，如雪花梨为 30 厘米，鸭梨为 20 厘米。对留下的花序，每花序只留 2～3 朵花边花。

2. 疏果

在落花后 15～45 天进行，主要疏除病果以及果形不正、果面不洁净和被损伤的果，留单果、大果、端正果。可根据叶果比法或枝果比法等确定树体合理负载量，如雪花梨叶果比 28：1，枝果比 5：1；鸭梨叶果比 25：1，枝果比 4：1。也可根据果间距留果，大型果 25～30 厘米，小型果 20～25 厘米。

（三）果实套袋

1. 套袋

果实套袋可以防止病虫为害果实，改善果实外观品质，减少石细胞数量，降低果实中的农药残留量。谢花后 10 天开始套小蜡袋，谢花后 15 天结束；30 天后套双层纸袋。套袋应在晴天上午 9～11 时和下午 2～6 时进行，不宜在高温干燥和湿度太大的条件下套袋，严禁在果面有露水和药液未干时套袋。在套袋时要防止碰落果实和幼果紧贴纸袋造成日灼。

2. 套袋后管理

日灼和黑点病的发生与通气孔不良有密切关系，在干旱或多雨年份，要经常检查袋的通气孔，保证其通畅。每隔 10 天左右，打开纸袋进行抽查，若发现有黑点、日灼等症状，应打开通气孔，或用剪刀在袋底部剪几个小口。从 6 月初开始，对树冠喷 2～3 次氨基酸钙等，防止苦痘病的发生。

3. 去袋

采果前 20～25 天去袋。去袋应在上午 10 时至下午 4 时进行。去袋时先去外袋，后去内袋，摘除外袋时一手托住果实，一手解袋口扎丝，然后从上到下撕掉外袋。去除外袋后 5～7 天再去除内袋。

六、果实采收与分级

（一）采收

1. 采收时期

采收时期的早晚，对产量、品质和贮藏性有很大影响。采收过早，果实尚未充分成熟，果实小、产量低，品质差，不耐贮藏；采收过晚，成熟度过高，果肉衰老加快，不适合长途运输和长期贮藏。通常将梨的成熟过程分为以下几个阶段。

（1）坚熟期 即绿熟期，也就是生产上所说的可采成熟度时期。此期采收的果实适宜远途运输、罐藏和加工蜜饯等。

（2）完熟期 即生产上的可食成熟度时期。用于就地鲜食销售、短距离运输和果汁、果酒加工以及冷库贮藏、窑洞贮藏的果实可在此期采收。

（3）过熟期 即生理成熟时期。一般用于采种的果实在此期采收。

2. 采收方法

采取人工采摘。摘果顺序应是先外后内，由下而上，既要避免碰掉果实，又要防止折断果枝。采摘时间以晨露已干、天气晴朗的午前和下午 4 时以后为宜。下雨、有雾或露水未干时不宜采收。必须在雨天摘果时，采后需将果实放在通风良好的场所，尽快晾干。

（二）果实分级

对梨果分级是在果形、新鲜度、颜色、品质、病虫害和机械损伤等方面符合要求的基础上，再按果实大小（质量）划分成若干等级（规格）。鲜梨果分级标准见表 3-8。

表 3-8 鲜梨果分级标准

指标项目	优 等 品	一 等 品	二 等 品
基本要求	鲜果完整良好，新鲜洁净，无不正常的外部出水，无异味，发育正常，具有贮藏和市场要求的成熟度		
果形	果形端正，具有该品种特性，果柄完整	果形正常，允许有轻微缺陷，具有本品种应有的特性，果柄完整	果形允许有缺陷，仍保持本品种应有特性，不得有偏差过大的畸形果，果柄完整
色泽	具有本品种成熟时应有的色泽，均匀一致	具有本品种应有的色泽	具有本品种应有的色泽，允许色泽较差
果实横径（毫米）	特大果≥70	特大果≥65	特大果≥60
	大型果≥65	大型果≥60	大型果≥55
	中型果≥60	中型果≥55	中型果≥50
	小型果≥55	小型果≥50	小型果≥45

续表

指标项目	优 等 品	一 等 品	二 等 品
果面缺陷	基本无缺陷,允许下列不影响外观和品质轻微缺陷不超过2项	允许下列规定的缺陷不超过3项	对下列规定的缺陷不超过3项
碰压伤	允许轻微者1处,其面积不得超过0.5厘米²,不得变褐	允许轻微者2处,总面积不超过1厘米²,不得变褐	允许轻微者3处,总面积不超过2厘米²,每处不超过1厘米²,不得变褐
刺伤,破皮	不允许		
摩伤（枝摩、叶摩）	允许轻微摩伤面积不超过果面的1/12,巴梨、秋白梨为1/8	允许轻微摩伤面积不超过果面的1/8,巴梨、秋白梨为1/6	允许轻微摩伤面积不超过果面的1/4
水锈、药斑	允许轻微薄层总面积不超过果面1/12	允许轻微薄层总面积不超过果面的1/8	允许轻微薄层总面积不超过果面1/4
日灼	不允许	允许桃红色或稍微发白者,总面积不超过1厘米²	允许轻微的日灼伤害,但总面积不超过3厘米²,不得有肿泡、裂开或伤部果肉变软
雹伤	不允许	允许轻微者1处,总面积不超过0.5厘米²	允许轻微者2处,总面积不超过2厘米²
虫伤	不允许	干枯虫伤2处,总面积不超过0.2厘米²	干枯虫伤处数不限,总面积不超过1厘米²
病害	不允许		
食心虫害	不允许		

第三节 葡萄无公害果品生产技术

一、品种的选择

1. 京秀

果穗圆锥形,平均穗重500克,最大穗重1100克;果粒着生紧密,呈椭圆形,平均单粒重6.3克,最大7克;呈玫瑰红或鲜紫红色，皮中等厚，肉厚质脆，味甜酸，可溶性固形物 14% ～ 17.6%，含酸量为 0.3% ～ 0.47%，品质上。植株生长势中等或较强，较丰产。在华北地区 7 月下旬或 8 月初成熟。抗病性较强，不裂果，不脱粒，肉硬耐存。

2. 香妃

平均穗重 400 克；果粒近圆形，平均单粒重 7 ～ 8 克、最大粒重 9.7 克；果皮绿黄色，果肉硬脆，具浓郁的玫瑰香味，含糖 14.25%，总酸 0.58%，酸甜适口，品质上等。树势中等。丰产性强，抗病性较强。在华北地区 8 月上旬完全成熟。

3. 奥古斯特

果穗大，为圆锥形，平均穗重 800 克，最大穗重 1500 克；果粒着生较紧密，果粒大，呈短椭圆形，平均粒重 8.3 克，最大粒重 13 克；果粒大小均匀一致，果皮绿黄色，充分成熟后金黄色，果皮中厚，果粉多，肉硬、质脆，稍有玫瑰香味，味甜可口，品质极佳，可溶性固形物 15%。含酸量 0.43%，果肉与种子易分离。在华北地区 7 月中下旬成熟。

4. 维多利亚

果穗大，呈圆柱形或圆锥形，平均穗重 750 克，最大穗重 1200 克；果粒大，呈长椭圆形，平均粒重 11 克，最大粒重 15 克；充分成熟时为金黄色。果肉硬脆，含糖 18%，甘甜可口，品质优良。不易脱粒，耐贮运。树势旺，叶片中大，抗病性较强。在华北地区 7 月中旬成熟。

5. 克林巴马克

果穗圆锥形，有副穗，平均穗重 340 克左右，最大穗重 600 克；果粒着生紧密度中等，果粒为椭圆或弯形，绿黄色；果粒较大，平均粒重 5.9 克，最大粒重 9.5 克；果皮薄、脆，无涩味，果粉薄。果肉溶质，味酸甜；种子与果肉易分离，无小青粒。可溶性固形物 17.7%；鲜食品质上等。植株生长势较强。芽眼萌发率较高，产量中等。在华北地区 8 月下旬至 9 月上旬成熟，可延至 9 月底采收。该品种抗性中等，对白腐病的抗性较弱。

6. 里扎马特

一般穗重 600 ～ 1000 克，最大穗重可达 1500 克，圆锥形分枝状；果粒着生疏松，垂挂，平均果粒重 10～12 克，最大 19 克；果粒呈长圆柱形，果皮极薄，肉脆，无涩味，浅红至暗红色，果肉较脆，含糖量 11%～12%，含酸量 0.57%。在北京地区 8 月下旬成熟。该品种树势强，但抗病性较弱，尤其不抗白腐病。宜在干旱半干旱地区栽种。

7. 藤稔

果穗圆锥形，平均穗重 300～400 克，果粒着粒较松；平均粒重 16～22 克；果粒近圆形，果皮厚，紫黑色，易与果肉分离；肉质较紧，汁多，可溶性固形物 18%，略有草莓香味。在华北地区 8 月下旬成熟，树势强，枝梢粗。

8. 峰后

果穗圆锥或圆柱形，有时有副穗，果穗中等大，平均穗重 418.1 克，果粒着生中等紧密；果粒短椭圆形或倒卵形，紫红色；果粒大，平均粒重 12.8 克，最大粒重 19.5 克；果皮厚，果粉中等，果肉硬脆，味甜，可溶性固形物 17.87%，含酸量为 0.58%，略有草莓香味，鲜食品质上等。种子与果肉易分离。植株生长势极强，隐芽萌发力弱，芽眼萌发率 75.38%，结果枝占芽眼总数的 50.83%，每果枝平均着生果穗数为 1.52 个。在华北地区 9 月下旬成熟，抗病力强。

9. 巨峰

平均穗重 500 克左右，最大穗重 1200 克；平均粒重 10～12 克，最大粒重 19 克；果皮黑紫色、厚而韧，果粉厚，果肉较软，汁液较多，具草莓香味，品质中上等。可溶性固形物 15% 左右。该品种树势强旺，萌芽率高，结果枝率高。

10. 高妻

平均穗重 600 克，最大穗重 1000 克；平均粒重 16 克，最大粒重达 30 克；果实黑色，容易着色，成熟后具有浓郁的草莓香味，可溶性固形物 18%～20%，品质优良。果实成熟期较巨峰晚 15 天左右。该品种树势强健，坐果率高。

11. 红地球

果穗圆锥形，穗重 800 克以上；果粒圆形或卵圆形，着生中等紧密，平均粒重 12～14 克，最大粒重 22 克；果皮中厚，暗紫红色。果肉硬脆，味甜，可溶性固形物 17%。在华北地区 9 月底至 10 月初成熟。树势较强，丰产性强，果实易着色，不裂果，不脱粒，极耐贮运。但抗病性较弱，尤其易感黑痘病和炭疽病。该品种适宜干旱半干旱地区种植。

12. 意大利

果穗圆锥形，无副穗或有小副穗，平均穗重 511.6 克，最大穗重 1250 克，果粒着生紧密，果穗大小整齐；果粒椭圆形，绿黄色，着色一致，平均粒重 7.1～13.3 克，最大粒重 15.3 克。果皮厚，无涩味，质脆，果粉厚。果汁多，味酸甜，有玫瑰香味。种子与果肉易分离，无小青粒，可溶性固形物 17%，品质上。植株生长势较强，早果性强，在华北地区 9 月下旬成熟。该品种抗逆性较强，抗白腐病、黑痘病能力均强，但易受葡萄霜霉病危害，有时还易染白粉病。

13. 秋黑

果穗长圆锥形，单穗平均重 520 克，最大可达 1500 克；果粒着生紧密、果粒鸡心形，平均粒重 8 克；果皮厚，蓝黑色，果粉厚；果肉硬脆，可切片，味酸甜，无香味，可溶性固形物 17.5%。不裂果，不脱粒。种子与果肉易分离。在华北地区 9 月底至 10 月初成熟。该品种生长势极强，结果性和结实力均很强。芽眼萌发率 75.23%，结果枝占芽眼总数的 68.50%。每果枝平均着生果穗数为 1.41 个。该品种抗病性较强。

14. 克伦生

果粒重 6～8 克，平均穗重 500～1000 克，最大穗重可达 1600 克；无核，红色，耐贮，口感好，果粒整齐，味香甜可口，果粒椭圆形，稍长，颜色鲜红，果霜鲜艳，肉可切片，含糖量 20%～25%，在华北地区 9 月中下旬成熟。该品种抗病性极强，早期丰产性强，耐贮运。

15. 甲斐露

果穗圆锥形，无副穗，平均穗重 480.7 克，最大穗重 1000 克，果粒着生紧密；果粒椭圆形，平均重 7.2 克；果皮韧，紫红色，无涩味，果粉薄。果肉硬脆，多汁，味酸甜，无香味。种子与果肉均易分离。无小青粒，不易剥皮，可溶性固形物 19.7%，品质上。

在华北地区 10 月上旬成熟。植株生长势强。树势较强，枝梢光滑无毛，节间较长。芽眼萌发率 80.6%，结果枝占芽眼总数的 37.9%。每果枝平均果穗数为 1.24 个，产量较高。该品种耐贮运性强。抗性中等。可在干旱半干旱地区发展。

16. 无核白鸡心

果穗圆锥形，一般果穗重可达 500 克以上；果粒略呈鸡心形，平均单粒重 5～6 克。果皮薄而韧，淡黄绿色，很少裂果。果肉硬而脆，略有玫瑰香味，香甜爽口，含糖量 15% 左右；在华北地区 8 月上旬成熟。果实耐贮运性强。树势强，丰产性也强，抗病力中等。

二、果园的建立

（一）园地选择

（1）温度　葡萄是喜温树种，适宜葡萄栽培地区最暖月份的平均温度在 16.6℃ 以上，最冷月的平均气温应该在 −1.1℃ 以上，年平均温度 8～18℃；无霜期 120 天以上。

（2）水分　以年降水量在 600～800 毫米的地区最适宜发展葡萄。夏秋季降雨量集中的地区，对葡萄成熟不利。

（3）光照　葡萄属喜光树种，对光的要求较高，光照时间长短对葡萄生长、发育、产量、品质有很大影响。光照不足时，新梢生长细弱，叶片薄，叶色淡，果穗小，产量低，品质差。

（4）土壤　葡萄对土壤的适应性较强，除了沼泽地和重盐碱地不适宜生长外，其余各类土壤均可栽培，其中以肥沃的沙壤土最为适宜。

（二）栽植

1. 苗木质量

选择须根多，芽饱满，无病虫为害的壮苗。建议采用脱毒苗木。

2. 栽植时期

不需埋土防寒的地区，从葡萄落叶后至第二年萌芽前均可栽植，但以上冻前定植（秋栽）为好；需要埋土防寒地区的以春栽为好。

3. 栽植密度与行向

栽植密度依品种、砧木、土壤和架式等而定，常见的栽培密度见表3-9。适当稀植是无公害鲜食葡萄的发展方向。栽植行向，篱架以南北向为好，棚架采用东西向。

表 3-9　栽培方式及定植株数

方　式	株行距/米	定植株数/667 米²
小棚架	(0.5～1.0)×(3.0～4.0)	166～444
自由扇形	(1.0～2.0)×(2.0～2.5)	333～134
单干双臂	(1.0～2.0)×(2.0～2.5)	333～134
高宽垂	(1.0～2.5)×(2.5～3.5)	76～267

4. 栽植

(1) 苗木消毒　定植前，用 $3°～5°$ 的石硫合剂或 1% 的硫酸铜浸泡根系 $4～6$ 小时，然后用清水冲洗干净。

(2) 挖定植坑（沟）　栽前挖宽 0.8～1.0 米、深 0.8～1.0 米的定植沟。按每公顷 37500～75000 千克腐熟有机肥与表土混合后回填定植沟，要求填平，然后灌水促使土壤沉实。

(3) 栽植方法　栽前再挖定植穴。将苗木放入定植穴，舒展根系，填入碎湿土，边填土边踩实。栽植深度以苗木的新生枝蔓与土面相平为宜。也可硬枝扦插硬建园，为保证建园整齐，每穴扦插 2～3 根插条。

5. 定植后管理

(1) 肥水管理　栽植苗木后充分灌水。春季萌芽前覆盖地膜，以减少栽后的灌水次数，实现保水增温，达到提高栽植成活率的目的。缓苗期过后，间隔 2～3 周追施一次速效性肥料，肥料种类为具有无公害认证的多元素复合有机肥料，每次施肥量以 50 克/株左右为好。每次施肥后及时灌水。

(2) 抹芽定梢　萌芽后，根据具体的栽植密度和整形要求，确定留梢数量；一般选留先萌发的 3～5 个健壮新梢用于整形，及时抹除萌发晚、细弱的新梢，集中营养，促使留作整形的新梢健壮生长。

三、土、肥、水管理

（一）土壤管理

1. 土壤改良

葡萄对土壤的适应性较强，在多数土壤中均可栽培，但最适宜在土层肥厚、疏松肥沃、通气性好的土壤中生长。土壤条件较差的园地，如砂荒地、盐碱土、重黏土和酸性土等，栽前应对土壤进行改良。

2. 土壤管理制度

（1）清耕　清耕是目前最为常用的土壤管理制度。在少雨地区，春季清耕有利于地温回升，秋季清耕有利于晚熟葡萄利用地面散射光，提高果实品质。清耕园内不种其他作物，在生长季进行多次中耕，秋季深耕，经常保持疏松无杂草状态。

（2）果园覆盖　果园覆盖尤其适用于干旱和土壤较为瘠薄的地区，有利于保持土壤水分，增加土壤有机质。常用的覆盖材料有麦秸、麦糠、玉米秸、稻草、树叶等。覆盖应避开早春地温回升期，以利于提高地温。一般在5月上旬至秋季覆盖效果较好。

（3）生草法　在年降水量较多或有灌水条件的地区，可以采用生草法。方法是在行间播种多年生牧草和禾本科植物，如毛叶苕子、三叶草、鸭茅草、黑麦草、苜蓿等，当草高20～30厘米时，留茬8厘米左右割除，割除的草可覆盖在树盘内或作为肥料用于基肥。也可采用自然生草，即对园内自然长出的杂草在一定高度进行连续割除，并将割除的草覆盖在果园土壤上。生草期，应增施氮肥，早春应比清耕园多施50%的氮肥，生长期内，根外追肥3～4次。

（二）施肥

1. 基肥

施肥的时期为秋季，以采收果后施入最好。基肥以有机肥为主，有机肥施用量为50千克/株。基肥占全年施肥量的45%～55%。

（1）撒施　地面撒施是将有机肥均匀撒入地面，深翻20～25

厘米，施后灌水。

（2）沟施　在离植株基部 50～100 厘米，挖宽、深各 40 厘米左右的施肥沟，将肥料均匀施入沟内，回填土后灌水。不同年间在栽植沟两侧轮流开沟，且逐年外扩。

2. 土壤追肥

在葡萄生长季节施用。一般 1 年追施 2～3 次。第 1 次在早春芽开始膨大时，宜施用腐熟的人粪尿混掺硝酸铵或尿素，施用量约占全年施肥总量的 10%～15%；第 2 次追肥在谢花后幼果膨大初期，以施腐熟的人粪尿或尿素等速效肥为主，施肥量占全年施肥总量的 20%～30%；第 3 次施肥在果实着色初期进行，这次施肥以磷、钾肥为主，施肥量占全年施肥量的 10% 左右。

3. 叶面喷肥

新梢生长期喷 2 次 0.2%～0.3% 的尿素，以促进新梢生长；开花前喷 1 次 0.1%～0.3% 的硼砂溶液，提高坐果率；浆果成熟前喷 2～3 次 0.5%～1% 的磷酸二氢钾或 1%～3% 的过磷酸钙溶液或 3% 的草木灰浸出液，可以显著地提高产量、增进品质。若树体呈现缺铁或缺锌症状时，可喷施 0.3% 的硫酸亚铁或 0.3% 的硫酸锌。为提高鲜食葡萄的耐藏性，在采收前 1 个月内可连续喷施 2 次 1% 的硝酸钙、1.5% 的醋酸钙或氨基酸钙，能明显提高葡萄果穗的耐贮、耐运能力。

（三）灌水与排水

我国北方葡萄生产区，多数年份春季、初夏降雨较少，对葡萄前期生长不利，且全年降水量分布不均匀，2/3 降水集中在 7～8 月份，其他月份经常出现缺水现象。因此，对葡萄园进行及时灌水和排水，是保证葡萄丰产、优质的基本措施。

1. 灌水

（1）萌芽前灌水　此次灌水能促进芽眼整齐萌发。要求一次灌透，避免多次灌水降低地温，不利萌芽及新梢生长。

（2）开花前灌水　一般在开花前 5～7 天进行。此次灌水可促进葡萄开花、坐果和新梢生长。

（3）浆果膨大期灌水　从开花后 10 天到果实着色前，果实迅速膨大，枝叶生长快，植株消耗水分多，一般应隔 10～15 天灌一次水，以促进幼果生长及膨大。

（4）采收后灌水　可在秋施基肥后进行。此次灌水可延迟叶片衰老、促进树体养分积累和新梢及芽眼的充分成熟。

（5）秋冬期灌水　此期灌水又称封冻水。在冬剪后埋土防寒前应灌一次透水，可使土壤和植株充分吸水，保证植株安全越冬。

2. 排水

葡萄园水分过多会出现涝害。防止葡萄园涝害的措施：①低洼地不宜建园，已建的葡萄园可挖排水沟降低地下水位；②平地葡萄园修建排水系统，使园地的积水能在 2 天排完；③一旦雨量过大，自然排水无效，引起地表大量积水时，应立即用抽水机械将园内积水排出。

四、整形修剪

葡萄的架式、整形和修剪三者之间是密切相关的。一定的架式要求一定的树形，而一定的树形又要求一定的修剪方式，三者必须相互协调，才能取得良好的效果。

（一）葡萄架式

葡萄的架式主要分为篱架和棚架。两种架式各有其优缺点，实际应用时可根据具体情况确定。

1. 篱架架式

（1）单臂篱架　该种架式只有一个与地面垂直的架面，枝蔓在架面上均匀分布。架面高度根据土地条件而定。平地由于通风条件较差，架面高度一般为 1.6～1.8 米，丘陵、山地由于通风条件较好，架面高度可以较平地高，一般为 1.8～2.0 米。行距一般为2.5～3 米，在比较寒冷的地区行距可大一些，较温暖地区行距可以适当小一些。行内每间隔 4.6 米设立一个支柱，支柱与地面垂直，从距离地面 50～60 厘米开始，每隔 40～50 厘米拉一道铁丝，行两端的边柞用斜拉线固定，以保持拉丝绷直。

单臂篱架通风透光和果实质量好，园内的各项作业方便，有利于提高工效；前期产量较高。但枝蔓容易徒长，不易控制，结果部位上移较快，需要经常进行夏季摘心控制和冬季更新修剪；由于结果部位较低，果穗距离地面较近，容易被泥沙污染和感染病害。此类架式适用于生长势较弱或基部芽眼容易形成花芽的品种。

（2）双臂篱架

① 垂直双臂篱架　这种架式有两个与地面垂直的架面，在一行葡萄的两边分别设立一行支柱，支柱与地面垂直，距离 80～100 厘米。架面高度、铁丝间距、支柱间距等，与单臂篱架相同。行距比单臂篱架大，一般为 3～3.5 米。

这种架式单位土地面积内架面面积大，枝蔓数量和结果部位多，前期产量较高。但通风透光条件较差，容易郁闭，枝蔓容易徒长，果实色泽较差，品质较低，容易染病。另外，架材用量较大，管理不方便。此类架式目前在我国北部地区酿酒葡萄应用较多。

② 倾斜双臂篱架　两个架面与地面不垂直，由下向上逐渐向行间倾斜。行内两个支柱的间距为 50～80 厘米，到架顶的间距为 90～120 厘米。支柱的间距、铁丝的拉法、架面的高度与双臂篱架相同。为了节约架材，也可在行的中间埋设一行直立支柱，在支柱拉铁丝的位置绑横拉担，最下面的一个横拉担长度 50 厘米左右，其他横拉担长度由下而上逐渐加长，最顶端的拉担长度 100 厘米左右。在横担两端拉铁丝，形成"V"形架。这种架式的稳定性不如设立两行支柱的牢固。

与直立双臂篱架相比，架面通风透光条件较好，树体长势比较缓和，果实品质较好。但在生产中要保持架形呈"V"形，行内立柱间距要缩减到 3～4 米。

2. 棚架架式

（1）小棚架　架面长度 4～6 米，基部架面高度 0.8～1 米，前部架面高度 2～2.2 米。根据架面不同部位的高度，每隔 2～4 米设置一根支柱，在支柱上架设横梁，在横梁上拉铁丝，使铁丝形成 40 厘米左右见方的网格，构成小棚架，葡萄主蔓与地面呈 40°左右缓慢上架；生长势较强的葡萄品种适于小棚架栽培。小棚架架面长且平直，枝蔓在架面上呈平斜式向上生长，枝蔓生长势缓和，枝蔓充实，芽眼饱满，易形成花芽，且主蔓上的结果枝组容易巩固。架面受光均匀，由于果穗距离地面较高，病害相对较轻。但由于架面较长，占满架面所需时间较长，进入丰产期的时间较篱架晚。

（2）大棚架 架面长度一般在 10 米以上，基部架面高度 1 米左右，前部架面高度 2.2～2.5 米或者更高。与小棚架相同，根据架面不同部位的高度，每隔 2～4 米设置一根支柱，使架面从基部到前部呈逐渐上升的趋势。在支柱上架设横梁，在横梁上拉铁丝，使铁丝形成 40 厘米左右见方的网格，构成大棚架，葡萄上架角度与小棚架相同，大棚架架式以地形较为复杂的山地或庭院栽植时应用效果好，可以充分利用空间。但与小棚架比，成形慢，前期产量低，结果枝组不容易巩固，埋土防寒和葡萄出土上架费工。

（3）棚篱架 此种架式与小棚架或大棚架的不同之处在于垂直上架。实际上是一个单臂篱架与一个小棚架或大棚架的上部架面的结合，篱架架高 1.5 米左右，棚架高 2.2～2.5 米或更高。应用此类架式时，应注意的问题：葡萄主蔓从篱架部分转到棚架部分时，应有一定的倾斜角度，否则，篱架上部的葡萄枝蔓组容易旺长，而其他部分的枝蔓特别是棚架架面部分的枝蔓容易衰弱，整体的树体长势较难控制。

（二）整形

整形的目的在于将树冠培养成一定的形状，使枝蔓合理分布，健壮生长，充分利用空间和光照，为获得高产、优质产品奠定基础。树体形状可将整枝形式分为扇形和龙干形。

1. 扇形整枝

扇形整枝既可用于篱架，也可用于棚架，但多用于篱架。结果母枝采用长、中、短梢混合修剪。扇形整枝的类型很多，植株一般具有较长的主蔓，主蔓一般为 3～6 个或更多，在架面上呈扇形分布。主蔓上着生枝组和结果母枝，大型扇形的主蔓上还可分生侧蔓。植株具有主干或没有主干，没有主干的称为无主干扇形整枝。生产上以无主干多主蔓扇形为多。

无主干多主蔓扇形的整枝过程：第一年，定植当年从地面附近培养 3～4 根新梢作为主蔓。秋季落叶后，1～2 根粗壮新梢留 50～80 厘米短截，较细的 1～2 根留 2～3 芽短截。第二年，上年长留的 1～2 根主蔓，当年可抽出几根新梢。秋季选留顶端粗壮的作为主蔓延长蔓，其余的留 2～3 芽短截，以培养枝组。上年短留的主蔓，当年可发出 1～2 根新梢，秋季选留 1 根粗壮的作为主蔓，根据其粗度进行不同程度的短截。第三年，按上述原则继续培养主蔓与枝组。主蔓高度达到第三道铁丝并具备 3～4 个枝组时，树形基本完成。

2. 龙干形整枝

龙干形整枝主要有三种类型。第一种为独龙干整枝，植株只具有一条龙干，长度为 3～5 米；第二种为在小或大棚架上采用的 2 条龙干整枝，植株从地面或主干上分生出 2 条主蔓（龙干），主蔓上着生短梢枝组，主蔓长度为 5～15 米。第三种为篱架上所采用的单臂水平和双臂水平整枝。

龙干式整枝结合短梢修剪时，在龙干上每隔 20～25 厘米着生一个枝组（俗称龙爪）。每个枝组上以着生 1～2 个短梢结果母枝为好。结合中梢修剪时，必须采用双枝更新，枝组之间的距离为 30～40 厘米。

小棚架无干两条龙的整枝过程：第一年，从靠近地面处选留 2 个新梢作为主蔓，并设支架引缚。秋季落叶后，对粗度在 0.8 厘米以上的成熟新梢留 1 米左右短截；第二年，每一主蔓先端选留一个新梢继续延长，秋季落叶后，主蔓延长梢留 1～2 米剪截。延长梢剪留长度可根据树势及其健壮充实的程度加以伸缩，树势强旺、新梢充实粗壮的可以适当长留，反之短留。第二年不宜留果过多，以免延迟树形的完成。延长枝以外的新梢可留 2～3 芽短截，培养枝组。主蔓上每隔 20～25 厘米留一个永久性枝组。第三年仍按上述原则培养。一般在定植后 3～5 年即可完成整形过程。

（三）冬季修剪

目的是培养树体骨架结构，调节树体生长与结果的关系，防止结果部位外移，达到树体更新复壮，连年丰产稳产。

1. 修剪时间

在冬季不埋土防寒的地区，12 月至次年元月中旬进行修剪，冬季修剪过晚，剪口不能及时愈合，容易引起伤流。

2. 结果母枝的修剪方法

生产上根据剪留芽的多少，分为短梢修剪（留 1～4 个芽）、中梢修剪（留 5～7 个芽）和长梢修剪（留 8 个以上的芽）。

在棚架栽培下，对大多数基芽结实力较高的品种，结果母枝均采用短梢修剪，篱架栽培多采用短梢修剪和中梢修剪相结合。但对基芽结实力低的品种，如欧亚种的部分品种，其花芽形成的部位稍高，一般采取中、短梢混合修剪，长梢修剪多用在主蔓局部光秃和延长枝上。对生长发育粗壮的枝蔓，适当长放，对生长弱的品种和枝蔓短截，以促生强壮枝梢。

棚架栽培采用短梢修剪时，结果母枝宜采用单枝更新，即对每个短梢结果母枝上发出的 2～3 个新梢，在冬剪时回缩到最下位的一个枝，并剪留 2～3 芽作为下一年的结果母枝。第二年冬剪时将上位母枝剪掉，下位母枝剪留 2～3 个芽，以后每年如此进行，使结果母枝始终靠近主蔓。其优点：结果部位不易外移，有利于高产稳产；留芽、留枝数合适，节省水分、养分，抹芽、定枝工作量小，架面枝蔓分布均匀，修剪方法简单易掌握。

在中、长梢修剪时，结果母枝多采用双枝更新。修剪时，对结果枝组上的 2 个母枝，下位枝留 2～3 芽短剪，作预备枝；上位枝根据需要，进行中、长梢修剪。第二年冬剪时，上位结完果的中、长梢可连同母枝从基部疏剪；下位预备枝上发出的 2 个新梢再按上年的修剪方法修剪。以后每年如此循环进行。这种更新方法，结果部位外移相对较快，枝组大，枝条密，通风透光差些。

3. 枝组的更新修剪

枝组经几年连续生长结果后，基部逐渐加粗、剪口数量不断增加，呈弯曲生长，枝条老化，结果能力下降，必须有计划地进行更新。枝组一般每隔 4～6 年更新一次。从主蔓潜伏芽发出的新梢中选部位适当、生长健壮的培养成新枝组，代替老枝组。冬剪时分批分期疏除老化枝组，使新枝组有生长空间。

（四）夏季修剪

葡萄的冬芽是复芽，有时一个芽眼能萌发 2～3 个新梢，且新梢生长迅速，一年内可发出 2～4 次副梢。如生长季不进行修剪控制，就会造成枝条过密，影响通风透光，降低坐果率，果穗松散、着色不良、成熟延迟等。

1. 抹芽

在萌发的芽长到 3～5 厘米（即大部分芽已萌动，少部分芽刚萌动）时进行，抹去密集芽、晚芽、双生芽（副芽与主芽一样大时，去副留主），近地面 30～50 厘米内枝蔓上的芽；架面上一个芽眼发出两个以上新梢的，选留一个长势较好、有花序的，其余抹去；原则是留大、早、平、顺、强芽，不留小、晚、尖、空、夹、弱芽；老树留下不留上，幼树留上不留下。在第一次抹芽后，隔 3～5 天再抹 1 次。

2. 定枝

在新枝长至 20～30 厘米时进行定枝，此时已能看出花序的有无及大小，这是在抹芽基础上最后调整留枝密度的一项重要工作。定枝依品种、树龄、树势而定。大叶型品种（叶直径大于 20 厘米）（如巨峰）等留枝要少，小叶型的欧亚品种（叶直径小于 15 厘米）留枝可多些，结果枝与发育枝为 2∶2 或 2∶1；树龄小，留枝要少，树大留枝多；树势壮，适当多留 2～3 个枝，树势弱，应少留枝。定枝的原则：留壮枝去弱枝，留顺枝去夹枝（张开枝为顺），留果枝去空枝，留早枝去晚枝，留主枝去副枝，留内枝去外枝（靠近铁丝为内）。棚架架面依品种生长势留枝 15～20 个/平方米。单篱架新梢垂直引缚时每隔 10 厘米左右留一个新梢，双篱架每隔 15 厘米左右留一个新梢。定枝时要留有 10%～15% 的余地，以防一些原因对新梢造成的损失。

3. 除卷须

卷须不仅浪费营养和水分，而且还能卷坏叶片和果穗，使新梢缠在一起，给以后的绑梢、采果、修剪和下架等作业带来麻烦。因此，夏剪时要及时剪除卷须。

4. 新梢摘心

目的是控制新梢旺长，提高坐果率，减少落花落果，促进花芽分化和新梢成熟。

（1）结果枝摘心　在开花前 3～5 天至初花期进行，一般在花序以上留 4～6 片叶摘心较为合适。

（2）营养枝摘心　与结果枝摘心同时进行。一般留 8～12 片叶。强枝长留，弱枝短留；空处长留，密处短留。

（3）主蔓延长梢摘心　可根据当年预计的冬剪剪留长度和生长期长短确定摘心时间。北方地区生长期较短，应在 8 月中旬以前摘心。延长梢一般不留果穗，以保证其健壮生长和充分成熟。

5. 副梢处理

生长季需对副梢及时进行处理。对于幼树和生长强旺树，结果枝顶端一个副梢留 2～4 片叶反复摘心，其余副梢留一片叶反复摘心；对于初结果树，果穗以下副梢从基部抹除，果穗以上副梢留一片叶反复摘心，最顶端一个副梢留 2～4 片叶反复摘心。对于篱架和棚架栽培的成龄树，结果枝只保留最顶端一个副梢，并留 2～3 片叶反复摘心，其余副梢从基部抹除。

6. 新梢引缚

在夏剪的同时，将下垂枝、过密枝疏散开，绑到铁丝上，以改善光照和通风条件，提高果实品质，保证各项作业的顺利进行。

7. 剪梢、摘叶

7 月中下旬至 9 月进行。剪去过长新梢和副梢的一部分，摘除过密的叶片（特别是老叶和黄叶），以改善通风透光条件，促进果实着色。剪梢、摘叶以架下有筛眼状光影为标准，不能过重。

五、花果管理

（一）疏花序

疏花序是在抹芽定枝的基础上进一步调整负载量，可以减少营养消耗，提高坐果率和果实品质。疏花序的时期与方法应根据品种特性结合定枝进行。对树体生长势较弱而坐果率较高的品种，在能看清花序时尽早进行；对生长势较强、花序较大的品种以及落花落果严重的品种应晚，待能看清花序形状和大小时进行。疏花序以"壮二、中一、弱不留"为原则，即粗壮枝留 1～2 个花序，中庸枝留 1 个花序，细弱枝不留花序。对于花序较大、坐果率较高的品种，结果枝与营养枝之比为 2∶1 左右；而花序较小、坐果率较低的品种，结果枝与营养枝之比为 4∶1 左右。比例不适宜时，在定枝时对结果枝和营养枝进行调控。

（二）花序整形及掐穗尖

花序整形同疏花序同时进行，以提高坐果率，使果穗紧凑、穗形美观，提高浆果的外观品质。花序整形应根据品种特性进行，果穗较小、穗形较好的品种对果穗稍加整理即可；果穗较大，副穗明显的品种（如巨峰），应及早除掉副穗，并掐去全穗长之 1/4 或 1/5 的穗尖，使全穗长保持在 15～20 厘米；对于特大的果穗还要疏掉上部的 2～3 个支穗。

（三）花前喷硼

开花前 15 天左右喷施 1～2 次 0.2%～0.3%硼砂溶液，目的是提高坐果率。

（四）疏粒

主要是疏掉果穗中的畸形果、小果、病虫果以及比较密集的果粒。第一次在果粒绿豆粒大小时进行，第二次在果粒黄豆粒大小时进行。平均粒重在 6 克以下，每穗留 60 粒左右；平均粒重在 6～7 克，每穗留 45～50 粒；平均粒重在 8～10 克，每穗留 35～40 粒，以保证平均穗重 500 克左右，且果粒大小比较均匀整齐。

（五）应用赤霉素

在葡萄生产上主要是增大果粒及诱导无核果实，但应根据不同品种、不同时期，使用不同的处理方法和浓度。在大面积应用前最好先进行试验，以寻求最佳处理方法、时期及浓度。

（六）果实套袋

葡萄果穗套袋是提高葡萄果实外观及品质、保持果粉完整、减少葡萄病虫危害，进行无公害生产的重要措施。

1. 纸袋的选择

葡萄专用袋的纸张应具有较大的强度，耐风吹雨淋、不易破碎，并有较好的透气性和透光性，避免袋内温度过高。红色和紫黑色品种（如红地球、巨峰等），宜选用黄褐色或灰白色的羊皮纸袋；而绿色品种对纸袋颜色要求不严格。

2. 套袋

一般在葡萄开花后 20 天左右，即生理落果后果实长至黄豆粒大小时进行套袋。套袋前应喷布一次保护性杀菌剂，药液干后及时套袋。

3. 摘袋

应根据品种及地区确定摘袋时间，对于无色品种及果实容易着色的品种（如香妃、巨峰等）可在采收时摘袋。红色品种（如红地球）一般在采果前 15 天左右进行；果实着色至成熟期，昼夜温差较大的地区，可适当延迟摘袋时间或不摘袋，防止果实着色过度，降低商品价值；在昼夜温差较小的地区，可适当提前摘袋，防止摘袋过晚果实着色不良。摘袋时首先将袋底打开，经过 5～7 天适应后，再将袋全部摘除。

六、采收与分级

（一）采收

1. 采收时期

鲜食葡萄在果实达到生理成熟度时采收最为适宜，即品种表现出固有的色泽、果肉由硬变软且有弹性、果梗基部木质化并由绿色变为黄褐色，达到该品种固有的含糖量和风味。需长途运输的果实可在八成熟左右采收，就地销售和贮藏的可在九至十成熟时采收。

采收应选在阴凉天气时进行。雨天与雾天不宜采收，否则会降低浆果贮运性及品质。一天中以 10:00 前和傍晚采收为宜，此时果实温度和气温低，果实的田间热存量少，有利于贮藏和运输。

2. 采收方法和要求

采收时用采果剪剪下果穗。为便于提取和包装，果穗梗剪留 3～4 厘米。剔除病伤粒、小青粒后，集中轻放在地面上的塑料布或牛皮纸上，等待分级和包装。由于葡萄果皮薄、易碎，采收时应轻拿轻放，以免造成不应有的损失。对于鲜食品种，尽量保存果粉完整，以减少浆果腐烂，保持美丽的外观。

（二）分级

上市销售的葡萄应符合中华人民共和国农业行业标准 NY/T 470—2001《鲜食葡萄》中规定的对感官品质的要求（表 3-10）。

表 3-10 无公害食品鲜食葡萄感官要求

项目	指标	项目	指标
果穗	典型且完整	色泽	具有本品种应有的色泽
果粒	大小均匀、发育良好	风味	具有本品种固有的风味
成熟度	充分成熟果粒≥98%	缺陷果	≤5%

第四节 桃无公害果品生产技术

一、品种的选择

（一）普通桃品种

1. 早霞露

果实长圆形，平均单果重为 85 克；果皮淡绿色，顶部有红晕，皮易剥离，果肉乳白色，肉质柔软多汁，味较甜，略有香气，可溶性固形物 10%，黏核。果实生育期约 55 天。树势中庸，树姿开张，以中、长果枝结果为主，复花芽多，花粉量大，花芽起始节位低（2～3 节），丰产稳产。花粉量多，需冷量为 850 小时。适应性强，丰产。

2. 春花

果个整齐，近圆形，平均单果重 88 克，大果重 156 克；果顶圆，缝合线浅，两侧较对称；果皮底色黄绿，阳面及果顶着斑点状紫红色霞，皮易剥离；果肉白色，顶部有少量红色素，肉厚质软多汁，风味香甜，可溶性固形物 9%～11%；黏核，品质上。果实发育期 60 天左右。树势中庸，树姿开张，各类果枝均能结果，复花芽多，以长中果枝结果为主。花粉量多，生理落果轻，坐果率高，早果性、丰产性好。

3. 雨花露

果实长圆形，果形正，单果平均重 125 克，最大果重 180 克；果皮底色浅绿白色，顶部圆平微凹，果顶朱红色；果肉乳白色，肉质柔软，略有纤维，汁多，近核处稍显红色，味甜略淡，有香气，可溶性固形物 8%～11%，黏核。果实 6 月中下旬成熟。室内可贮放 1 周左右。树势较强健，树姿开张，发枝力中等，以长果枝结果为主，坐果率高，丰产。

4. 早凤王

果实近圆形，稍扁，平均单果重 250 克，大果重 420 克；果顶平，微凹，缝合线浅；果皮底色白，果面披粉红色条状红晕。果肉粉红色，近核处白色，不溶质，风味甜而硬脆，汁中多，可溶性固形物 11.2%。半离核，耐贮运，品质上，可鲜食兼加工。果实生育期 75 天。树姿半开张，花芽着生节位低，有一定自花结实能力，幼树以长、中果枝结果为主，盛果期树以中、短果枝结果为主，早果性、丰产性良好，对肥水要求较高，对钾肥很敏感。

5. 春艳

果实近圆形，大小均匀，平均果重 90 克左右，大果重 150 克；果顶平，缝合线浅而明显，两半部对称；果实底色乳白至乳黄色，果面着鲜红色，果肉白色，肉质细嫩，多汁，可溶性固形物 11% 左右，风味浓甜，香气浓。不裂果，耐贮运，常温下可贮存 15 天。果实 6 月中旬成熟，生育期 65 天左右。树势强旺，树姿开张，各类果枝均结果良好，自花结实力强，坐果率高，丰产，适应性广，抗旱，耐寒，不耐涝。

6. 大久保

果实圆形，对称，果顶圆平；平均单果重 205 克；果皮底色乳白，着红晕，完熟后皮易剥离；硬溶质，果肉致密，汁多，风味甜，有香气；可溶性固形物 10%～14%。离核。果实发育期 110 天。树冠开张性强，枝条平展而略下垂，节间短，复花芽多，花粉多，是很好的授粉品种。自花结实力强，坐果率高，丰产性好，盛果期后树势易衰弱。该品种是鲜食兼加工用品种。要求肥水条件较高。幼树抗寒力稍弱，不耐涝，易黄化。

7. 砂子早生

果实卵圆形，果尖渐尖而直，缝合线中深，较明显，两侧对称；果中大型，平均单果重 170 克，大果重 300 克；果皮黄白色，顶部及阳面有红晕；果皮中厚，完熟后易剥离。果肉乳白色，质细而脆，汁多，味酸甜适度，半离核，可溶性固形物 12%，品质上。山东中部地区 7 月初成熟，耐贮运。树势中庸，半开张，枝较粗，节间较短，复芽较多，各类果枝均能结果，以中短果枝结果为主。无花粉，需配置授粉树。花芽易受冻害。较丰产，适应性强。

8. 新川中岛

果实圆形至椭圆形，果顶平，缝合线不明显，单果重 260～350 克，大果重 460 克；果实全面鲜红色，色彩艳丽，果面光洁，绒毛少而短；果肉黄白色，核附近淡红色，肉质脆而硬，汁多，含糖量 13.5％以上，品质上，半黏核，核小而裂核少。在室温条件下可贮藏 10～15 天，商品性好。在山东泰安地区 7 月底果实成熟。幼树生长势强旺，生长量大。结果后中庸健壮，树姿开张，树势稳定，萌芽率高，成枝力强，复花芽多。该品种有一定的自花结实能力，自然授粉坐果率较高。

9. 燕红

果实近圆形，稍扁，果顶平，平均单果重 170 克；果皮底色绿白，近全面着暗红或深红色晕，果皮厚，完熟后易剥离；果肉乳白色，阳面红色，味甜，稍香，可溶性固形物 12％，黏核。北京地区 9 月初成熟。耐贮运。树势中等稍强，树姿半开张。复花芽多，花粉量大。花芽耐寒力较强，适应性强，进入结果期早、丰产。采前落果多，且裂果现象严重，尤其是采前多雨季节。

（二） 油桃品种

1. 五月火

果实卵圆形，平均单果重 70 克；果皮全面着红色，外观美；果肉硬溶，黄肉，风味酸多甜少，黏核，丰产性好。果实发育期 60～65 天。需冷量 550 小时，可作为保护地栽培的授粉品种。

2. 早红珠

果实圆或椭圆形，果顶圆平，缝合线浅，不对称；单果平均重 90 克，最大果重 130 克；果面光滑，底色黄绿，90％着鲜红色；果肉白色，肉质细，多汁，软溶质，味浓甜，半离核，可溶性固形物 11％。果实发育期 62 天。花粉多，丰产，耐贮运性良好，需冷量 700 小时。

3. 曙光

果实近圆形，果面鲜红色或紫红色；平均单果重 90 克左右，最大可达 170 克以上；果肉黄色，硬溶质，纤维中等，风味甜，有香气，可溶性固形物 10％左右，黏核。果实发育期 65 天左右。树体生长中庸偏旺，树姿较开张，叶片黄绿色，花粉不稔，需配置授粉品种，较丰产。

4. 瑞光 5 号

果实短椭圆形，果顶圆，缝合线浅，两侧较对称，果形整齐；平均单果重 145 克，大果重 158 克；果皮底色黄白，果面着紫红或玫瑰红色点或晕，不易剥离；果肉白色，肉质细，硬溶质，味甜，风味较浓，可溶性固形物 7.4%～10.5%；黏核。在北京地区于 7 月 8～15 日成熟。树势强健，树姿半开张，树冠较大，发枝力强。复花芽较多，花芽起始节位低，各类果枝均能结果，丰产。多雨年份有少量裂果。

5. 中油桃 518

果实近圆形，果皮光滑无毛，底色浅绿白或乳白色，成熟后整个果面着鲜红色；平均单果重 90～100 克，大果 150 克以上；果肉白色，肉质细，硬溶质，味甜，可溶性固形物 9%～12%，品质上，核硬，不裂果。在郑州地区于 5 月中旬成熟。有花粉，自花结实力强，极丰产。在黄河流域及其以南桃产区可作为露地超早熟品种发展，黄河以北及西北桃产区可作为设施栽培品种发展，也可露地栽培。

（三）蟠桃品种

1. 早露蟠桃

果实扁圆形，果顶凹入，缝合线浅，果皮黄白色，具玫瑰红晕，茸毛中等；平均单果重 140 克，最大果重 160 克；果肉乳白色，近核有红色，柔软多汁，味甜，有香气。可溶性固形物含量 9%～11%。黏核，裂核少。在北京地区于 6 月中旬采收。树势中庸，树姿较开张，花芽起始节位低，复花芽多，各类果枝均能结果。有花粉，可自花结实，大棚及露地均可栽培。生产上需强化疏果，以确保果个均匀、硕大。

2. 瑞蟠 3 号

果实扁平形，果顶凹入，两侧较对称，果形整齐；平均单果重 210 克，大果重 280 克，果皮底色黄白色，能剥离，果面 1/2 着玫瑰红色晕；果肉白色，肉质细，为硬溶质，味浓、甜，黏核，可溶性固形物 11%。在北京地区于 7 月下旬成熟。品质上，丰产。

3. 瑞蟠 4 号

果实扁平形，果顶凹入，两侧对称，果形整齐；平均单果重 200 克，大果重 300 克；果皮底色淡绿或黄白色，不易剥离，果面 1/2 着深红色晕；果肉白色，肉质红，为硬溶质，耐贮运，味浓、甜、黏核，可溶性固形物 12%～14%，品质上。北京地区 8 月下旬至 9 月上旬成熟。树势中等，发枝力较强，复花芽多，花芽起始节位低，各类果枝均能结果，丰产性强。

（四）加工桃品种

1. 郑黄 2 号

果形近圆形，两半部较对称，缝合线浅；平均果重 123 克；果皮金黄，具红晕，果肉橙黄，近核处无红色，不溶质，肉质细韧，汁中多，酸甜适度，黏核，可溶性固形物 9％～10％，耐贮运。在泰安市 7 月初成熟。花粉不育，应配植授粉品种。结果早，坐果良好，丰产。

2. 金童 5 号

果形近圆形；平均果重 160 克，最大重 274 克；果皮底色金黄，彩色红，占果面 1/3～2/3；果肉金黄，不溶质，肉质致密，汁液中等，香气浓，风味酸甜适度，黏核，可溶性固形物 11％。该品种耐贮运。在泰安市 8 月初成熟。自花授粉，坐果率高，丰产性强。

3. 明星

果圆形；果重 200～300 克，最大 530 克；果面橙黄色，果肉金黄色，核小，黏核，可溶性固形物 13.1％，加工利用率为 78％。在山东地区 7 月下旬成熟，丰产、抗褐腐病等，是加工罐桃的理想品种。

（五）设施栽培品种

在我国北方桃产区，设施栽培极为普遍。而设施栽培的主要目的是促其早熟，所以，首先应选择早熟品种，一般选用果实发育期短（55～95 天），低温需求量少（550～750 小时），适应设施条件，自花结实率高的丰产优质品种。其质量标准是果个体大，口味甜，外观艳丽，商品价值高，耐贮运，有较强的市场竞争力。

1. 普通品种

早霞露、雨花露、春艳、京春、90-34-2、早久保、大久保等。

2. 油桃品种

早红珠、丹墨、早红霞、曙光、艳光、秦光、早红 2 号、瑞光 5 号等。

3. 蟠桃品种

早露蟠桃、新红早蟠桃、早蜜蟠桃、早硕蜜、早魁蜜、瑞蟠 2 号等。

二、果园的建立

（一）园地选择

1. 气候条件

桃树对温度适应范围较广，但以冷凉温和的气候条件为宜。主要栽培区生长期平均温度应在 18℃ 以上，以 25℃ 左右生长最好，产量高，品质优。若花期遇到 −1～2℃ 低温，易发生冻害，应注意防止晚霜的危害。桃树喜光，桃园应建在光照充足的地区，最好是处于东西向开阔，南面无高大树木、建筑物和山冈等遮阴的地段，并能避开风口、河道等。桃树较耐旱，怕涝，适宜的土壤含水量为田间最大持水量 20%～40%，降雨量多的地区，桃园应建在排灌条件好、地势较高的地方。

2. 土壤环境

园地要选在背风向阳、土壤通透性良好的沙质或壤土地块，地下水位在 1.5 米以下，有机质含量在 1.0% 以上，土层厚度不小于 60 厘米，pH 6.5～7.5，土壤总含盐量 ≤0.3%。过于肥沃或透气性差的黏重土和盐碱地不适宜栽植桃树，若栽植桃树必须先进行土壤改良。以平地为宜，在丘陵山地建园，宜选在坡度为 6～15° 的南坡，并修筑梯田。桃树忌连作。

（二）保护地栽培的设施要求

适于桃栽培的保护设施主要有塑料大棚和温室。塑料大棚以南北向为宜，长×宽×高一般为（50～100）米×（8～15）米×（2～3）米，包括春暖棚（盖草苫）和春棚（不盖草苫）两种。温室坐北朝南，东西延长，以正南或南偏东、南偏西 5° 为宜；高寒地区，则以南偏西 5° 为宜，长×宽×高一般为（60～80）米×（7.5～8.0）米×（3.2～3.5）米。

（三）苗木选择

苗木选择标准：苗高 80 厘米以上，嫁接口粗度 0.8～1.0 厘米；苗木充实，芽体饱满，根系完整，有 0.3 厘米粗、15 厘米长的侧根 5～6 条，无病虫害和明显机械损伤。保护地栽培可选择生长健壮、无病虫、芽眼饱满、根系发达的一年生苗，也可选择二至四年生大树。

（四）栽植

桃树宜秋栽（10 月下旬～11 月下旬），也可春栽（3 月 15 日～3 月 25 日）。已扣棚的温室 1～4 月均可定植。平地和坡度小于 5°的桃园按南北行向栽植，坡度大于 15°的按等高线栽植。

按规划株行距，定点挖定植穴。定植穴大小为深 40 厘米、长和宽 60 厘米；每穴以优质腐熟农家肥 50 千克和 1 千克磷肥的施肥量与表土充分混匀后填入穴内，要求填平、踏实。保护地栽培采用 1.0 米×1.5 米株行距或变化性密度，即第 1 年密栽，株行距为 1.00 米×0.75 米，第 2 年果实采收后隔行间伐，株行距变为 1.0 米×1.5 米，第 3～4 年密度不变，以后视树冠大小决定是否再次间伐。

栽植前对苗木进行修剪和蘸根消毒处理。定植时将苗木放入穴内，深度与苗木生长一致，舒展根系，填入碎湿土，边填土边踏实。定干（保护地栽培应根据棚架结构特点，前底脚 30 厘米定干，后过道留 40 厘米，形成一面坡）。修好树盘后灌水。秋季栽植的以苗木为中心封一个 30 厘米高的土堆，次春扒开；萌芽前覆盖地膜。

配置的授粉树要求与主栽品种花期相遇，花粉量大，授粉亲和力高，二者的配比为 1：5。

三、土、肥、水管理

（一）土壤管理

1. 深翻改土

桃树根系生长要求活土层厚度达到 70 厘米左右，通气状况良好，土壤有机质含量达到 1% 左右。深翻改土要结合有机肥的施用，在晚秋落叶后至土壤上冻前完成。可采取扩穴深翻的方法，即每年秋季结合施基肥，沿定植穴或上年扩穴外缘，挖深宽 60～80 厘米左右环状沟；也可用隔行深翻，在行间开沟深翻，隔 1 行深翻 1 行。按每 667 平方米 3000～5000 千克腐熟有机肥与表土充分混合，填入沟底，将底土填入上层，深翻后灌一次透水。

2. 中耕除草

　　生长季节降雨或灌溉后要及时进行中耕松土，调温保墒，消灭杂草。中耕和除草相结合，中耕的时间和次数，因气候条件和杂草量而定，一般每年 3～4 次，春季杂草发芽前、收麦后及雨季到来之前 3 次最重要。中耕的深度一般为 10 厘米左右。

　　3. 合理间作

　　幼树定植后，行间间作低秆作物，适宜间作豆科类作物（如大豆、绿豆、花生等），第 1 年保留 80～100 厘米的营养带。营养带采取清耕或覆草法，控制杂草，保持地表疏松透气。第 2 年生长季根据树体生长情况，缩小间作物种植面积。

　　4. 覆草

　　在夏、秋两季可利用作物秸秆、杂草等覆盖树盘或全园覆盖，厚度为 20 厘米。生长季实行清耕的部分，每次灌水或降雨后浅锄 3～5 厘米，以控制杂草，保持地表土壤疏松透气。秋末初冬翻树盘，深度以 10 厘米左右为宜，里浅外深，避免伤大根。

　　（二）施肥

　　桃树喜钾肥，对磷肥需要量较少，吸收氮、磷、钾的比例约为 10：4.5：15，每生产 50 千克果实，需氮 50～125 克。施基肥原则以有机肥为主、化肥为辅；氮磷钾肥为主、微量元素为辅。肥料种类包括充分腐熟的作物秸秆、人粪尿、畜禽肥、饼肥、绿肥等；无机肥包括草木灰、含氮磷钾的各种化肥、复合肥及微肥，但应慎用硝态氮肥，有机氮与无机氮之比以不超过 1：1 为宜，禁止使用未获登记的肥料新产品或未经无害化处理的城市垃圾和未经腐熟的有机肥。

　　1. 基肥

　　最好于桃果采收前后及时施入，以利于断根愈合，尽快恢复生长，也可于每年秋季落叶前后（10 月下旬～11 月下旬）结合深翻及时施入。优质腐熟农家肥施肥量按斤果斤肥的标准施入，能达到 0.5 公斤果 1 公斤肥更好。放射状沟施、环状沟施、条沟施、全园施肥均可。施肥后灌水。

　　2. 追肥

　　以速效肥为主，根据树势强弱、产量高低确定施肥种类、数量和次数。盛果期树追肥一般每年 4 次。

第一次为萌芽前或谢花后施入，株施尿素 0.5 千克左右，或腐熟人粪尿 10 千克，提高坐果率。

第二次为硬核期施入，株施复合肥 1.5 千克。

第三次在果实迅速膨大期施入，株施复合肥 1.5 千克。

第四次在着色前期施入，以磷钾肥为主，促进着色，提高果实含糖量。

保护地栽培的桃树应以腐熟人粪尿、饼肥、腐质酸肥、微生物肥、复合肥、专用肥等为主。在花前、花后、幼果膨大期追施氮磷钾复合肥，果实发育期和秋后结合喷药喷施叶面肥，促进幼果发育和花芽分化。

3. 叶面喷肥

一般坐果后至果实成熟前，每隔 10～15 天叶面喷 1 次 0.3% 尿素或磷酸二氢钾，着色前期以喷施磷酸二氢钾为主，可结合喷药进行。花期喷 0.1%～0.3% 的硼砂或 0.1%～0.2% 的复合微量元素；黄叶病严重的树，萌芽期喷 2% 的硫酸亚铁，生长季喷 0.2% 的硫酸亚铁。

（三）水分管理

一年中主要在萌芽前、新梢生长期、硬核始期、果实膨大期及土壤封冻前 5 个时期灌水。在各个需水时期，根据降雨情况和土壤保水情况，确定具体的灌水次数，防止忽旱忽涝导致裂果。生长期和果实膨大期保持土壤湿润，田间持水量保持在 70%～80%，花芽分化临界期保持在 60% 左右，果实采收前 10 天适当控水。

可在树冠下修筑树盘，并与灌渠接通进行树盘浇水，也可在果树行间开灌溉沟，沟深 20～25 厘米，喷灌、滴灌方法更好，可大量节约用水。

7～9 月份是降雨的集中期，可在园内挖排水沟，及时排出园内积水。

四、整形修剪

（一）整形技术

1. 树形

（1）自然开心形 干高 30～50 厘米，在主干上着生 3 个主枝，分布均匀、错落有致，并避免朝正南方向，主枝开张角度 40～60°，每主枝培养 2～3 个侧枝或直接着生结果枝组，夹角 60～80°。这种树形适于株行距 3 米×4 米的密度。

（2）Y 形　干高 50～60 厘米，两主枝伸向行间，主枝开张角度在 60°，主枝上配置侧枝，侧枝开张角度为 65°左右。适合宽窄行栽植，每 667 平方米 83～167 株。保护地栽培时干高降为 30～50 厘米，两主枝角度 60°～80°，主枝上直接着生结果枝组。

（3）细长纺锤形　有中心干形，干高 30 厘米，树高 2 米。中心干螺旋式着生 6～8 个枝组，枝组间距 30 厘米，夹角 80°～90°。这种树形适于每 667 平方米 222～333 株的密度。

2. 整形技术

栽植后于 30～50 厘米且有 3～5 个饱满芽处定干。萌芽后按树形要求选留主枝。生长季当主枝延长枝生长至 50 厘米时留背下芽或副梢摘心，以开张角度、促生副梢，选留侧枝或枝组。控制背上直立枝。冬剪时，对主枝延长枝留 50～60 厘米短截，对侧枝延长枝留 30～40 厘米短截，结合树形调整主枝和侧枝角度，2～3 年完成整形任务。

（二）修剪技术

1. 冬季修剪

（1）疏枝　即疏除背上直立、旺长枝、过密枝、病虫枝、衰弱枝、重叠交叉枝，以及较细的花束状果枝。

（2）短截　根据枝条粗度确定合理负载量，进行适当短截，长果枝留 5～7 节花芽短截，中果枝留 3～4 节花芽短截，缓放短果枝，徒长性果枝留 10 节以上花芽短截。对坐果率高、大果型、耐低温的品种及立地条件差、长势弱的树可适当重短截，反之应轻截。南方品种应重截，北方品种应轻截。

（3）回缩　对多年连续结果的先端下垂枝，可在背上新生枝前端回缩；对重叠、交叉枝也可适当回缩。

（4）更新修剪　对结果枝较多、较密、生长势较弱的部位，可采取疏弱枝、留壮枝的方法，进行单枝更新，即将一个结果枝作为修剪单位并进行适当重短截。对空间较大、结果部位上移外移过快的部位采取双枝更新，即将两个枝作为修剪单位，将仅次于上部或外部的一个作为结果枝正常短截，另一个作为预备枝，留 2 个叶芽短截。

2. 夏季修剪

桃树夏季修剪既可减轻冬季修剪的工作量，又可调节树体营养，改善树体通风透光条件，因而十分重要。全年可以进行 4～5 次。

第一次：花前花后进行，主要是花期复剪和抹芽。花期复剪于初花期进行，对冬剪不彻底或留芽过多的结果枝，根据枝粗、姿势及果实大小合理短剪。抹芽于萌芽期进行，主要抹除双生芽中的一个芽、剪锯口芽和过密芽。

第二次：5 月下旬至 6 月上旬进行，对过密过旺或竞争枝重摘心或疏除。疏除多年生枝或旺果枝上萌发的直立旺梢。基部 10～20 厘米处有副梢的徒长枝，基部留 1～2 个副梢短剪。对空间较大缺少侧枝的部位，也可将背上直立新梢拉向一侧，改造为结果枝组。

第三次：6 月下旬至 7 月上旬进行，对各类果枝摘心，一般长果枝去掉 1/5，中果枝去掉 1/4，短果枝去掉 1/3；疏除过密枝和徒长枝。

第四次：7 月下旬至 9 月上旬进行，对全树所有未停止生长的新梢进行摘心。

第五次：采果后剪去结果后的下垂、衰弱枝，或背上新枝短剪。对直立枝拉枝开角。疏除上部重叠、遮光、过密大枝和发生较晚的副梢。

3. 保护地栽培桃树的整形修剪

以夏剪为主，冬剪为辅。定植当年冬剪以短截为主，看花修剪；第 2 年以后，以短截和疏枝为主，剪后枝距 10～15 厘米。幼果生长期要不定期多次夏剪，果实着色期及时缩剪树冠上层徒长新梢，疏密生梢，改善光照，促进果实着色。采果后要进行更新修剪，以短截和回缩为主。骨干枝一般剪留 1/2～2/3，枝组剪留基部 1～3 个分枝处，对所留新梢一律留 20～25 厘米剪截。

五、花果管理

（一）保花保果

花期放蜂，每 667 平方米放置 2～4 箱蜂，花期避免喷药，以保护有益授粉昆虫。

花期前后喷 0.3%～0.4%的尿素，花蕾期或花期喷 0.1%～0.2%的硼砂液或 0.1%～0.2%的复合微量元素，均能提高坐果率。

人工授粉，即取有花粉花的花药，在 20～25℃条件下烘干取粉，混合 5～10 倍的滑石粉用机器喷粉；也可用鸡毛掸在授粉树和主栽品种的花上轻轻磙动授粉。

（二）疏花疏果

冬剪时疏除过密、过多的果枝，对留下的果枝适当短截，保持适宜的叶花芽比。

花期合理复剪，疏截多余的花枝、弱花枝，保留壮花枝，根据花期气候调整花量。蕾期疏除枝条基部的花蕾和多余的花蕾；花期疏除多余花朵。先疏下部花，留中上部花和单花，最后采用隔一去一法，减少开花，节省营养。

疏果于生理落果后进行。首先根据品种特性和果实成熟期确定留果量，然后按果枝类型留果，徒长性果枝留 4～5 个果，长果枝留 3～4 个果，中果枝留 2～3 个果，短果枝留 1～2 个果，花束状和花簇状果枝留 1 个果。及时疏除病虫果、畸形果、朝天果和小果。定果时最好留果枝中、上部和中短枝先端的果，适宜的果间距为 20～25 厘米，在枝条上果实呈三角形分布。坐果率高而稳定的品种可适当多疏少留；相反可适当多留，或按 25∶1 的叶果比留果。

（三）果实套袋

于桃果生理落果后结合定果开始，套袋前细致喷施一次杀虫和杀菌剂，药液干后再套袋。果袋宜选用桃专用袋，以双层纸袋为最佳，采果前 15～20 天摘袋，以利果面着色，雨季或容易裂果的品种也可不去袋。

（四）字画桃果的生产

待摘除果袋，喷布的杀虫、杀菌剂晾干后，在果实向阳面的上端系上带有文字或图案的塑料薄膜块，使有文字、图案处紧贴果面，在天气晴好的情况下，4～5 天文图就可清楚地在果面显露，成为带有文图的商品桃。

（五）保护地温、湿度管理

桃树落叶即开始休眠。适当提早扣棚，白天扣草苫，夜间揭开草苫，蔽光降温，创造一个适宜桃树休眠的低温（0～7.2℃）条件，可以提早解除休眠。夜间平均气温稳定在7℃以下时开始扣棚、盖草苫。

1. 升温

升温的时间要根据室内7.2℃以下温度的时间和主栽品种需冷量而定，同时考察当地气候条件和设施保温与临时加温条件，确保花期及幼果不受低温危害。满足品种的需冷量后，开始揭苫升温。不同地区可根据温室保温性能、当地气象条件调节升温日期。

2. 温、湿度调控

桃不同生育期要求温度不同，应进行分段变温目标管理：萌芽期白天最高温度25℃，夜间最低温度0～5℃；开花期白天最高温度22℃，夜间最低温度4℃；硬核期及果实膨大期白天最高温度25℃，夜间温度5～10℃；着色期至采收前白天最高温度28℃，夜间温度10～15℃。由于温度剧烈变化影响树体生长发育，导致落花落果，因此，温度变化过程要有过渡阶段。

桃不同生育期要求湿度不同，萌芽期相对湿度70%～80%，开花期保持50%～60%，硬核期及果实膨大期在60%以上，着色期至采收前控制在60%以下。

六、采收与分级

根据不同品种的成熟期，选择与用途一致的最佳时期采收，对成熟度不一致的品种，应根据成熟度分期采收。

用于在较近的市场鲜销，宜在八九成熟时采收；距市场远，需长途运输，可在七八成熟时采收；溶质桃宜适当早采，尤其是软溶的品种；供贮藏用的桃，一般在七八成熟时采收。

桃果实硬度低，采收时，工作人员应戴好手套或剪短指甲，要轻采、轻拿、轻放。采收时不能用手指用力捏果实，而应用手托住果实微微扭转，顺果枝侧上方摘下，以免碰伤。对果柄短、梗洼深、果肩高的品种，摘时不能扭转，而是全手掌轻握果实，顺枝向下摘取。蟠桃底部果柄处易撕裂，采时尤其要注意。另外，最好带果柄采收。若果实在树上成熟度不一致时，应分批采收。采果篮不易过大，以盛装 2.5～4 千克为宜，篮内垫海绵或麻袋片。采收的顺序是由外向里，由下往上逐枝采收。

采果后，应剔除病虫伤果，分级包装。装箱后，应晾放 4～6 小时后封箱入库或运输。

第五节　李、杏无公害果品
生产技术

一、品种的选择

（一）李品种

1. 大石早生李

果实卵圆形，果顶尖；单果重 41～53 克，大果重 70 克；果皮底色黄绿，着鲜艳红色，皮较厚，易剥离；果粉较多，灰白色；果肉淡黄色，有放射状红条纹，质细、松脆，细纤维较多，汁多，味甜酸，微香，可溶性固形物 11.5%。黏核，核小，品质上。抗寒力较强，是一个很有发展前途的极早熟品种。

2. 黑宝石李

果实扁圆形，果顶平圆；平均单果重 72.2 克，最大果重 127 克；果面紫黑色，果粉少，无果点；果肉乳白色，硬而细嫩，汁液较多，味甜爽口，品质上。果实货架期 25～30 天，在 0～5℃条件下可贮藏 3～4 个月。

3. 龙园秋李

果实扁圆形，果顶平或微凹；平均单果重 76.2 克，最大单果重 110 克；果皮底色黄绿，着鲜红色，果粉中多，果点大而明显；果肉橙黄色，质致密，纤维少，汁多，味酸甜，微香，可溶性固形物 14.8%～16%，品质上；半离核、核小。哈尔滨地区果实于 9 月上旬成熟。在常温下可贮放 15 天左右，土窖可贮放至新年。极丰产，采前不落果，不裂果，抗寒，抗红点病，果实较耐贮藏。

4. 巴彦大红袍

果实扁圆形，果顶平，缝合线浅，较对称；平均单果重 14.8

克，最大单果重 23.7 克；果皮底色黄绿，着紫红色；皮较薄；果粉厚，灰白色。果肉黄色，肉质松软，纤维较多，汁多，味甜酸，具浓香，可溶性固形物 12.3％，品质上。黏核。在常温下可贮放 7 天左右。果实发育期约 90 天，以短果枝和花束状果枝结果为主，采前落果轻。可用以制作果酱和李脯，是较好的制罐品种。适宜在东北等地区栽植。

5. 赤峰紫李

果实扁圆形，果顶平广，微凹，缝合线浅，对称；平均单果重 66.6 克，最大单果重 118 克；果皮底色为黄色，着暗红或鲜红色，生有不规则形细短条纹；果点黄色圆形，中大，较密集；皮厚而韧，难剥离；果粉厚、白色；果肉黄色，近核部为黄白色，肉厚致密，充分成熟时变软，纤维少，汁极多，味酸甜，香气浓，可溶性固形物 18.0％，品质上。黏核。常温下可贮放 10 天左右。抗寒力强，丰产，是较好的制罐品种。适宜在华北和东北等地区栽植。

6. 艾奴拉李

果实近圆形，果顶圆平，背部有微突；缝合线不明显；平均单果重 26 克；果皮蓝紫色，充分成熟后蓝黑色；皮薄，难剥离；果粉厚；果肉绿黄色，质致密，汁中多，酸甜，风味浓，可溶性固形物 20％。黏核，果实发育期约 110 天。果实耐贮运，是制干、制酒和制果酱的好原料。

（二）杏品种

1. 骆驼黄杏

果实圆形，果顶平，微凹，缝合线明显，对称；平均果重 50 克，最大果重 78 克；果皮底色橙黄，阳面有深红晕；果肉橙黄色，肉质细，味酸甜，品质上。黏核，完全成熟时半离核，核小，甜仁。果实发育期 55 天。以短果枝结果为主，连续结果能力强。在高温低湿平地表现徒长，结果很少，甚至不结果。可在华北地区的山坡地大面积发展。

2. 临潼银杏

果实圆形；平均单果重 100 克左右；果面淡乳黄色；果肉淡黄色，肉质柔软多汁，味甜，品质上。半离核，甜仁。果实发育期 75 天左右。树势强健，树冠紧凑，半开张，耐旱，丰产。宜在平地和土层深厚的山地栽培。

3. 华县大接杏

果实扁圆形，果顶平、微凹，缝合线浅、广，对称；平均单果重84克，最大果重150克；果皮黄色，散生红色小斑点；果肉橙黄色，肉质松软，纤维少、汁多、味酸甜、香味浓，品质上。离核，核椭圆形，甜仁。果实发育期80天左右。常温下可存放5天。以短果枝和花束状果枝结果为主。该品种丰产，稳产，适应性强，可在西北、华北地区和辽宁等地适当发展。

4. 兰州大接杏

果实长卵圆形，果顶圆、微凹，缝合线中深，不对称；平均单果重84克，最大果重135克；果皮底色橙黄，稀生红色小斑点，皮厚、难剥离。果肉橙黄色，近核处淡黄色，肉质细、密、软，纤维中多、汁中多、味酸甜适口、香味浓，品质上。离核或半离核，甜仁。果实发育期85天。常温下可存放5～7天。以短果枝及花束状果枝结果为主。该品种适应性强，可在甘肃、陕西等地适当发展。

5. 仰韶黄杏

果实卵圆形，果顶平、微凹，缝合线浅，两半部不对称；平均单果重60克，大果重130克；果皮橙黄色，阳面着红晕，具紫褐色斑点；果肉橙黄色，近核处黄白色，肉质细韧、致密，富有弹性，纤维少，汁中多，酸甜爽口，可溶性固形物14%，香气浓，品质极上。离核，苦仁。果实发育期70～80天。常温下可贮存7～10天。雌蕊败育率较高，需配置授粉树。连续结果能力强，几乎无大小年现象。适应性强，抗寒耐旱、抗晚霜，抗病虫害。该品种为优良的鲜食、加工兼用品种。

6. 石片黄杏

单果重70～100克，最大果重130克；果皮橘红色，鲜亮；核小，肉厚，汁多，质地细腻，可溶性固形物多，粗纤维少，香味浓厚，酸甜适度；离核，甜仁。该品种结果早、产量高、寿命长，是制作出口杏脯的优质原料。

（三）温室栽培品种

温室栽培品种应具备的条件：果实发育期短，成熟期早，需冷量低，品质优良，自花结实率高、丰产性好等。

1. 李品种

（1）莫尔特尼　果实近圆形或卵圆形；平均单果重 74 克，最大单果重 123 克，果面光滑而有光泽，果点小而密，底色黄色，全面着紫红色，果皮中厚，较离皮，果粉少；果肉淡黄色，近果皮处有红色素，肉质松软，汁中少，风味酸甜，可溶性固形物 13.3%，品质中上。黏核。7 月初果实成熟。树势中庸，分枝较多。幼树结果较早，极丰产，适应性广，抗逆性强。抗寒，抗旱，耐瘠薄，对病虫害抗性强。

（2）美丽李　果实近圆形或心脏形，果顶尖或平，缝合线浅；平均单果重 87.5 克，最大单果重 156 克；果皮底色黄绿，着紫红色，果粉厚，灰白色；果肉黄色，肉质致密，果汁丰富，纤维多而细，味酸甜，具浓香，可溶性固形物 12.5%。半离核。常温下果实可贮放 5 天左右。产量低，果实不耐运输。

2. 杏品种

（1）9803 杏　果实扁圆形，果顶平，微凹，果面光洁，缝合线深；平均单果重 82 克，最大 120 克；果皮橙黄色，有条状红霞，果肉橙黄色，肉质细软、汁多，味酸甜适口，具浓香；可溶性固形物 11.5%，露地栽培，可溶性固形物 14%，鲜食品质上。离核、仁苦。需冷量约 550 小时，可在适合保护地栽培地区大量发展。

（2）红丰杏　果实近圆形；果面光洁，果实底色橙黄色，外观 2/3 为鲜红色；平均单果重 68.8 克，最大果重 90 克；肉质细嫩，纤维少，可溶性固形物 16% 以上，汁中多，浓香，纯甜，品质特上，半离核。成熟期 5 月 10～15 日。

二、果园的建立

（一）建园环境

果园所处环境的大气、水体、土壤中有害物质的含量不超过国家允许的标准，果园河流或地下水的上游无排放有毒有害物质的工厂，园地不含有天然有害物质，果园距主干公路 50 米以上。具体指标要求参照桃树果园建立部分。

（二）品种砧木选择及栽植密度

在易发生霜冻的地区，应选择花期晚或花期虽早但抗冻力较强的品种。如陕西的梅杏、河南的仰韶黄杏等。不同品种抗霜冻能力有很大差异，有研究表明，沙金红与扁杏抗霜性最强，银白杏、香白杏、红玉杏、华县大接杏等抗霜性最差；兰州大接杏、串枝红抗霜性居中。从李品种来看；七月红李、晚红李花期抗霜陈能力较强。利用一些抗寒砧木也是一项有效的措施，如杏以辽杏、西伯利亚杏为砧木，李以杏、山桃为砧木比较抗寒。

选择肥沃的砂壤土和背风向阳的南坡栽植，栽过桃树忌栽植杏树，避免重茬。栽植密度：一般采用（2～3）米×（4～5）米的株行距，如土层深厚、疏松肥沃、地势开阔，又有良好的肥水条件，应当稀植，否则适当密植，以充分利用土地和光能，增加单位面积产量。

三、土、肥、水管理

（一）土壤管理

李树根系浅，定植后应深翻扩穴，加大树盘，结合施用基肥进行土壤深翻，生长期还应经常中耕松土，保持树盘土壤疏松、湿润。

干旱季节进行树盘覆草是行之有效的增产措施。杏园覆草后由于早春地温稳定，还能推迟开花期，避免晚霜危害。覆草面积应以树冠大小为基准，草厚 15～20 厘米，上面压 2～3 厘米厚的土防风，逐年补充，4～5 年刨翻一次。树盘覆盖地膜有与覆草大致相近的效果，同时还可以有效地防止桃小食心虫和杏仁蜂危害。覆膜面积以盖住树盘即可。但覆膜过早可以使早春土壤温度上升而提早开花。因此，杏园覆盖地膜应在开花后进行。

李、杏树在定植后的 5 年，园内空地较大，为充分利用土地，增加经济收入，可留出树盘后在行间种植矮秆的豆类作物，土壤管理可随间作物进行。树长大后则只能清耕或覆草等。具体方法可参照桃的相应管理部分。

（二）肥水管理

李花量大，结果数量多，果实生长期短，特别是对氮素和钾素的消耗量较大，需进行补充。基肥在早秋施用，用量占全年氮、钾肥的 70%，磷肥的全部。一般早、中熟品种在采收后施一次追肥，晚熟品种则在定果后增施一次追肥，以促进果实膨大和花芽分化。老弱、花多的树也可在花前增施一次氮肥，以促进新梢生长和提高坐果率。

在肥水充足的条件下，杏树的雌蕊败育率低。给杏树施肥应以基肥为主。基肥以有机肥为主，应占全年施肥量的 70%～80%。追肥每年可施 1～2 次速效性无机肥料。果实采收后追施速效性氮肥，以补充结果消耗的营养。有条件的杏园，还应在果实迅速生长期追肥一次。

根外追肥省肥省水，见效快。可与防治病虫害喷药一起进行。常用的肥料和浓度：尿素 0.2%～0.4%、过磷酸钙 0.5%～1.0%、磷酸二氢钾 0.3%～0.5%、硼砂 0.1%～0.3% 等。生长前期叶片嫩，浓度宜小，后期浓度可大些。

在缺乏水源的地区，穴贮肥水施肥法效果很好。具体方法：在树冠下以树为中心，沿树盘埂壁挖深 40 厘米、直径 20～30 厘米的穴。用水和肥的混合液浸泡捆好的玉米秸、麦秸、杂草，然后填入穴中，将 100 克过磷酸钙与土混合后填在草把的周围，再在草把上施 50～100 克尿素，灌水 30～50 千克，用土填实，穴顶留小洼，地面平整，最后用地膜覆盖于树冠下，边缘用土封严，在穴洼处穿一孔，以便灌水施肥和透入雨水，孔上压上石头利于保墒和积水。穴的有效期为 2～3 年。

灌水可结合施肥进行。有条件的果园，应在落叶后封冻前和果实迅速生长期各灌一次水。雨季及时排水防涝。

四、整形修剪

（一）适宜树形

1. 自然圆头形

干高 30～50 厘米，无中心干。主枝 5～6 个，错开排列，主枝上每隔 30～50 厘米留一侧枝，侧枝上配备枝组，或用大型枝组代替侧枝。栽苗木后，在 40～60 厘米处定干，任其生长，然后保留 5～6 个骨干枝。这种树形修剪量少，成形快，结果早，丰产，适合密植和旱地栽培，但树冠内膛易空，出现"光腿"现象。

2. 自然开心形

干高 20～40 厘米，无中心干。主枝 3～4 个，均匀分布，主枝上配备侧枝，侧枝上安排枝组。这种树形光照条件好，结果面积较大，生长较强，树冠较牢固，但基本主枝少，早期产量低。

3. 疏散分层形

有中心干。主干高 30～50 厘米，主枝 6～10 个。第 1 层 3～4 个主枝，按邻接或邻近排列，层内距 30 厘米左右；第 2 层 2 个主枝；第 3 层 1～2 个主枝，彼此间水平夹角基本相同。在第 3 层主枝以上开心。第 3 层主枝只留 1 个侧枝。第 2 层与第 1 层主枝的层间距 60～100 厘米，以后各层间距 40～60 厘米，越向上越小。树冠大，成枝力高的品种及土壤肥沃、管理水平高时层间距可大些；树体矮小，成枝力低及土壤瘠薄、管理水平低时层间距可小些。这种树形的特点是树冠大，主枝多，层次分明，上下分布均匀，内膛不易空，但成形较晚。树势强的品种和栽培在比较肥沃土壤上的植株，宜用这种树形。

4. 纺锤形

干高 80 厘米左右，有中心干。主枝自然环绕着生，不分层，水平开张，均匀地向四周延伸，主枝上不留侧枝，直接着生结果枝组。上部主枝着生稀疏，相对较短，下部主枝稍密，且大、长。

生产中应依品种、立地条件等灵活选择适宜树形。红美丽、大石早生等干性差、分枝力强的品种以及凯尔斯等枝条较软的品种可采用自然圆头形。玫瑰皇后、卡特利那等干性强、分枝力强的品种可采用疏散分层形。黑琥珠、黑宝石等分枝力差、生长势强的品种可采用自然开心形。皇家宝石、威克林等干性较强、长势中庸的品种可采用纺锤形。

（二）不同树龄李、杏树的修剪

1. 幼树修剪

李、杏树幼树的修剪，主要是剪截主、侧枝的延长枝和发育枝，疏除密挤枝，以利整形和扩大树冠。小枝最好不加修剪，以便形成花芽，提早结果。对发枝多、长势旺的李品种，尤其要少截或不截，及时疏除直立旺枝和密生枝。幼龄树生长旺，需掌握"长枝多去、短枝少去"的原则。延长枝可剪去 1/4～1/3，使各主枝的生长势保持平衡。李、杏树在幼龄和结果初期，最容易发生强枝，尤其在主枝弯曲或平伸处抽生的直立强枝更多，应及早疏除。疏间过密或位置不当的长果枝或中庸枝，保证良好的通风透光条件。利用发枝特性，夏季还可对新梢进行摘心或剪梢，促进分枝，加快枝组的培养，缩短整形年限。

2. 盛果期和衰老期的修剪

（1）李树 通过骨干枝换头调整骨干枝角度和长势，达到抑前促后，控制树体大小和维持树势稳定的目的。疏除上层和外围的旺长枝、密生枝和竞争枝，保留少量的中庸壮枝，保留的枝条缓放不截，以减少外围枝叶，改善内膛和下层的光照条件，缓和树冠上部和外围生长势，有利于提高果品品质，促发花束状果枝。盛果期李树短果枝和花束状果枝数量极多，大量结果后生长势易衰弱，可分批回缩着生这些结果枝的基枝和结果枝组，做到去弱留强，去老留新，不断更新复壮，维持一定的生长势，并适当疏除一些衰老的、生长结果多年的花束状果枝群。对新生发育枝，可先缓放 1～2 年，然后逐年回缩，培养成新的结果枝组。李隐芽寿命长，当树体趋于衰老时，可充分利用树冠内膛长出的徒长枝，适当短截或进行拉枝，使之形成结果枝，补充树冠的空缺部分，保证产量。也可用以更新骨干枝。

（2）杏树 进入盛果期后，对延长枝和发育枝应适当加重短截，按"强枝少剪、弱枝多剪"的原则，灵活掌握，一般可剪去当年生长量的 1/3～1/2，使顶端能够发出健壮的新梢，下部又能够形成果枝。如果剪截过轻，虽然下部能够形成较多的果枝，但顶端新梢较弱，树势易衰。如果剪截过重，上部发出强枝较多，下部不容易形成果枝。相对李树而言，杏树发枝力较弱，不是过密的枝条，最好不要疏间，而应采取回缩短截的方法，促使枝条生长和形成花芽。杏树的果枝寿命短，细弱的枝条不容易成花且结实能力低。因此，在枝条生长势转弱的时候，应及时更新修剪。最有效的更新方法是回缩大枝。根据植株的衰老情况，在主枝或侧枝的中部缩剪，以刺激潜伏芽萌发，如果主枝的基部或中部有徒长枝，也可以在徒长枝部位以上更新。在衰老树内膛发生的徒长枝，应尽量保留，适当短截，促其抽生结果枝，以防空膛。至于仁用杏品种，主、侧枝的修剪方法与鲜食品种大体一样，但鲜果用种要求果肉肥厚，结果枝的留量不应过多。而仁用杏品种，可在保证树势健壮的情况下，尽量多留结果枝，对发育枝可以重截，使其不断抽生新梢，多形成果枝，多结果。这样果实虽小而核仁饱满，产量较高。

五、花果管理

杏、李树不完全花多，而且开花早，花期常常遭受晚霜、寒流和雷雨的危害，影响开花坐果。推迟开花、花期防冻、辅助授粉、疏花疏果等花期管理措施，对提高坐果率、增加产量、改进果实品质有重要作用。

（一）保花保果

1. 预防冻害和抽条

（1）埋土防寒　在土壤结冻前，在树干基部先垫好枕土，以防树干折断，枕土应放在树干的背风侧，然后将幼树树干轻轻软化，压倒在枕土上，再培土压实。要求校条不外露。培土厚度 15～30 厘米以上。翌年春季萌芽前挖出幼树并扶直。这种方法是幼树越冬最安全的保护办法，但一般只适用于 1 年生小树。

（2）树盘覆膜或培月牙形土埂　对于不能埋土的幼树，于 12 月上旬在树冠下覆 1 米见方的地膜，可明显提高根部土壤温度，从而预防抽条，减轻根部冻害。也可于土壤结冻前，在树干西北侧距树干 50 厘米左右的地方，培 40 厘米左右高的半月形土埂，给植株根部创造温暖向阳的小气候条件。

（3）扎草把、缠塑料薄膜条　适于较大的幼树。缠干时用较宽的塑料薄膜条，缠枝时用较窄的塑料薄膜条。缠前先剪去幼嫩成熟不良的枝梢，缠绕时缠严缠紧，不留空隙。也可采用下部堆土，上部扎草把的方法，将草把扎到主枝分枝处。无论哪种方法，在春季土壤解冻后，均应及时去除根颈培土，解除绑缚物。

（4）树体喷涂保护剂　保护剂在喷到树干上形成保护膜后，可减少水分散失，防止抽条。在冬季寒冷的地区可于 1 月下旬和 2 月中下旬各喷 1 次，也可以涂抹。常用的保护剂：2%～3% 聚乙烯醇，100～150 倍的羧甲基纤维素，5～10 倍的石蜡乳剂。使用前，聚乙烯醇需用沸水化开，然后再稀释。羧甲基纤维素最好用 5～10倍的温水浸泡 1 昼夜，使之成糊状，然后兑足水再喷。

2. 避免霜冻

（1）喷布抑制剂　采果后喷布 0.02%～0.025% 的萘乙酸钾盐，可延长休眠期，推迟花期，可有效减轻早春霜冻危害。芽膨大期喷 0.05%～0.2% 的青鲜素，可推迟杏、李花期 4～6 天。9 月下旬至 10 月中旬喷洒 0.005%～0.01% 赤霉素溶液，能推迟落叶期 14～24 天，并可使翌年春季花期推迟 8～10 天。花芽萌动前喷洒 0.1%～0.3% 的食盐水，可减轻花器冻害。

（2）喷白或涂白　早春萌芽前或花前对树干喷布或涂抹 50 倍液的石灰乳，也可推迟开花期 3～5 天。白涂剂的配制：水、生石灰、硫黄三者比例为 30：5：1，另加少量的动物油（或植物油）和食盐。配制时，先把生石灰倒入锅中，然后加少量水、再加入硫磺渣及动物油（或植物油）和食盐等，搅拌成稀糊状，冷却后即可使用。

（3）喷水或灌水　在有灌溉条件的果园，花前灌水可降低土温，也可推迟花期，减轻霜害。若有喷灌条件，霜冻发生时开启喷灌设备向树上喷水，可有效防止霜冻的发生。

（4）果园熏烟　当收到当地气象部门发出的霜冻预报后，应准备好熏烟柴草，并在花期前后于夜间监测果园温度，当在晴朗无风的夜间、气温下降到接近 0℃ 时，即可堆草点火熏烟。每 667 平方米可分散堆放 3～4 堆。近年来，一些地方利用防霜烟雾剂效果很好。常用的配方是硝酸铵 20%～30%，锯末 50%～60%，废柴油和细煤粉各 10%，硝酸铵、锯末、煤粉越细越好。按比例配好后，装入纸袋或容器内备用。霜冻来临时，在果园均匀设置，点燃即可。

3. 辅助授粉

人工授粉宜在盛花初期进行。以花朵开放的当天授粉坐果率最高。但因花朵常分期开放、后期开放的花朵自然坐果率很低，因此，应连续授粉 2～3 次。

杏的花朵较大，采粉容易，一般可用人工点授或液体授粉；而李的花小，取粉不易，一般采用挂花枝授粉或鸡毛掸碰授法授粉。

（1）人工点授和鸡毛掸碰授　点授授粉器可用铅笔的橡皮头或毛笔，也可用棉花缠在小木棒上或用纸卷成细纸卷代替。为节省花粉，可用 5 倍滑石粉或淀粉与花粉混匀，分装入小瓶内。授粉时，将蘸有花粉的授粉器向铃铛花或初开花的柱头上轻轻一点，使花粉均匀地粘在柱头上。鸡毛掸碰授是当主栽品种花朵开放后，授粉品种散粉时，用鸡毛掸在授粉品种和主栽品种的树冠上交替滚动。

（2）挂罐插花技　当园内授粉树分布不匀或授粉树当年开花量少时，可从其他授粉树上剪取花技，插入水瓶、水罐中，在初花期，挂到需要授粉的树上，并经常调换挂罐位置，使全树授粉均匀。

（3）液体授粉　将花粉、白糖制成花粉悬浮液，喷布于花上即可。配制比例为水 12.5 升、白糖 25 克、硼酸 25 克、花粉 20 克。先将糖、硼酸用少许水溶解，然后将花粉加入少许水中，搅拌均匀，用纱布过滤倒入配好的混合液中，再按比例加足水。花粉液应随配随用，以免花粉吸水胀裂而失效。喷布时期以全树 60％ 左右的花开放时最好。

（4）花期放蜂　杏、李均为虫媒花，放蜂可明显提高授粉率。一般 1 公顷果园放 3 箱蜂即可。

4. 叶面喷施与环割

在盛花期喷 0.2％ 尿素和 0.2％ 硼砂溶液，可以显著提高坐果率。幼果膨大期叶片喷 0.3％ 尿素或 0.3％ 磷酸二氢钾溶液，可以减少生理落果。

对于杏树的强旺枝，于花后 15～20 天进行主干或主枝环剥或环割，可提高坐果率。环剥宽度一般为枝条直径的 1/10。李树环剥或环割在花期进行效果较好。

（二）疏花疏果

在杏、李盛花期可以回缩一部分串花枝，以减少开花数量和节省养分。在果实长到蚕豆粒大小时即可开始疏果。疏除的程度应根据品种和树势而定。大果型品种适当多疏，小果型品种适当多留；鲜食品种留稀些，加工品种留密些；壮树多留，弱树少留。

杏果的适宜间距为 3～5 厘米的间隔，也可按 20：1 的叶果比进行疏除。李疏果标准以 1 个花束状短果枝留 1～2 个果为度，叶果比以 16：1 为宜。

（三）果实套袋

实践发现，套袋可以消除大果系李品种的裂果和着色不良的弊病。对于容易遭受虫害和鸟害或成熟期容易裂果的品种，以及果皮薄、果面粗糙的品种，采取套袋可以明显改善果实的外观品质。但由于李的果柄较短，实施起来相对比较困难。

套袋应在第二次生理落果后结合定果进行。早熟品种可早套，晚熟品种可稍迟。最好选用外黄内黑的果品专用双层纸袋。套袋选晴朗无风天气进行，套袋前喷布杀虫和杀菌剂，待药液干后套袋。先撑开袋口，托起袋底，张开两底角的通气放水口，使袋体膨起，再套上果实。使果实套处于袋的中间，用细铁丝绑扎果袋，封口要严，防止雨水和害虫进入袋内。重点防治炭疽病、细菌性穿孔病、蚜虫、介壳虫、桃蛀螟等。

六、采收与分级

李的品种以中国李为多。中国李果柄粗短，可带果柄采收。李果果粉多，采收时应尽量避免多次操作，减少果粉的损失，以利于贮藏保鲜。贮藏用李必须适时早采，以七八成熟为宜。采收应在早晚冷凉无露时进行，采后不能淋雨，以免引起腐烂。

杏果的成熟期相对集中，而且完熟后几乎不能存放和运输，因此，必须根据用途不同，适当早采。大面积栽培中必须做到：严格选择和搭配品种，排开成熟期，减少采收压力；按加工、鲜食需要，分期采收。应带果柄采收。为防止贮运时果柄脱落，可在采收前喷钙，也可在采收后浸钙，常用药剂是氯化钙，浓度为 1%～8%，浸果时间 5～60 分钟。浓度和时间必须配合好，浓度大时间短。

采果时尽量减少碰伤，包装容量应控制在 2～2.5 千克，以减少挤压，并在包装物上留有通气孔。剔除受病虫侵染的产品和受机械伤的产品。选果时，操作人员必须戴手套，挑选过程要轻拿轻放，以免造成新的机械伤。一般挑选过程常常与分级、包装等过程相结合，以节省人力，降低成本。

第六节　草莓无公害果品生产技术

一、品种的选择

草莓栽培分为设施栽培和露地栽培两大类。其中设施栽培又有日光温室促成栽培、塑料大棚促成栽培、日光温室半促成栽培、塑料大棚半促成栽培及塑料拱棚早熟栽培等多种类型。草莓品种更替比较频繁，在选择品种时，除了考虑品种的产量、品质、抗性等性状外，还应根据不同的栽培目的、不同的地域条件、不同的栽培模式加以选择。

保护地栽培最好选择低温弱光条件下开花多、花粉多、花粉稔性高的优良脱毒品种种苗。北方露地栽培选择休眠深或较深的品种，南方露地栽培选择休眠浅或较浅的品种。促成栽培选择休眠浅的品种，半促成栽培选择休眠较深或休眠深的品种。

（一）促成栽培用品种

1. 丽红

植株长势旺，株态直立。丰产性强，早熟，抗病性强，果实品质优良，适于鲜食和加工。抗白粉病、炭疽病能力弱。适合露地和保护地栽培。更适宜在大棚等不加温的保护地栽培。

2. 明宝

植株生长势中等，株态直立，叶片较大。抗白粉病，对灰霉病抗性较强。休眠期短，在5℃以下低温70～90小时即可打破休眠，适合保护地栽培。为早熟、优质、高产的促成栽培品种。

3. 石莓1号

该品种生长势强，植株较直立，株冠较大。丰产性好，平均株产334.6克。早熟，品质优良，耐贮运，抗病性较强，鲜食或加工均可，休眠期较短，既可露地栽培，又适宜保护地栽培。

4. 静宝

植株生长势较强，株冠大，较直立。匍匐茎发生多。休眠浅，在5℃以下低温约40小时即可打破休眠。为早熟、大果型促成栽培用品种。

5. 明晶

为早中熟品种，植株生长势强，株态较直立，丰产性好，平均每 667 平方米产量达 1100 千克，抗逆性强、抗寒性强，在寒冷地区栽培冻害轻，并能耐晚霜冻害。适宜露地和保护地栽培。

6. 明磊

植株生长势强，株态较直立，株冠大。具有较强的越冬性，抗寒、抗旱能力强。较丰产，果实成熟期集中，采收省工，较耐贮运。适于露地和保护地栽培。

7. 达思罗

该品种植株生长健壮，分枝力强，叶片中大，浅绿色。单株花序 3～4 个果实，口感极佳，是一个鲜食及高档加工兼用品种。适于露地、拱棚、温室半促成栽培。

8. 童子 1 号

株型中等，生长势和匍匐茎发生能力强，易形成花芽，花序发生量多，开花结果期长。抗逆性和适应性强，在高温和低温下畸形果少。抗灰霉病、白粉病。休眠性浅，5℃以下低温 60～90 小时即可打破休眠，适合于促成和露地栽培。为大果型，抗病、耐贮，鲜食和加工兼用的优良品种。

9. 红宝名

植株生长势强，匍匐茎发生能力中等。休眠性浅，适于促成栽培。为早熟、丰产、抗旱、耐高温、低温，抗病，适应性强的大果型品种。

10. 大将军

植株大，生长势强，匍匐茎发生能力中等。休眠性浅，适于促成栽培。该品种早熟，丰产，抗旱，耐高温，抗病，适应性强。果实硬度大、耐贮运。

11. 枥乙女

植株生长势较强，株态较直立、丰产、每 667 平方米产量达 1800～2300 千克，休眠浅，适合保护地促成栽培。

（二）半促成栽培和露地栽培用品种

1. 盛冈 16 号

植株生长势中等偏强，较直立，丰产性好。抗逆性及抗病性较强。为休眠深、丰产、优质的中晚熟露地栽培品种。

2. 星都1号

植株生长势强，株态较直立，较丰产，一般每667平方米产量可达1500～1750千克，适合露地和保护地的促成及半促成栽培。

3. 星都2号

植株生长势强，株态较直立。早熟，成熟期比星都1号早1周，果实采收期可长达1个月左右。丰产，一般每667平方米产量达1800～2000千克，适合露地和保护地促成及半促成栽培。温室促成栽培果实可在1月成熟上市。

4. 达娜

植株生长势中庸，较直立，匍匐茎生长势中等，较丰产，耐贮运，品质较好。适宜黏性土壤。休眠深，较抗寒，适于较寒冷地区栽培。

6. 春星

植株生长势强，对灰霉病、炭疽病抗性较强，但对叶斑病抗性较弱，产量高，成熟早，果形大，品质优，是一个综合性状优良的新品种，适宜露地和保护地栽培。

7. 达赛克莱特

丰产性强，一般株产量250克以上，每667平方米产量可达2000～3000千克。抗病性和抗寒性较强，休眠期比全明星短，较丰香长，适合于露地、拱棚和温室半促成栽培。

8. 草莓王子

丰产，耐贮运，适于露地和半促成栽培。

9. 皇冠

丰产，抗病，尤其对多种土传性病害具有一定的抗性。适于露地和半促成栽培，是目前欧洲系草莓品种中风味最好的浓香型品种。

10. 红丰

植株生长势强，丰产性好。为早熟、丰产露地栽培或半促成栽培品种，适于中部及北部草莓栽培区栽培。

二、果园的建立

草莓具有喜光、喜肥、怕涝等特点，园地最好选择地势较高、地面平坦、土质疏松、土壤肥沃、酸碱适宜、排灌方便、通风良好的地块。前茬作物为番茄、马铃薯、茄子、黄瓜等的地块，应严格进行土壤消毒后，才可种植草莓。

（一）育苗

有条件的应采用脱毒苗做育苗母株，没有条件也应选健壮的植株做母株。壮苗是生产的基础。

1. 母株选择与定植

选择叶片大、生长健壮、连续显蕾、果形符合品种特性的植株，加以标记作为母株。将母株移至繁苗圃，摘除全部花蕾，以促进匍匐茎提早出现。

春季当日平均气温达到10℃以上时定植母株。每667平方米施入5000千克腐熟有机肥，耕匀耙细后做成宽1.2～1.5米的平畦或高畦苗床。将母株单行定植在畦中间，株距50～80厘米。植株栽植的合理深度是使苗心茎部与地面平齐，做到"深不埋心浅不露根"。新茎的弓背一律向外，栽后浇透定根水并保持土壤湿润。

为促使早抽生、多抽生匍匐茎，在母株成活后可喷施1次50毫克/升的赤霉素。将发生的匍匐茎均匀摆布在母株四周，并在主苗的节位上培土压蔓，促进子苗生根。整个生长期，及时人工除草，见到花序立即去除。

2. 假植育苗方式

建议促成栽培和半促成栽培采用假植育苗方式。

（1）营养钵假植育苗 在6月中旬至7月中下旬，选取三叶一心以上的匍匐茎子苗，栽入直径10～12厘米的塑料营养钵中。育苗土为无病虫害的肥沃表土与有机物料的混合物。适宜的有机物料主要有草炭、山皮土、炭化稻壳、腐叶、腐熟秸秆等。可因地制宜取其中之一。另外育苗土中加入优质腐熟农家肥20千克/立方米。将栽好苗的营养钵排列在架子上或苗床上，株距15厘米，栽植后浇透水。第1周必须遮阴，定时喷水以保持湿润。栽植10天后，叶面喷施1次0.2%的尿素，每隔10天喷施1次磷钾肥。后期苗床上的营养钵苗要通过转体断根。

（2）苗床假植育苗 苗床宽1.2米，每667平方米施腐熟有机肥3000千克并加入一定比例的有机物料。在6月下旬至7月中下旬，选择具有三片展开叶的匍匐茎苗进行栽植，株行距 15 厘米×15 厘米。栽后立即浇透水，适当遮阴，并在 3 天内每天喷 2 次水，以后见干浇水以保持土壤湿润。栽植 10 天后，叶面喷施 1 次 0.2%尿素，每隔 10 天喷施 1 次磷钾肥。8 月下旬至 9 月初进行断根处理。

为培育出健壮的秧苗，及时摘除枯叶、病叶，并进行病虫害综合防治。对用于繁殖秧苗的母株上出现的花蕾全部摘除，以促进匍匐茎提早出现。还可采用覆盖黑色窗纱遮光进行短日照处理，以及断根、暂时停止氮肥供应等措施，可使花芽分化提早 15 天左右。

3. 壮苗标准

具有 5~6 片展开叶、根茎粗度 1.2 厘米以上、根系发达、苗重 40 克及其以上、顶花芽分化完成、中心芽饱满，叶柄长度适中，叶色浓绿，无病虫害。使用脱毒种苗是防治草莓病毒病的基础，还可以有效防止线虫危害。脱毒苗在以下多个方面具有明显的优越性：植株长势旺，茎叶粗壮；浆果外观好，色泽艳，果个大且均匀、整齐，畸形果少；抗逆性强，可降低农药的使用量；可提高产量 20%~50%，经济效益明显高于未脱毒苗。

（二）生产苗定植

1. 土壤消毒

栽植前耕翻土壤，深 30 厘米，整地质量要高，无土块。每 667 平方米施腐熟优质农家肥不少于 5000 千克，另加 50 千克过磷酸钙和 50 千克硫酸钾。

在 7~8 月份可采用太阳热对土壤进行消毒。施肥后，深翻灌透水，在土壤表面上覆盖地膜或旧棚膜。为了提高消毒效果，同时扣棚膜密封棚室。消毒时间不少于 40 天。

2. 定植与管理

北方地区一般在 8 月中旬至 9 月初栽植。栽植时间越早，入冬前的生长期越长，苗当年发育好，在低温、短日照条件下，形成花芽多，栽后第一年的产量也较高。假植苗在顶花芽分化后定植，通常是在 9 月 20 日前后。对于非假植苗，北方棚室栽培在 8 月下旬至 9 月初定植，北方露地栽培在 8 月上中旬定植。四季品种在 8 月上中旬定植。

平畦一般宽 1.2～1.5 米，每畦栽 4～6 行，行距 20～25 厘米，株距 15～20 厘米。垄栽时，北方采用低垄种植，垄高 15 厘米，垄宽 50～55 厘米，垄沟宽 20～25 厘米。每 667 平方米栽 1 万株左右。

如果从外地购进幼苗，栽培时应剪掉植株外围的大叶，留下 2～3 片叶，以减少水分蒸发，提高成活率。栽植前可用 5～10 毫克/升的萘乙酸浸根，增加新根量。下午 4 时后或阴天带土在垄上穴栽，深度要求"深不埋心，浅不露根"，根系向下垂直理顺，并将新茎弓背即花序抽生的方向朝垄外，以利于果实发育、着色和采收。随栽随浇透水。

草莓自花授粉能结果，但异花授粉增产明显。因此除主栽品种外，还应搭配适宜的授粉品种。1 个主栽品种可搭配 2～3 个授粉品种，主栽品种的面积不少于 70%，其余为授粉品种。为延长供应期，可采用早、中、晚熟品种搭配栽植。大面积栽培时，品种不少于 3～4 个。主栽品种与授粉品种的距离不宜超过 20～30 米。

三、土、肥、水管理

（一）中耕除草

定植幼苗后，因经常浇水易造成土壤板结、杂草大量滋生，不利于草莓根系生长，应及时中耕除草。草莓根系浅，要浅中耕，并严防土块压没苗心。

（二）施肥

1. 基肥

基肥以有机肥为主，在定植前进行。促成栽培及北方日光温室半促成栽培时，每 667 平方米施农家肥 5000 千克、氮磷钾复合肥 50 千克，氮磷钾的比例以 15：15：10 为宜。塑料拱棚早熟栽培和露地栽培时，每 667 平方米施农家肥 3000～5000 千克，其余与前者相同。

2. 追肥

生长期间适当追施磷钾肥，控制氮肥用量，可以增加果实糖分含量，降低酸味，促进果实着色。施肥可采取浅沟施和穴施，以免烧苗并提高肥效。施肥后随即浇水，以后保持土壤湿润以促进根系生长。

露地栽培时，应在花前、花后和果实膨大期各追肥一次。开花前每 667 平方米追施尿素 10～15 千克；花后追施磷钾复合肥；果实膨大期每 667 平方米追施磷钾复合肥 20 千克。

促成、半促成及拱棚早熟栽培时，通常追肥 3～4 次，第一次在顶花序显蕾时；第二次在顶花序果开始膨大时；第三次在顶花序果采收前期；第四次顶花序果采收后期或第一腋花序果开始膨大时。肥料中氮磷钾配合液肥浓度以 0.2%～0.4% 为宜。在促成栽培条件下，以后每隔 15～20 天追肥 1 次。

3. 叶面喷肥

花期前后叶面施 0.3% 尿素或 0.3% 磷酸二氢钾 3～4 次，对提高坐果率、增加单果重、改善果实品质具有重要作用。草莓在末花期和幼果膨大期喷施 7～10 毫克/千克钛肥，有增产、提高品质和促进着色的作用。

4. 施二氧化碳气体肥

促成和半促成栽培草莓时，在冬季晴天的午前，气温约 20～25℃时，用二氧化碳发生器械施放二氧化碳，施放时间 2～3 小时，浓度 700～1000 毫克/升。

（三）灌水

草莓属浅根系作物，抗旱力弱，冬季往往出现叶片转红甚至变褐枯死，只有心叶保持绿色的现象。冬季干旱时必须及时灌水，至少需 2～3 次。草莓进入花期以后随着开花、坐果、果实发育成熟，需水量越来越多。开花期若水分不足，会引起花器发育不良，授粉受精不完全，产生畸形果；果实膨大期水分不足，会影响果实膨大。为保证果实膨大所需水分，应进行小水勤浇、保持土壤湿润，适宜的土壤含水量为田间最大持水量的 80% 左右。但是进入果实成熟期以后如浇水过多，或遇到连阴天时极易发生灰霉病，引起大量烂果，采用平畦栽培的应特别注意。灌水宜在中午温度较高时进行，一般灌水与追肥各时期结合进行。

此外，除定植时浇透水外，促成栽培在定植后的一周内勤浇水，覆盖地膜后以"湿而不涝，干而不旱"为原则，以后采用膜下灌溉，最好是膜下滴灌；日光温室半促成栽培，上冻前灌封冻水，保温后的灌水总体上做到"湿而不涝，干而不旱"；塑料拱棚早熟栽培，上冻前灌封冻水，保温后植株开始生长时灌1次水，开花前控制灌水，开花后通过小水勤浇保持土壤湿润；露地栽培除了结合施肥灌溉外，在植株旺盛生长期、果实膨大期等重要生育期均需要进行灌溉。

四、植株与棚室环境管理

（一）植株管理

1. 摘叶和除匍匐茎

春季露地草莓植株萌发后应破膜提苗。随着草莓的生长，在整个发育期应及时清理淤心土，摘除黄叶、枯叶、病叶和植株下部呈水平状态的花叶，保留主芽及2～3个健壮侧芽。每个植株经常保持5～6片叶即可。

草莓果实采收后会大量发生匍匐茎，匍匐茎的发生大量消耗母株的营养，对花芽分化不利，应随时摘除。及时摘除匍匐茎可大大减少母株的营养消耗，保证植株健壮生长，从而提高下一年的结实能力。

2. 疏花序

开花坐果期摘除偏弱的花序，保留2～3个健壮的花序。在顶花序抽出后，保留1～2个方位好而壮的腋芽，其余的疏掉。

3. 辅助授粉

授粉受精不完全是促成和半促成栽培中产生畸形果的根本原因，利用蜜蜂辅助授粉是减少畸形果最有效的方法。可在开花前7～10天，移入蜂箱，一个日光温室放1～2箱蜂。放蜂期间应加强通风换气，切不可用杀虫剂。在低温及阴雨天，蜜蜂停止出巢访花时，应进行人工辅助授粉，可用扇子在顺行垄上扇动制造微风辅助授粉，或用鸡毛掸磙动授粉。

4. 疏花疏果

草莓属聚伞花序，每花序坐果量多，开花结果可延续5～6个月，营养消耗大，应根据植株长势，在第1朵花开放前，每个花序留7～8朵小花，摘去花序先端的蕾，疏除弱花、花序上高级次的无效花（如晚开花和畸形花）。坐果后疏除受精不良的畸形果、病害果、裂果和小果，每个花序保留7～12个果实，集中养分供给留着的果实变大增重。

5. 赤霉素处理

对于休眠深的草莓品种，为了防止植株休眠，在保温1周后用赤霉素处理。为促进草莓植株结束休眠，可在保温后植株开始生长时进行。方法是往苗心处喷布5～10毫克/升的赤霉素，每株喷约5毫升。

（二）棚室的温、湿度和光照管理

1. 保温

（1）棚膜覆盖　要适时扣棚。扣棚过早，花芽分化少，易旺长，甚至不结果；扣棚过晚，温度低，易导致草莓苗休眠，结果期推迟。日光温室促成栽培，在外界最低气温降到8～10℃时覆盖棚膜，棚膜采用无滴膜。若温度低时可在大棚内搭小拱棚保温。日光温室半促成栽培在12月中旬至1月上旬开始保温。拱棚栽培在3月上旬开始保温，植株开始生长后破膜提苗。

（2）地膜覆盖　采用草莓促成栽培，在顶花芽显蕾时覆盖黑色地膜，盖膜后立即破膜提苗。露地栽培时，当温度降到-5℃前浇一次防冻水，1周后往草莓植株上覆盖一层塑料地膜，地膜上再压上稻草、秸秆或草等覆盖物，厚度10～12厘米。拱棚早熟栽培，应在土壤封冻前扣棚膜，土壤完全封冻时在草莓植株上覆盖地膜，并在地膜上覆盖10厘米厚的稻草。当春季平均气温稳定在0℃左右时，土壤开始解冻，可分批去除覆盖物。当地温稳定在2℃以上时，去除其他所有的防寒物。

2. 棚室内温、湿度调节

显蕾前白天26～28℃，夜间15～18℃；显蕾期白天25～28℃，夜间8～12℃；花期白天22～25℃，夜间8～10℃；果实膨大期和成熟期白天20～25℃，夜间5～10℃。白天温度过高时，应在晴天上午10时以后放风降温。

土壤过干、过湿都会增加畸形果，故应少浇勤浇，以浇后短时间内渗入土中、畦面不留明水为原则。浇水时应从膜下浇，不可大水漫灌，以防果实被水淹而弄脏果面和引发灰霉病。有条件的最好采用渗灌或滴灌，保持土壤湿润。一般掌握现蕾到开花期水要足，果实膨大期水要大，果实成熟期水要控。在生产管理过程中，可以根据草莓叶缘的吐水现象来判断草莓对土壤水分的需求情况。如果早晨草莓叶缘吐出的水珠清晰可见，并且用手一碰，水珠纷纷下落，这说明土壤含水丰富；如果叶缘有吐水现象，但水珠小，或有的叶有，有的叶没有，说明土壤水分适中，一般不必灌水；如果没有吐水现象，说明土壤水分不足，应及时灌水。

草莓促成和半促成栽培，整个生长期都要尽可能降低棚室内的空气湿度。除将开花期的相对湿度控制在 50%～60% 以外，其他时期不宜超过 80%，否则，湿度高影响花药开裂，也可引起水滴冲刷柱头，而且还会影响授粉昆虫的活动，引起果实畸形。

3. 补光

开花前 2 周至开花期光照不足，花粉内淀粉积累少，会影响授粉受精。果实着色期光照不足，影响糖类和花青苷的合成，导致果实味淡色差。

为延长日照时间，增加植株的受光量，维持草莓植株的生长势，可采用以下措施：在保证一定温度的前提下，尽量早揭晚盖草苫；温室内北侧挂反光幕，利用反射光增加光照；每 667 平方米安装 30 个左右的 100 瓦白炽灯泡，12 月上旬至 1 月下旬期间，每天在日落后补光 3～4 小时。

五、采收、包装

（一）采收

由于草莓花序的花朵陆续开放，果实陆续成熟，而且果实为浆果，采收过迟易烂果，因此，应分期分批及时采收。收获期可持续 20～30 天。果实采收前要做好采收准备工作。采收用的容器要浅，底部要平，内壁光滑，内垫海绵或其他软的衬垫物。

鲜食果以果面红色达 70% 以上即可采收，着色 85% 左右最适宜；用于加工果汁、果酒的果实，应在完熟期采收；需要外地运销或用于加工果酱的果实，应在 8 成熟时采收。一般每天或隔天采收 1 次，时间以清晨露水干后或近傍晚转凉后为宜，但需要外地运销的果实，最好是下午采，夜间运，翌日销。采收时用大拇指指甲和食指指甲把柄掐断，连果柄花萼一同摘下，应轻摘轻放，每次采摘均应将适度成熟的果全部采完。

（二）包装与运输

采果后，将果实放在凉棚下或室内预冷散热，并剔除畸形果、腐烂果、虫害果等不合格果实，再进行分级包装，以提高果实的商品性。目前，我国尚无鲜销草莓的分级标准，在销售中只是按果实大小进行粗略分级。草莓适宜采用小包装，可选用透明塑料食品盒，下垫软纸，按一定顺序和方向摆放整齐，但不能装满，应留一定的空隙，放入软纸加盖，然后再将塑料食品盒装入较大的塑料箱或纸箱中，进行运输。运输途中保证冷链运转，行驶速度不能过快，以减少颠簸，避免损伤果实。

▬▬ 第七节　石榴无公害果品生产技术 ▬▬

一、品种的选择

（一）硬籽石榴

1. 净皮甜石榴

果实圆形；平均单果重 240 克，最大可达 690 克；果实阳面果色鲜红、背阴处果面粉红鲜嫩；果皮底色为淡黄白色，光洁无锈；心室 4～12 个，籽粒大，粉红色。汁多，味甜，可溶性固形物 13%～16%，品质上。9 月上、中旬果实成熟。易成花，结果早，丰产稳产。缺点是果皮薄，成熟时遇雨易裂果。

2. 大红甜石榴

果实圆形；平均果重 400 克，最大可达 750 克左右；皮薄，果面光洁，底色黄白，上着浓红彩色，外观极美。百粒重 37.3 克，呈鲜红或浓红色，汁液特多，籽粒透明，放射状宝石花纹多而密，浓甜味香，可溶性固形物 15%～17%，品质极上。8 月中旬成熟，耐贮。树势强健，枝条粗壮，特耐旱。缺点是采收期遇连阴雨易裂果，采收过晚时皮易老化，影响商品性，应注意适时采收。

3. 天红蛋石榴

果实扁圆形或近圆形；平均单果重 300 克，最大单果重可达 675 克；果面色彩艳红光亮，果皮较厚，底色为黄绿，籽粒较大，色鲜红，汁多、味甜，可溶性固形物 15%～16%，品质上。易成花，结果早，丰产、稳产、耐贮运，果个整齐，外观商品性好。缺点是中小枝，特别是 2～3 年生刺状枝，易感病枯死，影响树势和产量，栽培时应重视防治。

4. 三白甜石榴

该品种因其花、果、籽均为黄白色而得名。果实圆球形；单果重 250～360 克；果皮薄，果面光洁，成熟后黄白色。籽粒大，汁液多，味浓甜并有香味，品质优良。9 月中、下旬果实成熟，采收期遇雨易裂果。

5. 冰糖石榴

平均单果重 220 克；果面较光洁，黄绿色，皮较薄；籽粒白色，汁多，甘甜爽口，树体较小，大量结果后树冠极易开张，长势弱，内膛多光秃。

6. 大钢麻子

平均单果重 275 克；底色黄绿，阳面红色，具黑褐色果锈，果皮薄，籽粒鲜红色；可溶性固形物 14%，风味甜酸。河南商丘 9 月上旬成熟。

（二）软籽石榴

1. 红皮软籽石榴

果实圆球形；单果重 350～500 克；果面光洁，果皮鲜红，阳面胭脂红，底色黄白，果皮中厚；果粒大，鲜红色，汁多味浓，籽粒透明，放射状宝石花纹多而密，核小质软，百粒重 53～58 克，味甜有香气，核小而软，可溶性固形物 15%，品质极优。8 月中旬成熟，抗裂果。树势中庸，适应性强，坐果率高，易丰产，适于建密植园及山坡、庭院种植，4～5 年进入盛果期。

2. 青皮软籽石榴

果实圆球形或亚球形；单果重 600～750 克。果皮底色绿黄，阳面有红色彩霞，果面较粗，外形美观。百粒重 52～55 克，籽水红色，马牙状，核小而软。果汁极多，内有"针芒"。风味甜香爽口，可溶性固形物 15%～16%。果实 8 月中、下旬成熟。

3. 峄城软籽石榴

果实近球形；平均单果重 350 克；果面光洁，底色黄绿，阳面粉红色；果粒晶莹透亮，汁较多，可溶性固形物 10%～13%，品质佳。9 月中旬成熟，耐贮藏。

4. 会理红皮石榴

果形端正，近球形，略有棱；平均单果重 350 克；果皮底色为浅绿黄色，果面彩霞浓红，萼筒周围色更深，果肩有油浸状锈斑；果皮中厚，较疏松，籽粒大，马牙状，鲜红色，透明，有密集的放射状宝石花纹，核小而稍软，果汁极多，风味浓甜而具香气，可溶性固形物含量 15%，品质优良。8 月上、中旬成熟，较丰产。

二、果园的建立

（一）园地选择

年均气温在 11.3～20.4℃，≥10℃ 的有效积温 4132～6532℃，年日照时间 1770～2665 小时，无霜期 151～365 天，年降水量为 550～1600 毫米的地区均可进行石榴栽培。石榴生产的最适气候条件：年平均气温 10～18℃，≥10℃ 年积温 4000℃ 以上，最冷月（1月）最低温度平均值 ≥-9℃，绝对最低温度 ≥-14℃，年日照时间 ≥2000 小时，年降水量 600～1200 毫米。

栽培石榴要求的土壤条件是壤土和砂壤土，疏松肥沃，有机质含量 0.5%～1%，土层深厚，活土层最低在 60 厘米以上，土壤 pH6.5～7.5，总含盐量在 0.3% 以下，土壤有害重金属含量等均应在允许的标准限度之内。平原地区选择地下水位 1 米以下、不易积水、排灌方便的农田。6° 以上的山地、丘陵建园时宜修筑等高梯地，或以等高线挖掘鱼鳞坑客土。

（二）园地规划设计

石榴园应根据面积、自然条件等进行规划。规划内容包括：种植区、品种配置、道路、防护林、土壤改良与水土保持措施、排灌系统等。

为方便管理，适宜的山地石榴园小区面积为 1.3～2 公顷，丘陵区 2～3 公顷，平原区 3～6 公顷。

（三）苗木栽植

1. 苗木质量与选择

应选用无病虫害、根系完整且具有 3～5 条较大侧根，苗木粗壮、芽体饱满、高度≥80厘米，地径≥0.8厘米的一年生壮苗。

2. 定植

(1) 挖栽植沟（穴）　按行距挖深、宽各0.8～1.0米的栽植沟，灌水条件差的丘陵梯田可挖0.5米见方的穴，穴底填30厘米厚的作物秸秆。挖出的表土与有机肥混合拌匀取一半填入坑内中心培成丘状，每穴施入腐熟有机肥5～15千克。待填至低于地面20厘米后，灌入透水促使土壤沉实，然后覆盖一层表土保墒。

(2) 苗木消毒　用1%的硫酸铜、50%多菌灵可湿性粉剂500倍或10%菌立克水剂500倍液对苗木进行消毒。

(3) 栽植密度　以立地条件、肥水管理、品种类型、树体形状而定，一般以立地条件和肥水管理水平为先决条件。在高水平的管理条件下可实行计划密植，即先密后稀种植法。在肥水条件较好的平原滩地，建园初期可先按2.5米×4米的株行距栽植，待栽上8年左右时，在行内植株隔株间伐，变成4米×5米的株行距。6°～15°的坡地以等高栽植，株行距为2.5米×3.5米或3米×4米。也可采用宽行窄株或双行带状栽植，栽植株行距一般为（1～2）米×（3～4）米。

(4) 栽植时间与方法　冬栽通常在11月中旬至12月上旬，即土壤封冻前进行，春栽于2月下旬至3月上、中旬，即土壤解冻后至发芽前进行。因石榴喜光，栽植时以南北行向为好。将苗木用泥浆蘸根，放入栽植穴中央，舒展根系。将另一半掺肥表土培于根系附近，边填土边踏实，使根土紧密接触，填土完毕后在树苗周围做1个直径1米的树盘，立即灌水，浇后松土覆盖地膜保墒，提高成活率。栽植深度以苗木出圃时的深度为准。冬前栽植的应注意冬季埋土或捆草防寒。春栽苗定植后立即定干，定干后应注意采取适当措施保护剪口。

3. 配置授粉树

石榴树虽为自花授粉植物，但异花授粉可以大幅度提高坐果率。建园时，必须选2～3个相互授粉良好、综合性好的品种。良好的授粉条件不仅可提高产量，增加单果重，而且提高果品的商品价值。主栽品种与授粉品种可按（4.0～4.5）∶1的比例配置。

三、土、肥、水管理

（一）土壤管理

1. 土壤深翻和中耕松土

深翻方式主要有扩穴深翻、隔行深翻和全园深翻。幼龄园适宜采用扩穴深翻。自幼树开始，每年于果实采收后至 12 月中旬或翌年 2 月，结合秋施基肥，在树冠外围垂直投影处向外挖宽 40～50 厘米、深 30～40 厘米的环状沟，表土、心土分开堆放，将表土和基肥混匀填入沟底，心土填在沟的上部，然后充分灌水。对成龄石榴园，可于秋末对行间进行全园深翻或隔行深翻，深度和宽度均为 40～50 厘米。

未生草、覆盖、间作的石榴园，生长季需进行多次中耕除草，保持土壤疏松和园内清洁，尤其是在灌水后或降雨后，中耕深度为 6～10 厘米。

2. 间种作物

在树体较小、覆盖率较低的幼龄石榴园，可在行间间种与石榴无共生性病害、矮秆、非蔓生性作物。以豆类、花生以及中药材、蔬菜为宜。间作时留足树盘。不宜间种农作物时可间种豆科绿肥，适时刈割翻埋于土壤中培肥地力。成龄园不再间作。

3. 覆盖

（1）覆膜　薄膜覆盖一般在春季干旱、风大的 3～4 月进行。可顺行覆盖或在树盘下覆盖。

（2）覆草　覆草多在夏秋季进行，覆盖厚度为 15～20 厘米。可选用与石榴树无共生性病虫害的作物秸秆、杂草、落叶等。覆草可防止地温剧变，抑制杂草生长，减少土壤水分蒸发，连年覆盖还可显著增加土壤有机质含量。如覆盖材料数量有限时，可只覆盖树盘。

4. 园地生草

即在果园行间种植绿肥作物，实行生草栽培。草种主要有三叶草、紫花苜蓿、黑麦草等。三叶草属于浅根性绿肥，长期种植可在果园表面形成 30～40 厘米厚的黑土（有机质）层，是改良浅层土壤的有效植被。紫花苜蓿的根系可深达 100～200 厘米，对培肥中下层土壤较好。因此，采用紫花苜蓿与三叶草混播是果园土壤长期培肥的有效方法。

（二）施肥

1. 基肥

施基肥结合深翻进行，以有机肥为主。可采用冠外环状沟或行间沟的方式施入，沟宽、深各 30～40 厘米。成龄石榴园无法沟施的可全园撒施，施后翻深 20 厘米。幼龄树一般株施 8～10 千克有机肥；结果树每 667 平方米施 1000～2000 千克或每生产 1000 千克果实施入 2000 千克有机肥。

2. 追肥

（1）花前肥　从树体萌芽至开花前（黄淮地区 4 月下旬至 5 月上旬）为促进开花，促使新梢生长，提高座果率，结果树可每株追施过磷酸钙 1～1.5 千克、人粪尿 15 千克。也可在花前 5～10 天每株施腐熟的人粪尿 20～40 千克、尿素 0.1～0.3 千克，或速效氮肥 0.25～0.5 千克，或果树专用复合肥 0.5～1.0 千克。

（2）膨果肥　幼果迅速膨大期追肥可促进子粒饱满，提高品质。在 6 月中旬至 7 月上、中旬株施速效复合肥 0.5～1.0 千克或磷酸二铵 0.5～1.0 千克。

（3）采前肥或增色肥　在果皮开始转色时（8 月中旬）增施磷钾肥，如此时枝叶不发黄，未出现脱肥的植株，可采取根外喷施 0.3% 磷酸二氢钾、0.2% 尿素和 0.2% 多元微肥；对结果多、叶片发黄的植株还需根施少量尿素。

对消耗养分较多的品种或树势衰弱的树最好在采后再追肥 1 次，旨在增强树势，增加贮备营养。

3. 配施微肥

石榴园由于微量元素的缺乏，石榴的品质和产量会受到影响。如石榴缺锌时，春季发芽较晚，细叶簇生，叶细小，花芽减少，坐果率低，果小，幼树根系发育不良，老病树根系有腐烂现象，树冠稀疏，不能扩展，产量很低。缺硼时，初期顶梢出现不规则坏疽，上位叶片黄化，中度缺乏时顶芽枯死，生长停顿，末期顶梢发生枯萎现象，应积极预防。

（1）土施法　结合施肥株施 0.1 千克硫酸锌或 20 克硼砂。微肥根施时有效期长，一般与春肥或秋肥结合施用，但不能过量，以免引起肥害。

（2）叶面喷施　花前 2～3 周喷施 36% 硫酸锌溶液 1～2 次。始花期前后喷施 2～3 次 0.2% 的硼砂或 0.1% 的硼酸。每 7 天一次，连续 2～3 次，喷肥可结合喷药进行。

4. 测土配方施肥

据测定，单产 2300 千克（667 平方米）的石榴园，较适宜的氮、磷、钾用量和配合比例：纯氮 21.2 千克、纯磷 18.4 千克、纯钾 9.6 千克，氮、磷、钾比例为 14：18：18，而适宜的配方比例与石榴产量、土壤氮、磷、钾养分含量有关。测土施肥不仅要考虑石榴的生长需肥量、肥料利用率等因素，还要综合分析，酌情增减。因此，应根据不同石榴的产量、水平和土壤的供肥能力，确定各种肥料的适宜用量。

（三）灌排水

灌水的重点时期是萌芽期、果实迅速膨大期和土壤封冻期，但是否需要灌水应当根据土壤墒情而定。在果实成熟期要适当控水，否则土壤水分过多，果实品质差且易裂果。

常用的灌溉方式有沟灌、穴灌、滴灌、渗灌、微喷等节水灌溉措施。灌水后及时松土，水源缺乏的果园还应用作物秸秆等覆盖树盘以利保墒。

在 5～6 月和 9～10 月多雨季节或地下水位较高的滩地石榴园，如遇较大降水，应及时排水。

四、整形修剪

（一）整形修剪的目的和原则

通过修剪要达到主次分明、树体有形、错落有致、互不影响、树势健壮、连年丰产之目的和"大枝稀，小枝密；冠上稀，冠下密；外围稀，内膛密"的效果，协调营养生长和生殖生长的关系。在具体的修剪过程中应遵循"有形不死，无形不乱，因树修剪，随树做形"的原则。

（二）修剪时期

1. 冬季修剪

疏除去虫枝、病枝、劈裂枝以及重叠枝等。及时更新衰老的结果枝，但每年更新总量以不超过 1/2 为限。冬季修剪，损失树体养分少，对过密的和角度较小、较粗的大枝，可在此期疏除或回缩。

2. 夏季修剪

主要任务是疏去影响光照、消耗养分较多的直立枝，抹去锯口或伤口周围萌发的萌芽，剪除树干根颈部滋生的萌蘖等。

（三）不同年龄时期石榴树的修剪

1. 幼树的整形与修剪

（1）自然圆头形的整形　在距地面 60 厘米处定干，发出的新梢自然生长，2～3 年后将主枝角度撑拉至 55°～60°即可基本成形，成形后干高 30 厘米。从第三年开始，对部分辅养枝采取吊枝、环割等处理，促进其开花结果。

（2）自然开心形的整形　第一年在距地面 60～80 厘米处短截定干，成形后主干高 30～60 厘米；第二年选方位合理的三个分枝作主枝配养，基角 50°～65°。第 3 年在各主枝上距主干 50～60 厘米处选留第 1 侧枝，距第 1 侧枝 40～50 厘米处选留第 2 侧枝，全树选留 3～6 个侧枝为宜。在主、侧枝上合理配备 20～30 个中型结果枝组。

幼树冬季修剪以扩大树冠为主，对位置、角度适宜的旺枝通过撑、拉、坠等办法做骨干延长枝或侧枝培养，在其未达到应有长度时需采取重短截促使生长。对徒长枝可采用疏除或撑、拉、压等措施改变枝向，使其呈水平或下垂状，缓和长势，提早结果，结果后通过回缩培养成结果枝组。

2. 结果期树修剪

初结果树以轻剪、疏枝、变向、缓放为主，继续培养调整主侧枝，逐步培养和配置各种类型的结果枝组。修剪时除对用来扩大树冠的少数徒长、过旺枝短截外，其余以疏剪为主。去强枝留中庸偏弱枝；去直立枝留斜生、水平枝；去病虫枝留健壮枝。短枝多为结果母枝，应予保留。

盛果期树要本着"以轻为主、轻重结合"、"因树制宜、合理调节"的原则，保持树冠原有结构和维持树势中庸健壮。轮换更新复壮枝组，维持树势，对长势趋于衰弱的树，可适当短截外围营养枝；对枝轴过长、结果能力下降的枝组，可在较强分枝处回缩；对角度过大、长势衰弱的侧枝，适当回缩到角度较小的分枝处。细致修剪中、小型枝组。疏除干枯枝、病虫枝和树冠内部失去结果能力的小枝组和剪锯口附近的萌蘖枝。将衰弱枝组处萌发的新枝培养成新枝组。盛果期树夏剪时需疏除徒长梢、萌蘖、病虫梢和枯死枝。

总之，石榴以疏剪长放结合抹芽为主，慎用短截。定植后的前两年以整形为主，从第三年起对部分辅养枝采取吊枝、环割等处理促其开花结果。初结果树在促花稳果的同时应继续完善各级骨干枝的形成和结果枝组的培养，长势中庸的营养枝是主要的结果母枝，应缓放促花结果。

五、花果管理

市场调查发现，果面光洁而鲜红且重 300 克以上的大果石榴价高畅销，加强花果管理意义重大。

（一）保花保果技术

1. 人工辅助授粉

花期，如遇阴雨、低温天气、昆虫数量少时，应进行人工辅助授粉。树少、授粉量小时，摘下刚散粉花，去掉花萼和花瓣，露出花药进行授粉。也可用毛笔从授粉树的花上采集花粉，然后点授主栽品种树刚开花的柱头点。

授粉量大时，于上午 8～10 时采集刚开或即将开放的多余正常花和中间型花，带回室内，去掉花瓣，取出花粉，过筛或连壳装到清洁干燥的小玻璃瓶中，置于 2～5℃冰箱中保存备用。

选择晴朗天气，以每天上午 8～11 时，在花刚开放、花柱新鲜、柱头分泌物较多时授粉最好。授粉时用干燥毛笔或橡皮头从装有花粉的小瓶内蘸取花粉，点授到正常的花雌蕊柱头上。每蘸一次可点授 7～10 朵花。正常花多时，每个果枝只点授一个发育好的花，对其余的花全部疏除。

2. 花期放蜂

每 0.2～0.33 公顷石榴园可放 1 箱蜜蜂。

3. 赤霉素涂花

为促使坐果，在开花期间用 500 毫克/升的赤霉素水溶液，对完全花朵均匀喷雾。

4. 环割

花前，在旺枝主干或主枝、辅养枝上环割两道。在花期和幼果期多次抹除背上旺梢也可提高坐果率。

5. 叶面喷施

初花期，用 0.5％尿素溶液、1％过磷酸钙浸出液、0.3％磷酸二氢钾溶液或 0.3％硼砂溶液喷施叶面；在盛花期和花后 15 天各喷 1 次 0.2％硼砂、0.2％磷酸二氢钾和 0.2％尿素。

（二）疏花疏果

石榴有"十花一籽"之说，为了不使树体负载过重影响次年产量，提高果实品质，在花量多、坐果率高的果园或年份，应进行疏花疏果。通常分 2 次进行。

第一次是疏蕾疏花。在形态上能区分出完全花（葫芦状花）和败育花（钟状花、筒状花）时开始进行。前期疏蕾，后期疏蕾疏花同时进行。尽早疏除过多的钟状花、筒状花，选留葫芦状花。短结果母枝只留顶部一朵筒状花，长结果母枝以每 15 厘米左右留一朵筒状花，为雌蕊发育正常的完全花授粉。簇生花序只留 1 朵顶生完全花，其余全部摘除。

第 2 次是疏果。在头茬果基本坐稳后开始进行。保留头花果，适当保留二花果，疏除三花果。疏果用疏果剪进行，首先疏掉病虫果、畸形果。结果多时丛生果只留 1 个部位好且个大的好果，结果少时则要加以保护。疏果量因树而定，结果多时可多疏，结果少时可只疏病虫果；老树、弱树要多疏果，促进营养生长；健壮树多留果，以果压冠控制营养生长。疏除 6 月 20 日以后坐的果，以集中养分，提高坐果率、单果重和果实品质。

在一般情况下，3 年生树留果 15～30 个，4 年生留果 50～100 个，5 年生树留果 100～150 个。成年树按每个中短结果母枝基部茎直径留果，1～2 厘米粗的留果 2～3 个，2～3 厘米粗的留 3 个果。

（三）提高果实品质技术

1. 果实套袋

果实套袋是进行石榴无公害生产的主要措施之一。能有效减少病虫为害，降低农药对果实的污染，防止裂果，提高果实品质，增加果实商品价值。

石榴果袋多为塑膜质地，果袋要求透气、疏水性能好，果袋下部有直径 0.5 厘米左右的透气孔 2～3 个；也可选用规格为 18 厘米×17 厘米的纸袋。

套袋在谢花后 30 天进行，20 天左右完成。套前喷 1 次杀菌剂、杀虫剂，袋口要扎好；下雨造成果袋破损时应重新换袋套袋，采收前 1 个月去袋。去袋后可进行贴字等，提高果实的商品价值。并采取拉枝、别枝、转果以及在树盘的土壤上铺设反光膜等，改善光照条件，促进果实着色。

2. 摘叶、转果

去袋后，及时摘除对果实的遮光叶和贴果叶，以免影响着色和桃蛀螟危害。在采果前 15～20 天，对着色不匀的果实，通过转果促其着色。

六、采收与分级

无公害食品石榴要求成熟适度、果形正常、果面光洁、表皮具该品种的正常色泽，籽粒具有该品种的正常色泽和固有风味，无异味，无裂果，无明显病虫害，无腐烂。

石榴果实的采收应根据品种特性、果实成熟度及天气状况适时分期采收。果皮、籽粒的色泽变化是果实成熟程度的主要标志。当红色品种果皮底色由深绿变为浅黄色，白石榴果皮由绿变黄，籽粒呈现鲜红或浓红，粒大汁多味甜时即表示果实进入成熟阶段，可以采收。

采收时一手持果，一手用采果剪剪断果柄，将采下的果实放入用厚布衬好的采果篮或采果袋中。果梗不宜留长，以免刺伤包装纸或其他果实。采收过程中尽量避免一切机械伤害，如指甲伤、碰伤、压伤、刺伤、磨伤等。对采下的果实随时套上弹性塑料网袋，轻拿轻放；采摘后，将果实置于阴凉通风处使果实散去田间热，避免太阳暴晒和雨淋。

挑出病虫果、裂果和重伤果，然后按果个大小、色泽、果面光洁度、品质等进行分级。分级标准见表 3-11。目前，包装石榴纸箱有 3 种类型，装果质量分别为 10 千克、5 千克、2.5 千克。装箱时，要求不破箱，不漏箱，果实相互靠紧、顶实，萼筒侧向一边。盖箱后，用胶带封严扎实。存放时，注意防止雨淋、潮湿以延长果品的贮藏时间和利于销售。

表 3-11 石榴的分级标准

级别	果重（克）	千克果数（个）	色泽		允许碰伤、虫伤、病疤情况及面积大小
			果皮	籽粒	
特级	400 以上	2.5	全红	全红	无
一级	300～400	3	2/3 红	全红	无
二级	200～300	4～5	1/2～2/3 红	全红	无虫伤、病疤，刺、碰伤总面积 1～2 平方厘米
三级	150～200	5～7	1/3～1/2 红	红	无虫伤、病疤，刺、碰伤总面积 2～3 平方厘米
等外	150 以下	7 以上	1/3 以下	浅红	无虫伤、病疤，刺、碰伤总面积大于 4 平方厘米

第八节　猕猴桃无公害果品生产技术

一、品种的选择

（一）美味猕猴桃优良品种

1. 优良雌性品种

（1）海沃德　果实广卵形或长椭圆形，果形端正；平均单果重 80～100 克；果肉绿色，致密均匀，果心小，酸甜适口，有香味，可溶性固形物 15% 以上。11 月上旬成熟。果品货架期长、贮藏性好，商品性能极佳。该品种在世界范围内广泛种植，但丰产性比其他品种差。

（2）秦美　果实短柱形，喙端锥形；平均单果重 102.5 克；果肉绿色，多汁，酸甜可口，有香味。在陕西 10 月下旬至 11 月上旬成熟；在简易气调贮藏条件下，可存放 3～4 个月；低温气调库中可放 6～7 个月。早果性、丰产性、耐旱性、耐寒性好、耐高 pH

土壤。

（3）哑特　果实短圆柱形；平均单果重 87 克；果皮褐色，密被棕褐色糙毛；果肉翠绿，果心小。在陕西 9 月底至 10 月初成熟，常温下可贮存 25 天左右，气调贮藏可存放 6 个月。植株生长健壮，抗逆性强，耐旱、耐高温、耐瘠薄、耐北方干燥气候。

（4）徐香　果实柱形；单果重 75～110 克；果肉绿色，浓香多汁，酸甜适口。成熟采收期长，从 9 月底到 10 月中旬均可采收。无采前落果，但贮藏期和货架期较短。早果性、丰产性较好，早期以中、长果枝蔓结果为主，盛果期以后以短果枝蔓和短缩果枝蔓结果为主。

2. 优良雄性品种、品系

（1）马图阿（马吐阿）　花期较早，为早、中花期美味和中华猕猴桃雌性品种的授粉品种。花期 15～20 天，花粉量大，每花序多为三朵花。可用作艾伯特、阿利森、蒙蒂、徐冠、徐香、青城 1 号、魁蜜、早鲜、怡香、通山 5 号、武植 3 号等品种、品系的授粉品种。

（2）陶木里（图马里、唐木里）　花期较晚，为晚花型美味和中华猕猴桃雌性品种的授粉品种。花期长 5～10 天，花粉量大，每花序为 3～5 朵花。可用作海沃德、秦美、秦翠、东山峰 79-09、川猕 1 号、川猕 3 号、庐山香、中猕一号等品种、品系的授粉品种。

（二）中华猕猴桃品种、品系

1. 优良雌性品种、品系

（1）早鲜　早熟鲜食加工兼用品种。果实柱形；平均果重 80 克左右；果肉绿黄色，酸甜多汁，味浓，有清香。在江西南昌 8 月下旬至 9 月上旬成熟。果实较不耐贮存，常温下贮存 10～20 天，冷藏条件下可放 3 个月，货架期 10 天左右。生长势较强，抗风、抗旱、抗涝性较差。

（2）庐山香　晚熟鲜食加工兼用品种。果实近圆柱形，萼凹下陷；平均单果重 87.5 克；果肉淡黄色，质细多汁，口味酸甜，香味浓郁，口感极佳。在江西庐山 10 月中旬成熟。结果早，丰产，品质优良。但不耐贮存，货架期 5 天。适宜于加工果汁，在有贮藏加工的条件下，可适当发展。

（3）素香　果实长椭圆形，普通单果重 98.2～110.0 克；果肉深绿黄色，味酸甜可口，风味浓，具香气。在江西南昌 9 月上、中旬成熟。早果、丰产、稳产、优质、抗逆性较强、较耐贮藏。果实采收后室温可存放 20 天。以中、短果枝蔓结果为主。可在我国中、东南部地区发展。

（4）红阳　鲜食加工兼用品种。果实短柱形，尊凹下陷，均匀整齐；单果重约 70 克；果皮绿色，光滑；果肉呈红和黄绿色相间，髓心红色，肉质细，多汁，酸甜适口，有香气。树势健壮，树体紧凑；早果性、丰产性好；果实多着生在第 3～5 节。可在我国西南及东南部地区发展。

（5）琼露　中熟加工品种。果实短圆柱形；单果重 70～105 克，果皮黄褐色，果肉淡黄色，汁多，味酸甜，微香。早果、丰产、稳产、抗逆性强、耐高 pH 土壤。树势中庸，适于密植。以中、短果枝蔓结果为主。坐果太多时果实大小不匀。可用于加工果酒、果汁、果醋等。

2. 优良雄性品种、品系

（1）磨山 4 号　每花序常有 5 朵花，最多达 8 朵，以短花枝蔓为主。5 年生树每株约 5000 朵花，花粉量大，花蕾期约 35 天，花期 20 天左右。花期长，可作为早、中期，乃至晚期中华猕猴桃和美味猕猴桃的授粉品系。

（2）郑雄 1 号　每花序常有 3 朵花，最多达 6 朵，以中、长花枝蔓为主。花粉量大，花期 10～12 天，在郑州 4 月下旬至 5 月上旬开花。可作早、中期开花的中华猕猴桃雌性品种的授粉树。

（三）软枣、毛花猕猴桃优良品种、品系

1. 魁绿

软枣猕猴桃品种。果实卵圆形；平均单果重 18.1 克；果皮绿色，光滑；果肉绿色，质细汁多，味酸甜。该品种生长势旺盛，萌芽率 57.6%。结果枝蔓率 49.2%，坐果率 95.0%，以中短果枝蔓结果为主。丰产，稳产。在绝对低温 -38℃ 地区栽培多年无冻害，适于寒带地区栽培的鲜食加工兼用品种。

2. 沙农 18 号

毛花猕猴桃品种。果实柱形；平均单果重 61 克；果皮棕褐色，

密被白色茸毛，易脱落；果肉绿色，汁液多，味酸甜，有微香。在福建沙县 10 月中旬成熟。树势强健，适应性强。是鲜食加工兼用品种。

二、果园的建立

（一）园地的选择

猕猴桃喜温暖潮湿、需光喜肥、怕霜冻、怕高温干旱、怕曝晒、怕渍水、怕大风。园地应选在背风向阳、土层深厚、土壤结构良好、质地疏松、富含有机质、土壤 pH 在 6.5～7.0 的地段。

（二）适时定植，合理密植

选用品种纯正、无病虫害的一级健壮嫁接苗，可在春季或秋季栽植。在冬季寒冷的地区适宜春季栽植，其他地区适宜秋季栽植。平地以南北行向、山地按等高线栽植为好。棚架栽培的株行距为 （6×4）米、（5×4）米，篱架栽培可用 （4.8×5.5）米、（5×6）米、（4×3）米、（3×2）米。同时选用与主栽品种能在花期相遇、授粉效果好、能提高果实商品价值的品种作授粉树。授粉树与主栽品种的搭配比例为 1∶（8～10）。为提高栽植成活率，栽前先修剪根系，然后用生根粉液或清水浸根 1 昼夜，再用混合有 3％氮、磷、钾肥和 5％有机肥的泥浆蘸根。栽植后注意检查苗木的成活情况，发现死苗应及时补植。

三、土、肥、水管理

（一）土壤管理

种植后，应对树盘经常进行松土、除草，保证土壤疏松、透气良好，耕作深度以 5～10 厘米为宜。夏季树盘盖草，有利于降温保湿，增加土壤有机质含量。秋末冬初，结合深翻施足有机肥。合理间作是保证猕猴桃正常生长的关键。猕猴桃幼树对间作物要求非常严格，1.5 米栽植垄上不能套种任何作物，2.5 米间作带只可套种绿肥（如苜蓿、三叶草）以及低秆药材、蔬菜和花生，严禁套种小麦、玉米、豆角等高秆长秧作物，以免影响猕猴桃植株的正常生长。

（二）肥水管理

1. 施肥

（1）秋施基肥　一般在 10 月底至冬季土壤封冻前结合土壤深翻进行施用。基肥以腐熟的有机肥为主，配合施入矿物性肥料。施肥量应占全年总施肥量的 60% 以上。具体施用量依树龄不同而异。定植当年，每 667 平方米施农家肥或沼渣肥 500 千克、过磷酸钙 20 千克；2～3 年生树，每 667 平方米施农家肥或沼渣肥 1500 千克、过磷酸钙 30 千克、硫酸钾 5 千克；4～5 年生树，每 667 平方米施农家肥或沼渣肥 2000 千克、过磷酸钙 100 千克、饼肥 40 千克；盛果期树，每 667 平方米施农家肥或沼渣肥 3000 千克、过磷酸钙 100 千克、硫酸钾 20 千克、饼肥 50 千克。

幼龄果园从栽植穴的外缘或前一年深翻的边缘，每年向外挖沟施肥，沟宽 30～40 厘米、深 40～50 厘米。施肥时尽量少伤根。对于成龄果园，可采用全园撒施，施后浅翻一遍，将肥料浅埋于土中。施肥后及时浇水，以利吸收。

（2）追肥　全年至少进行 3 次。第 1 次为萌芽肥，芽即将萌动时追施腐熟的人畜粪尿或沼液，此次追肥占总追肥量的 50%。第 2 次为果实膨大肥，即坐果后 10 天内进行，以磷、钾肥为主，可追施腐熟的人畜粪尿或沼液加磷酸二氢钾或猕猴桃专用复合肥，此次追肥占总追肥量的 40%。第 3 次在生长旺季进行叶面喷肥以补充树体营养，连喷 3～4 次，每次间隔 7～10 天。以上午 9 点前和下午 4 点后喷施为好，若 6 小时内遇雨淋应补喷。可选用利果美有机液肥、磷酸二氢钾、沼液等。

2. 灌排水

猕猴桃怕旱又怕涝，灌水要适度，排水要及时。夏季高温干旱期应及时适度灌水，雨季要及时排水，防止积水成涝。全年要浇好 3 次水：第 1 次可结合施萌芽肥浇好催芽水；第 2 次在谢花后 10 天，结合追施果实膨大肥浇足花后水；第 3 次是在土壤封冻前浇足越冬水。

四、整形修剪

（一）主要树形

1.“T”形架

苗木定植后，单轴上升，长至 1～1.5 米时进行 2 次重摘心，促发成 4 个分叉。4 个分叉上架后分别向 2 个方向延伸成主枝蔓。主枝蔓长至 40～50 厘米时重摘心 1 次，促发侧枝蔓。侧枝蔓向行间斜向延伸。在骨架枝蔓上每隔 30～40 厘米摘心 1 次，培养伸向各个方向的结果母枝蔓组和结果母枝蔓，使其占满整个架面。

2. 层形篱架

一般为 3 层。苗木定植后在 20～30 厘米处重摘心 1～2 次，促发 3 个分叉，选其中 2 个强健枝蔓分别向 2 个方向延伸作第一层主枝蔓，最弱的 1 个继续向上生长。依此方法进行第二、第三层整形。最后一层只摘心 1 次，促发 2 个枝蔓即可，不再留中心干。每个主枝蔓每隔 30～40 厘米重摘心 1 次，促发结果母枝蔓，培养结果母枝蔓组。该树形结果早，但在结果盛期后容易出现上强下弱现象。

3. 扇形篱架

苗木定植后，在 20～30 厘米处多次摘心，促发 5～7 个丛生枝蔓，按强枝蔓在外，弱枝蔓在内，外面的开张角度大，靠内的开张角度小的原则，使留下的丛生主枝蔓均匀分布在架面上。每条枝蔓在生长过程中，每隔 30～40 厘米重摘心 1 次，促发结果母枝蔓。该树形结果早，易更新。

4. 分支扇形篱架

从地面上 20 厘米处起，主干每长高 20～30 厘米重摘心 1 次促发 1 根主枝蔓，主枝蔓按左右交替，开张角度下大上小的原则逐级上升，结果母枝培养方法同前。

生产上通常将两种扇形架式和"T"形架式结合使用，即结果早期用篱架，结果中期改为"T"形架。

（二）修剪

1. 夏剪

在萌芽后至冬季落叶前进行，包括抹芽、摘心、疏枝、疏蕾、疏果、绑枝等，分多次进行。抹芽主要是抹除位置不当的芽、过密芽以及主干、主蔓上萌发的无用潜伏芽，双生芽、三生芽一般只留 1 个壮芽。抹芽越早越好。摘心每年进行 3 次，摘心程度因品种、枝条强弱而不同。第 1 次摘心在开花前后进行；第 2 次在副梢长出

3～4 片叶时进行；第 3 次是摘除生长过旺枝上的副梢，每次留 3～4 片叶反复摘心。8 月中旬停止摘心。9 月份，当地上部分停止生长后，剪去枝条梢部幼嫩部分和多余副梢。疏枝一般在新梢长至20 厘米左右、能辨认出花序时进行，根据树势、架面空间大小、结果枝与营养枝的比例等合理定枝。

2. 冬剪

落叶 10 天后至伤流期前 2 周内进行，不能过早，也不宜过晚。主要是利用短截、回缩、疏枝等方法，使幼树尽快成形，适期结果；成龄树生长旺盛，丰产稳产；老树更新复壮，延长结果年限。修剪时首先疏除细弱枝、枯死枝、病虫枝、过密枝、交叉枝、重叠枝、竞争枝、无利用价值的根蘖和生长不充实、无培养前途的发育枝，使生长健壮的结果母枝蔓均匀分布在架面上，形成良好的结果体系，然后对不同类型的枝蔓采用不同的修剪方法，以达到早结果、结好果、多结果、丰产稳产、延长树龄的目的。

3. 绑缚枝蔓

绑枝能防缠绕、防风吹折和机械损伤，确保枝条均匀、合理地占满架面，不重叠交叉，通风透光好。夏季绑枝在春梢木质化后进行；冬季可结合冬剪进行，一般在冬剪后至 2 月上旬结束。生长势强的结果母枝采用水平引绑，生长势弱的结果母枝采用垂直引绑，生长势中庸的结果母枝，采用倾斜式引绑。

4. 雄树修剪

目的是保证每年形成足够的花芽供雌树授粉。雄树幼树修剪与雌树相同，但成龄树不同，雄树以夏剪为主，夏剪宜重，冬剪宜轻。夏季雄树谢花后应立即回缩修剪，通过花后回缩、摘心短截，将下年无用的枝疏除，控制其生长量，既培养出下年好的开花母枝，又为雌树腾出空间。冬剪留 80 厘米左右短截，促其向雌树架面伸展。

五、花果管理

（一）保花保果

1. 花期放蜂

猕猴桃的花没有蜜腺，不容易吸引昆虫传粉，采用花期喷蜂蜜水加硼肥的办法，可以提高蜜蜂和昆虫的访花频数，有利于提高坐果率和果实品质，一般每 6670 平方米需放 6 箱蜜蜂。

2. 人工授粉

一种方法是摘下当天开放的雄花，每天上午 7～10 点对准雌花柱头上部进行轻擦，1 朵雄花可连续擦 10～20 朵雌花；另一种方法是采集含苞欲放的雄花，于室内取下花药，摊在洁净的纸上，自然干燥 1 天或置于白炽灯下干燥约 4 小时，使花药开裂，花粉粒散出，再混合 10 倍的淀粉，用毛笔蘸后点授在雌花的柱头上。

3. 高接雄枝蔓或插花枝蔓

若发现雌株周围雄株不足或雄株分布不均时，可在雌株上高接 1 个雄枝蔓；或在花期，在雌株上挂一个装有营养液的矿泉水瓶，插上 1～2 根雄花枝蔓，满足对雌株的授粉需求。

（二）疏花疏果

1. 疏花疏果的时期

疏果越早越好，一般在盛花后 10～20 天进行。从节约养分角度来看，疏果不如疏花，疏花则不如疏蕾。

2. 疏蕾

在开始现蕾时，疏掉侧花蕾和结果枝蔓基部的花蕾。据研究表明，为使海沃德成年树连年结出优质大果，合理的产量指标是 22500 千克/公顷。平均每一结果枝蔓的适宜结果数为 2～3 个，为达到这一指标，留花数应多 30％左右，长果枝蔓留 3～4 朵主花，短果枝蔓留 1～2 朵主花。

3. 疏果

可按叶（3～5）：1 的叶果比留果。树势健壮，果型较小，3～4 片叶留 1 个果，反之 4～5 片叶留一个果。疏果时先疏小果、畸形果、病虫果和伤果。如果一个叶腋中有三个果实，应留顶果。同一个结果枝蔓上，应疏去基部的果，保留中、上部的果。短果枝蔓留 1～2 个果，中果枝蔓留 2～3 个果，长果枝蔓留 3～4 个果。

六、采收与分级

（一）果实采收

1. 采收时期

依品种特性、生态条件、果实用途来确定采收时间，要适时、按要求保质采收，不能过早和过晚。采收过早，产量较低，果实不耐贮藏，食用品质差，商品价值低；采收过晚，果实可能会受到早霜、冬季低温等危害，且过度成熟的果实贮藏期短，经济价值低。采收时果实应具有该品种特有的大小、色泽、糖度、硬度、风味等特点，且无异常气味，其成熟度应达到充分发育和市场或贮存要求的成熟度。

2. 采收方法

当果实已达生理成熟度时，果梗与果梗基部已开始形成离层，故采摘时用手将果实向上推即可采下。采摘后，将果实放在阴凉处，避免阳光直射。

（二）果实分级

果实大小对商品性有重要作用，在一定范围内，果实越大其商品性越好。广东省农业科学院果树研究所林太宏等提出了猕猴桃鲜果商品质量标准（表3-12～表3-14）。

表 3-12　猕猴桃分级包装标准

级别	每箱果实个数/个	单果重量/克	每箱果实重量/千克
3L	27	130 以上	3.7 左右
2L	30	115～130	3.7 左右
L	33	100～115	3.5 左右
M	36	85～100	3.3 左右
S	39	75～85	3.1 左右
2S	42	65～75	3.0 左右

注：参考日本日连园1983年制定的统一标准。包装用43厘米×36厘米×6厘米木质条板箱或防潮纸箱，箱内配瓦楞纸垫（用木质条板箱时），0.08毫米厚苹果绿色聚乙烯保鲜薄膜，苹果绿色塑料托盘加防潮纸板上盖。

表 3-13　猕猴桃果实外观等级标准

项目	优	良	中	等外
果实形状	圆柱或长椭圆	椭圆、卵圆、短圆柱	近圆、阔卵	其他形状
果面颜色	褐绿或绿褐	灰褐	灰褐或褐	深褐及其他
整齐度	没有异形果	个别异形果	异形果少于1/10	深褐及其他
机械伤果	无	无	个别	果数超过/10
日灼、病虫果	无	无	个别	果数超过/10
腐烂果	无	无	个别	果数超过/10

表 3-14　猕猴桃果实肉质等级标准

性状	优	良	中等	等外
肉色	翡翠色或绿色	黄绿	绿黄	黄色或淡黄
可溶性固形物/%	14 以上	12～14	11～12	11 以下
风味及香气	风味浓，甜度适度，香气浓郁	甜酸适口，香气明显	酸甜适口，但略偏淡甜或偏酸略具香气	味酸或淡而无味，不具香气或有异味
可食熟度果[①]常温下货架期（天）	不少于 7 天	不少于 5 天	不少于 4 天	不足 4 天

① 可食熟度果货架期指可食熟度果的腐烂果≤20%存放的时间。

第九节　枣无公害果品生产技术

一、品种的选择

（一）鲜食优良品种

1. 冬枣

果实近圆形，大小不均匀；平均果重 10.7 克；果皮薄而脆，赭红色。果肉绿白色，肉质细嫩松脆，味甜，汁多，品质极上，核较小，可食部分达 94.67%。在我国北部地区 10 月上中旬脆熟。树体中等大，树姿开张。结果较早，嫁接苗栽后第二年开始结果，第三年有一定的产量。产量中等而稳定。适宜北方年均气温 11℃以上的地区种植。

2. 临猗梨枣

果实长圆形或近圆形，大小不均匀；平均果重 30 克左右；果皮薄、浅红色果面有隆起，果肉白色，肉质松脆，较细，味甜，汁多，品质上，可食部分达 96%。结果早，嫁接苗部分植株当年可少量结果，第二年普遍结果，第三年进入盛果期。树势中等，发枝力强，适应性强。在全国宜枣地区均可栽植。

3. 孔府酥脆枣

果实长圆形或圆柱形，大小较均匀；平均果重 7.0～8.5 克；果皮中等厚，深红色，果面不平滑。果肉乳白色，肉质松脆，较细，甜味浓，汁中多，品质上，可食率 92.55％。结果早，坐果率高，丰产。适应性强，一般年份裂果极少，适宜北方地区栽培。

4. 无核脆枣

果实长圆形，大小较整齐；平均单果重 16.9 克；果皮中厚，色泽鲜红，有光泽，不裂果；果肉黄白色，质地致密，脆，汁中多，味甜，鲜食品质上，核退化或革质，可食率近 100％。在山东 9 月中下旬果实成熟。耐瘠薄，能在 pH5.5～8.2 的土壤中正常生长，在土壤含盐 0.4％的条件下仍能生长。进入结果期较早。

5. 旱脆王

果实卵圆形，整齐度高；平均单果重 25 克左右；果皮光洁，鲜红；果肉酥脆，甜酸多汁，有清香味，品质佳，可食率 96.7％。在河北 9 月初前后果实脆熟。抗旱耐涝，抗盐碱，耐瘠薄，进入结果期早，丰产，无大小年现象。

（二）制干优良品种

1. 相枣

果实卵圆形，大小不均匀；平均果重 22.9 克；果皮厚，紫红色，果面光滑；果肉厚，绿白色，肉质致密，较硬，味甜，汁少，品质上，制干率 53％。适应性强，成熟期遇雨裂果轻，可在北方宜枣地区种植。

2. 灵宝大枣

果实扁圆形，大小较均匀；平均果重 22.3 克；果皮较厚，深红色或紫红色，有明显的五棱突起，并有不规则的黑斑；果肉厚，绿白色，肉质致密，较硬，味甜略酸，汁液较少，品质中上，适宜制干和加工无核糖枣，制干率 51％。适宜于原产区和相类似生态区栽培。

3. 扁核酸

果实椭圆形，侧面略扁，大小不均匀；平均果重 10 克；果皮较厚，深红色；果肉厚，绿白色，肉质粗松，稍脆，味甜酸，汁少，制干率 56.2％。结果较迟，定植后一般第 3、4 年开始结果。适应性强，北方宜枣地区均可栽植。

4. 婆婆枣

果实长圆形或葫芦形，大小较均匀；平均果重 14.3 克；果皮厚，深红色，果面不平。果肉厚，浅绿色，肉质硬而较粗，味甜，汁中多，品质中，制干率 47.5%。适应性强，结果早，抗裂果，抗枣疯病，采前落果极少。适宜北方年均气温 10℃ 以上的地区栽植。

5. 赞新大枣

果实倒卵圆形，大小不整齐；平均果重 24.4 克；果皮较薄，棕红色；果肉绿白色，致密，细脆，汁中多，味甜，略酸，可食率 96.8%，制干率 48.8%，品质上。适应性强，较抗病虫，结果早，高产，稳产。适宜秋雨少的地区发展。

（三）　鲜食制干兼用优良品种

1. 金丝小枣

果实因株系而异，有椭圆形、长圆形、鸡心形、倒卵形等；平均果重 5 克；果皮薄，鲜红色，果面光滑；果肉厚，乳白色，质地致密，细脆，味甘甜微酸，汁中多，品质上，制干率 55%～58%。干枣果形饱满，肉质细，富弹性，耐贮运，味清甜，可食率 95%～97%。结果较迟，根蘖苗第三年开始结果，10 年后进入盛果期。丰产，稳产。适应性较强，适于北方年平均气温 9℃ 以上的地区栽培。

2. 赞皇大枣

果实长圆形或倒卵形，大小较均匀；平均单果重 17.3 克；果皮中厚，深红色；果肉厚，近白色，肉质致密细脆，味甜略酸，汁中多，品质上，制干率 47.8%。结果较早，丰产，稳产。适应性强，适于北方大部分地区特别是丘陵山区栽培。

3. 骏枣

果实圆柱形或长倒卵形，大小不均匀；平均果重 22.9 克；果皮薄，深红色，果面光滑；果肉厚，白色或绿白色，质地细，较松脆，味甜，汁中多，品质上等，鲜食、制干、加工蜜枣和酒枣兼用。抗逆性强，抗枣疯病力强，适应性强，丰产。适于北方年均气温 8～11℃ 的地区栽植。

4. 壶瓶枣

果实长倒卵形或圆柱形，大小不均匀；平均果重 19.7 克；果皮薄，深红色；果肉厚，绿白色，肉质较松脆，味甜，汁中多，品质上，鲜食、制干、加工蜜枣和酒枣兼用。适应性较强，丰产，稳产。适于北方年均气温 8℃以上、成熟期少雨的地区栽植。

5. 敦煌大枣

果实近卵圆形，大小不整齐；平均果重 14.7 克；果皮较厚，紫红色；果肉浅绿色，肉质致密，较硬，汁少，味酸甜，稍有苦味。适应性强，抗寒、耐旱、抗病虫，结果早，丰产稳产。可鲜食、制干，加工蜜枣和酒枣等。但成熟期不抗风，易落果。该品种是甘肃河西走廊地区和新疆维吾尔自治区东部优良的鲜食制干兼用品种。

二、果园的建立

（一）园址的选择

枣树对气候和土壤的适应能力很强，凡是冬季最低气温不低于 −31℃，花期日均温度稳定在 22～24℃以上，花后到秋季日均温下降到 16℃以前的果实生育期多于 100～120 天，土壤厚度 30～60 厘米以上，排水良好，pH5.5～8.4，土表以下 5～10 厘米土层单一盐分，如氯化钠含量低于 0.15%，碳酸钠含量低于 0.3%，硫酸钠含量低于 0.5%的地区均可栽培。

（二）栽植

1. 栽植时期

我国淮河、秦岭以南气候温暖，冬季土壤不封冻，枣树从落叶到第二年萌芽前均可栽植。淮河、秦岭以北，北纬 40°以南地区，12 月至翌年 2 月土壤封冻，因此，从 10 月下旬落叶到 11 月下旬土壤封冻前，以及从 3 月上旬土壤解冻后到 4 月中旬树萌芽前均可栽植。北纬 40°以北地区，冬季干旱寒冷，晚秋栽植易冻死，因此，只适宜春季栽植。

2. 栽植密度

合理密植是优质高效生产的有效保证。密度的确定要根据当地土肥水条件、光照条件、品种生长特性、生产管理水平和建园要求等来确定。栽植密度见表 3-15。

表 3-15 枣树栽植密度

项目	株行距/米	667 平方米栽植株数	适宜园地
枣粮间作	(3～5)×(8～20)	7～28	枣粮并重
普通枣园	(3～4)×(4～6)	28～56	管理水平较高
密植枣园	(2～3)×(3～5)	45～111	管理水平高
草地枣园	(0.5～1)×(1～2)	333～1333	特殊管理技术

3. 苗木选择

苗木的质量对枣树的早期丰产起至关重要的作用。因此，栽植时要选择优质苗木。优质苗是指苗木健壮、根系好、无枝皮损伤、无冻伤和病虫害。要求使用二级及其以上的苗木。

4. 栽植方式

平原枣区多采用长方形栽植。山地丘陵枣园可采用等高栽植，梯田枣园也可采用长方形栽植。枣粮间作园亦可采用双行栽植。

三、土、肥、水管理

（一）土壤管理方法

1. 清耕法

园内长期休闲并经常进行耕作，使土壤保持疏松和无杂草状态。

2. 清耕—覆盖作物法

在枣树需肥需水多的时期进行清耕，在后期和雨季种植覆盖作物，待覆盖作物长成后适时将覆盖作物翻入土壤作肥料。

3. 生草法

在树盘外的行间种植禾本科或豆科等草类，并在关键时期施肥灌水，刈割后覆盖地面。

4. 覆盖法

用覆盖材料覆盖土壤表面。应用的覆盖材料主要有 4 类：膜质材料、非膜质材料、土壤表面膜剂和间作物留茬。

（二）施肥技术

1. 秋施基肥

秋施基肥是保证枣树丰收的重要手段之一。基肥以腐熟的有机肥为主，掺入少量氮磷肥。

（1）施用时期　枣果采收后至土壤封冻前。在该期内越早越好，以采果后到落叶前最好。该期地温较高，根系活动力较强，有利于基肥的分解、转化、吸收和贮藏；另一方面有利于断根伤口的愈合和促发新根。

（2）使用量　应占全年枣树需肥量的 80％以上，每生产 1 千克鲜枣需施用 2 千克有机肥。一般来讲，生长结果期树，每 667 平方米应施有机肥 3000 千克、尿素 35 千克、过磷酸钙 100 千克；盛果期树每 667 平方米施有机肥 5000 千克、尿素 50 千克、过磷酸钙 250 千克；幼树可根据地力适量减少。

2. 追肥

（1）萌芽前追肥　在发芽前进行，此次追肥可促进萌芽，提高花芽分化质量。施肥量可根据每生产 100 千克鲜枣施用 1.9 千克纯氮、0.9 千克纯磷、1.3 千克纯钾的施肥标准减去基肥中氮磷钾含量计算出全年追施氮磷钾的用量。此次追肥以氮肥为主，施肥量为全年施氮量的一半以上。宜采用穴施法。

（2）花前追肥　在开花前进行。此次追肥可促进开花，提高坐果率。以磷肥为主，辅以少量的氮钾肥；磷肥施用量为全年的 2/3；钾肥施用量为全年的 1/3 左右，氮肥施用量为全年的 1/4 左右。宜采用穴施法。

（3）果实膨大期追肥　该期是枣树需肥的关键时期。此次追肥以钾肥为主，磷肥为辅，不施或少施氮肥。钾肥为全年的 2/3，磷肥为全年的 1/3。宜采用穴施法。

（4）叶面喷肥　从展叶开始每隔 15 天左右喷施 1 次。前期喷尿素，果实发育期喷磷酸二氢钾，花期喷硼砂；对因缺少铁、硼、锌等元素，发育不良的枣树可喷硫酸亚铁、硫酸锌，也可喷含有锌、锰、硼、钼等多种微量元素的稀土溶液。叶面喷肥时应注意浓度和肥料质量，避免因使用浓度不当或使用劣质微肥而对叶果造成伤害。

（三）灌水

1. 催芽水

早春萌芽前，追肥后灌 1 次水，可促进萌芽及枝叶生长。

2. 助花水

在始花期至盛花期灌水，可提高空气湿度，防止干热风造成的"焦花"现象。此次灌水应结合花前追肥进行。

3. 保果水

在 6 月底至 7 月中旬进行，此时正值枣树的生理落果高峰期和枝条快速生长期，及时灌水可缓解生长和结果的矛盾，减少落果。

4. 膨果水

在 8 月中旬以后进行灌水。此时果实快速膨大，灌水可为树体提供充足的水分，对促进果实膨大，提高果实品质和产量有重要作用。此次灌水应结合膨大期追肥进行。

5. 封冻水

在果实采收后至土壤封冻前进行此次灌水。此次灌水必不可少，因为树体保持充足水分，对防止冬季抽条和安全越冬有重要作用。此次灌水最好在施用基肥后进行。

四、整形修剪

（一）主要树形

1. Y 字形

干高 50 厘米，株高不超过 1.0 米，2 个主枝伸向行间。该树形骨架牢固，通风透光，果实品质好。但由于栽植密度大，树冠体积小，养分相对集中，除萌、摘心、抹芽的工作量大。适于具有一定矮化性状的枣树进行密植。

2. 多主枝自然圆头形

中心干不明显，在主干上着生 6～8 个主枝，每个主枝上着生 2～3 个侧枝，侧枝之间互相错开、均匀分布。树冠顶端呈自然圆头形。侧枝与主枝之间的夹角从下向上从 75° 逐渐减小至 50°。该树形枝量大，成形早，修剪量小，前期产量高，易于培养。但盛果期树内膛枝条密集，通风透光差，小枝易枯死，结果部位易外移。通过开心落头和适当疏除外部枝条，可以解决此问题。该树形树冠高大，栽植密度小，适宜枣粮间作模式。

3. 自然纺锤形

干高 80 厘米，树高 2.5 米左右，冠径 2～2.5 米。主枝 8～10

个，长 1.0 米左右，旋转排列于较直立的中心干上，主枝间距
20～40 厘米。主枝上不培养侧枝，直接着生结果枝组，最下部培
养大枝组，上部培养中小枝组，全树呈下大上小，下宽上窄，下粗
上细的纺锤形。

4. 自然开心形

干高 80 厘米，无中心干，3 个主枝均匀分布在主干上，基角
60°，每个主枝上着生 3～4 个侧枝，侧枝上着生结果枝组。主枝间
水平夹角 120°。

（二）不同树龄的修剪特点

1. 幼树修剪

（1）幼树修剪的原则　幼树一般是指栽植后 1～5 年生树。通
过定干短截和摘心等方法，促进营养生长，迅速扩大树冠。选择生
长健壮、角度合理的新枝，培养成主枝，利用辅养枝培养成结果枝
组，为早实丰产打下基础。

（2）修剪方法　定干后，及时短截侧生枝，通过开张主枝角
度，培养主枝；通过摘心培养结果枝组，利用辅养枝结果。冬剪时
疏除过多的竞争枝，通过疏强留弱连续换头，解决幼树上强下弱
现象。

2. 初结果树修剪

（1）修剪原则　初结果树主要指 5～8 年生树。修剪的主要任
务是调节生长和结果的关系，使生长和结果兼顾，并逐渐向以结果
为主的方向发展。

（2）修剪方法　通过短剪、疏枝等手法，继续扩大树冠，牢固
骨架；通过摘心、环刻等措施逐年提高产量；通过短剪、摘心、缓
放培养大中型结果枝组，通过疏枝、抹芽疏除竞争枝和重叠枝，打
开光路；通过去弱留强，辅养主干，解决下强上弱现象。

3. 盛果期树的修剪

（1）修剪原则　疏剪结合，集中营养，维持树势。疏除过密
枝，保持树体通风透光，引光入膛，防止结果部位外移，并有计划
地更新复壮结果枝组，使树体长期保持较高的结果能力。

（2）修剪方法　通过对枣头的重摘心和连续抹芽抑制树体各顶
端的生长以控制树冠。及时疏除内部萌生的大量无用枝。短截以刺

激衰老枝组上隐芽的萌发，长成枣头，再对新枣头连续摘心，使其形成结果枝组。在培养新枝组时，应选择背上健壮的枣头，以抬高枝条角度，增强树势。

4. 衰老树的修剪

（1）修剪原则 修剪重点是回缩主枝，促使隐芽萌发，更新复壮，培养新的结果枝组，稳定产量。

（2）修剪方法 根据树体的衰老程度回缩部分主枝。轻度衰老树，回缩 1～3 个轮生、交叉的主枝，去除长度以该主枝总长的 1/5 左右为宜。中度衰老树体和严重衰老树回缩全部主枝，去除长度是主枝的 1/2～1/3。选方位合适，生长健壮的新枣头，培养成新的主枝和结果枝组。

五、花果管理

枣树的自然坐果率很低，仅有 1‰左右。因此，加强花果管理，进行保花保果，提高坐果率是提高枣树产量的关键。

（一）花期管理技术

1. 配置授粉树

枣多数品种能够单性结实和自花授粉。但异花授粉能显著提高坐果率。尤其是有些品种雄蕊发育不良，花粉退化，则更需要配置授粉树。据研究，金丝小枣附近有绵枣可提高坐果率；婆枣配置斑枣，义乌大枣配置马枣均有显著的增产效果。

2. 人工授粉

按每 10 克花粉兑 10 千克水、5 克硼砂、5 克白糖的比例配制成混合液（随配随用），在枣树的盛花期，用喷雾器均匀喷洒到花上。

3. 枣园放蜂

在枣树开花前 2～3 天，按每 667 平方米园放置 1 箱蜜蜂的标准，将蜂箱放入园的中心地带。为保护蜂群，在放蜂期间禁止喷药。

4. 花期喷生长调节剂

（1）赤霉素 在盛花期喷布，每隔 5～6 天喷 1 次，浓度为 10～20 毫克/千克。

（2）萘乙酸　盛花期喷布，浓度为 10～20 毫克/千克。

（3）吲哚乙酸　盛花期喷布，浓度为 10～30 毫克/千克。

（4）吲哚丁酸　盛花期喷布，浓度为 20～40 毫克/千克。

（5）KT-30　盛花期喷布，浓度为 10～30 毫克/千克。

（6）枣树防落增产剂　坐果后、幼果膨大期各喷洒树冠 1 次，浓度为 100 毫克/千克。

5．花期喷微肥

（1）硼酸和硼酸钠　在盛花期喷布，硼酸浓度为 0.05%～0.2%，硼酸钠的浓度为 0.3%。

（2）稀土　盛花期喷布，浓度为 300 毫克/千克。

6．花期灌溉和喷水

在花期于晴朗无风的清晨或傍晚对树冠喷布清水，对提高坐果率有明显效果。一般喷 3～4 次，遇雨天停喷。

7．环剥（开甲）和刿枣

（1）时期　枣树开甲时期一般在盛花期及幼果期。在立地条件较差的地区，末花期和幼果期开甲比盛花期开甲效果更好。初花期到终花期均可刿枣，以盛花期进行最好，每年可进行 3 次，每次间隔 5～7 天。花期多风多雨常导致坐果不良，为防止幼果早落，花期后可再进行 1 次，弱树适当减少刿枣次数。

（2）方法　首次开甲在距地面 20～30 厘米处，先刮掉一圈老树皮，露出粉红色韧皮部后，用刀绕树干上下环切两周，深达木质部，剥去韧皮组织，宽度 3～7 毫米，小树、弱树宜窄，大树、壮树宜宽。开甲口要"上刀下坡，下刀上坡"，这样不容易积水，并且利于伤口愈合。开甲后，伤口可用塑料布包扎保护。一般 25～30 天后甲口即可愈合。以后开甲部位每年上移 3～5 厘米。移到主干分支处，再从下部开始"回甲"。对开甲树要加强肥水管理，并在树势衰弱后停止开甲。刿枣是用斧，自下而上平砍树干，深度以割伤韧皮部，不伤木质部为宜。树上斧口的纵横距，因树龄、树势等而异。斧口横距 2 厘米，纵距 2.5 厘米，每次砍 3 圈，呈相互交错的"品"字形，每年刿枣 3 次，下次应接上次刿痕向上排列进行。

8．枣头摘心

枣头留 2～6 个二次枝摘心。摘心强度因品种和树势而异，对树势和结果能力强的品种宜重摘心。二次枝摘心时间是随生长随摘心，摘心程度与其在一次枝上的位置等有关，对于重摘心的枣头，其上二次枝一般生长较长，二次枝可适当留长。枣头中下部二次枝可留 6～9 节，中上部二次枝可留 3～5 节。生长势强的枣头上的枣吊，一般留 40 厘米摘心，其他枣吊可留 15～20 厘米摘心。

（二）果实管理技术

1. 树体负载量标准

（1）品种特性　平均果重 25 克以上的特大型果品种，如山西梨枣、桐柏大枣、芒果枣、鸡蛋枣等吊果比为 4∶1；平均果重 20～24 克的大型果品种，如赞皇大枣、壶瓶枣、哈密大枣等吊果比为 3∶1；平均果重 10～19 克的中型果品种，如新郑灰枣、山西骏枣、相枣、冬枣等吊果比为 2∶1；平均果重 9 克以下的小型果品种，如金丝小枣、鸡心枣等吊果比为 1∶1。

（2）树势强弱　一般要求强树吊果比 1∶1，中庸树吊果比 2∶1，弱树吊果比 4∶1。

2. 疏果

（1）疏果时间　各地气候条件不同，疏果时间也不一样，按枣树生长的物候期来看，最佳的疏果时间应在坐果后到生理落果前。

（2）疏果方法　一般采用人工疏果的方法。先去除坐果不牢和后期营养不足自动脱落的枣果，然后再对剩下的枣果进行疏除。疏果时先疏除病虫果、畸形果、受精不良果、小果，再疏去枣吊上着生过多的重叠果、并生果。

六、采收与分级

（一）采收时期

1. 鲜枣的采收时期

应在脆熟期采收，此时果实色泽艳丽，果肉脆甜多汁，耐贮运。

2. 制干枣的采收时期

应在完熟期采收。此时果形饱满，果色深暗，果肉含糖高，制干率高，果实富有弹性，易贮运。

3. 加工枣的采收时期

用于加工蜜枣、糖枣的果实应在白熟期采收，此时采收加工的产品晶莹剔透，色泽诱人，商品性好；加工乌枣、醉枣的果实在脆熟期采收，在此期采收的果实加工后乌光发亮，暗里透红，商品价值高。

（二）采收方法

1. 振撼法

用木杆敲击枣树大枝基部，振落枣果。用于制干的枣果可采用此方法。

2. 手采法

人工逐个采摘枣果。用于鲜食和以鲜枣进行贮藏的枣果可采用此方法。

3. 乙烯利催熟法

采前 5～7 天，喷 1 次 0.35～0.4 毫升/升的乙烯利催熟剂，3～5 天后在树下铺塑料布，摇动树干，枣果即可脱落。此法适用于制干或加工的枣果。

（三）果实分级

1. 干枣分级

1986 年国家颁布的《干枣质量等级》（GB/T 5835—1986）标准中，将干枣按果个大小分成了小枣和大枣两个类别，两类别的具体分级标准见表 3-16 和表 3-17。

表 3-16　小枣的等级规格及质量

等级	果形和个头	品　质	损伤及缺点	含水率
特级	果形饱满，个头均匀，具有本品种应有的特性，金丝小枣每千克不超过 300 粒	肉质肥厚，具有本品种应有的色泽，身干，手握不粘个，杂质不超过 0.5%	无霉烂、浆头，无不熟果，无病虫果，破头、油头两项不超过 3%	金丝小枣不超过 28%
一级	果形饱满，个头均匀，具有本品种应有的特性，金丝小枣每千克不超过 360 粒，鸡心枣每千克不超过 620 粒	肉质肥厚，具有本品种应有的色泽，身干，手握不粘个，杂质不超过 0.5%，鸡心枣允许肉质肥厚度较低	无霉烂、浆头，无不熟果，无病果、虫果、破头、油头三项不超过 5%	金丝小枣不高于 28%，鸡心枣不高于 25%

等级	果形和个头	品质	损伤及缺点	含水率
二级	果形良好，具有本品种应有的特性，个头均匀，金丝小枣每千克数不超过 420 粒，鸡心枣不超过 680 粒	肉质肥厚，具有本品种应有的色泽，身干，手握不粘个，杂质不超过 0.5%	无霉烂，浆头、病虫果、破头、油头、干条五项不超过 10%（其中病虫果不超过 5%）	金丝小枣不高于 28%，鸡心枣不高于 25%
三级	果形正常，具有本品种应有的特性，每千克数不限	肉质肥厚不均，允许不超过 10% 的果实色泽较浅，身干，手握不粘个，杂质不超过 0.5%	无霉烂，允许浆头、病虫果、破头、油头、干条五项不超过 15%（其中病虫果不超过 5%）	金丝小枣不高于 28%，鸡心枣不高于 25%

表 3-17　大枣的等级规格及质量

等级	果形和果个	品质	损伤和缺点	含水率
一级	果形饱满，具有本品种应有的特征，个头均匀	肉质肥厚，具有本品种应有的色泽，身干，手握不粘个，杂质不超过 0.5%	无霉烂、浆头，无不熟果，无病果、虫果、破头两项不超过 5%	不高于 25%
二级	果形良好，具有本品种应有的特征，个头均匀	肉质肥厚，具有本品种应有的色泽，身干，手握不粘个，杂质不超过 0.5%	无霉烂，允许浆头不超过 2%，不熟果不超过 3%，病虫果、破头两项不超过 5%	不高于 25%
三级	果形正常，个头不限	肉质肥瘦不均，允许不超过 10% 的果实色泽稍淡，身干，手握不粘个，杂质不超过 0.5%	无霉烂，允许浆头不超过 5%，不熟果不超过 5%，病虫果、破头两项不超过 15%（其中病虫果不超过 5%）	不高于 25%

2. 鲜枣分级

2008 年我国颁布国家标准《鲜枣质量等级》（GB/T 22345—2008），列出了不同质量等级的具体指标要求（表 3-18、表 3-19）。其他品种的果实大小分级标准，可根据品种特性参照冬枣、梨枣进行规定。

表 3-18　鲜食枣质量等级标准

项　目	等　级			
	特级	一级	二级	三级
基本要求	脆熟期采收。品种纯正，果形完整，果面光洁，无残留物。果肉脆而适口，无异味和不良口味。无或几乎无尘土，无不正常的外来水分，基本无完熟期果实。最好带果柄。			
果实色泽	色泽好	色泽好	色泽较好	色泽一般
着色面积占果实表面积的比例	1/3 以上	1/3 以上	1/4 以上	1/5 以上
果个大小	果个大，均匀一致	果个较大，均匀一致	果个中等，较均匀	果个较小，较均匀
可溶性固形物	≥27%	≥25%	≥23%	≥20%
缺陷果　浆烂果	无	≤1%	≤3%	≤4%
机械伤	≤3%	≤5%	≤10%	≤10%
裂果	≤2%	≤3%	≤4%	≤5%
病虫果	≤1%	≤2%	≤4%	≤5%
总缺陷果	≤5%	≤10%	≤15%	≤20%
杂质含量	≤0.1%	≤0.3%	≤0.5%	≤0.5%

表 3-19　冬枣和梨枣果实大小分级标准

品种	单果重/(克/个)			
	特级	一级	二级	三级
冬枣	≥20.1	16.1～20	12.1～16	8～12
梨枣	≥32.1	28.1～32	22.1～28	17～22

第十节　核桃无公害果品生产技术

一、品种的选择

（一）早实核桃品种

1. 岱香

坚果圆形，果基圆，果顶微尖；平均单果重 13.9 克；壳面较光滑，缝合线紧密，稍凸，不易开裂，内褶壁膜质，纵隔不发达，易取整仁，出仁率 58.9%；核仁饱满，黄色，香味浓，无涩味，综合品质优良。树姿开张，树冠圆头形；树势强健，树冠密集紧凑；侧花芽比例 95%，多双果和三果；嫁接苗定植后，第 1 年开花，第 2 年开始结果；在土层深厚的平原地区，树体生长快，产量高。

2. 岱辉

坚果圆形；平均单果重 13.5 克；壳面光滑，缝合线紧而平；可取整仁，出仁率 58.5%；核仁饱满，味香不涩，品质优良。树势强健，树冠密集紧凑；侧花芽比例 96.2%，多双果和三果；嫁接苗定植后，第 1 年开花，第 2 年开始结果。雄先型。在土层深厚的平原地区产量高。

3. 香玲

坚果卵圆形；平均单果重 12.2 克；壳面光滑；可取整仁，出仁率 65.4%；核仁颜色浅，香而不涩，品质上。树势较旺，树冠半圆形；分枝力强，侧生混合芽比例 85.7%；嫁接后第二年开始结果。雄先型。适宜在山区、平原土层深厚的地区栽培。易嫁接繁殖，较丰产。

4. 丰辉

坚果长圆形；平均单果重 12.2 克左右；壳面刻沟较浅，较光滑，浅黄色，缝合线窄而平，结合紧密，内褶壁退化，易取整仁，出仁率 66.2%；核仁充实、饱满，味香而不涩；树势中庸；分枝力较强，侧生混合芽比例为 88.9%；嫁接后第 2 年结果，坐果率 70% 左右。产量高，大小年不明显。雄先型。适宜在土层深厚、有灌溉条件的地区栽植。

5. 鲁光

坚果近圆形，果基圆，果顶微尖；平均单果重 16.7 克；壳面沟浅，缝合线窄而平，结合紧密，内褶壁退化，易取整仁，出仁率 59.1%。树姿开张，树势中庸，树冠呈半圆形；分枝力较强，侧生混合芽比例 80.76%；嫁接后第 2 年结果。雄先型。早期生长势强，产量中等，盛果期产量较高。适宜在土层深厚的山区丘陵地区栽培。

6. 鲁丰

坚果近圆形，果顶稍尖；平均单果重 13 克；壳面多浅坑沟，不很光滑，缝合线窄，稍隆起，结合紧密，内褶壁退化，横隔膜膜质，可取整仁，出仁率 62%；核仁饱满，色浅；味香甜，无涩味。树姿直立，树势中庸，发枝力较强，侧生混合芽比例为 86.0%，坐果率 80%。雄花量极少，雄先型。丰产。适宜在土层深厚的山区丘陵地栽培。

7. 鲁香

坚果倒卵圆形；平均单果重 12 克；壳面多浅沟，较光滑，缝合线窄而平，结合紧密，可取整仁，出仁率 66.5%；有奶油香味，无涩味，品质上。树势中等，分枝力强；嫁接后第 2 年开始结果。雄先型。较丰产，嫁接成活率较高，适宜在土层深厚的地区发展。

8. 岱丰

坚果长椭圆形；平均单果重 14.5 克；壳面较光滑，缝合线较平，结合紧密，可取整仁，出仁率 58.5%；核仁饱满，色浅，味香无涩味；品质上。雄先型。分枝力强，侧生花芽比例为 81%，大小年不明显。

9. 辽核 6 号

坚果椭圆形；果基圆形，顶部略细、微尖；平均单果重 12.4 克；壳面粗糙，颜色较深，为红褐色，缝合线平或微隆起，结合紧密，内褶壁膜质，横隔窄或退化，可取整仁，出仁率 58.9%；核仁黄褐色。树势较强，树姿半开张，分枝力强；坐果率 60% 以上，多双果，丰产。雌先型。嫁接后第 2 年结果。较抗病，耐寒。适宜在我国北方核桃栽培区种植。

10. 中林 1 号

坚果圆形，果基圆，果面扁圆；平均单果重 14 克，壳面粗糙，缝合线中宽凸起，结合紧密，可取整仁或 1/2 仁，出仁率 54%；核仁浅至中色，味香不涩，品质中。树势较强，分枝力强，侧生混合芽比例 90% 以上。雌先型。生长势较强，生长迅速，较易嫁接繁殖。嫁接后第 2 年结果。可在华北、华中及西北地区栽培。

11. 新早丰

坚果椭圆形，果基圆，果顶渐小突尖；平均单果重 13.0 克；壳面光滑，缝合线平，结合紧密，可取整仁，出仁率 51.0%；核仁色浅，味香。树势中等，发枝力极强，侧生混合芽比例 95% 以上。雄先型。树势中庸，嫁接苗第 2 年开始结果，早期丰产性好，宜在肥水条件较好的地区栽培。

12. 陕核 1 号

坚果圆形；平均单果重 12 克；壳面光滑，色较浅，缝合线窄而平，结合紧密，易取整仁，出仁率 60%；核仁乳黄色，风味优良。树势较旺盛，树姿较开张；侧芽混合花芽的比例 70%。雄先型。适应性强，早期丰产，抗病性强，适宜作仁用品种和授粉品种。

13. 扎 343

坚果卵圆形；平均单果重 16.4 克；壳面光滑，色浅，缝合线窄而平，结合紧密，易取整仁，出仁率 54%；核仁乳黄色至浅琥珀色，风味优良。雄先型。树势旺盛，树姿开张；小枝较细，节间中等。适应性强，抗病性强，花粉量大，可作雌先型品种的授粉树种。

（二）晚实核桃品种

1. 晋龙 1 号

坚果圆形；平均单果重 14.8 克；壳面较光滑，有浅麻点，色浅，缝合线窄而平，结合较紧密，易取整仁，出仁率 60%；核仁乳黄色，风味优良。雄先型。树势中等，树姿较开张；发芽较晚。嫁接树第 3 年开始结果。适应性强，抗霜冻，抗病性强，早期丰产。适宜在黄土地区栽培。

2. 晋龙 2 号

坚果圆形；平均单果重 15.9 克；壳面光滑，色浅；缝合线窄而平，结合紧密，易取整仁，出仁率 56%；核仁乳黄色，风味优良。雄先型。树势旺盛，树姿较开张。嫁接树第 3 年开始结果。适应性强，抗霜冻，抗病性强，早期丰产。适宜在黄土地区栽培。

3. 北京 746

坚果近圆形；平均单果重 12 克；壳面较光滑，容易取仁，出仁率53％；核仁色浅，品质上。树势中庸，树姿半开张，树冠紧凑，结果枝率62％。雄先型。易丰产。适应性强，抗寒、抗病，耐旱力强，适于密植。

4. 礼品1号

坚果长阔圆形；平均单果重10克；壳面光滑美观，内褶壁和横隔退化，取仁极易，出仁率67.3％～73.5％。雄先型。树势中庸，树姿半开张，以长果枝结果为主。抗寒、抗病，适应性较强。

5. 礼品2号

坚果长圆形；平均单果重13.5克；壳面光滑，缝合线窄而平，结合紧密，内褶壁和横隔退化，取仁极易，核仁饱满色浅，出仁率70％。品质上。雌先型。树势中等，树姿半开张，分枝力较强。抗寒、抗病力强。

二、果园的建立

（一）园地的选择

1. 温度

核桃属喜温树种，适宜生长在年平均气温9～16℃、极端最低气温-25～-32℃以上、极端最高气温38℃以下、无霜期150～240天的地区。

2. 水分

核桃耐干燥的空气，但对土壤水分状况比较敏感。土壤过旱或过湿，均不利于核桃的生长发育。年降水600～800毫米且分布均匀的地区基本可满足核桃生长发育的需要。

3. 光照

核桃属喜光树种，结果期核桃要求全年日照在2000小时以上，如低于1000小时，坚果核壳和核仁发育不良。特别在雌花开花期，遇阴雨低温天气，极易造成大量落花落果；若光照条件良好，坐果率会明显提高。

4. 土壤

核桃为深根性树种，要求土壤深厚，土层厚度在1米以上才能保证其良好的生长发育。核桃要求土质疏松和排水良好，适宜在沙壤土和壤土中生长，黏重板结或过于瘠薄的土壤不利于核桃的生长发育。在中性或微酸性土壤中生长最好。核桃为喜钙植物，在石灰性土壤中生长结果良好。土壤含盐量过高会影响核桃的生长发育。

（二）栽植方式与密度

（1）圆片式栽植　无论幼树期是否间作，到成龄树时均应成为纯核桃园，株行距可为（3～4）米×（4～6）米。早实品种的栽植密度应大于晚实品种。

（2）间作式栽植　即核桃与农作物或其他果树、药用植物等长期间作。梯田、堰边可按 3 米×4 米的株行距栽植，平原地区为 4 米×（5～8）米。

（三）授粉树配置

核桃是雌、雄同株异花，且有雌、雄异熟现象。因此，建园时必须配置授粉树，使一个品种的雌花开放时间与另一品种的雄化开放时间相遇。授粉品种和主栽品种要按一定的比例分栽或隔行配置，以便于栽培管理和果实采收。主要核桃品种的适宜授粉品种见表 3-20。

表 3-20　主要核桃品种的适宜授粉品种

主 栽 品 种	授 粉 品 种
晋龙 1 号、晋龙 2 号、西扶 1 号、香铃、西林 3 号	北京 861、扎 343、鲁光、中林 5 号
北京 861、鲁光、中林 3 号、中林 5 号、扎 343	晋丰、薄壳香、薄丰、晋薄 2 号
薄壳香、晋丰、辽核 1 号、新早丰、温 185、薄丰、西洛 1 号	温 185、扎 343、北京 861
中林 1 号	辽核 1 号、中林 3 号、辽核 4 号

（四）栽植时期与方法

1. 栽植时期

可在春天或秋天栽植，不同地区可根据当地具体的气候和土壤条件而定。冬季严寒多风地区，以春栽为好，栽后应注意灌水和栽后管理。秋栽应在落叶后栽植，栽后应注意防止冬季干旱和冻害。

2. 栽植方法

栽植时先剪除苗木的伤根、烂根，再用泥浆蘸根，使根系吸足水分，以利成活。定植穴挖好以后，将表土和肥料混合填入坑底，然后放入苗木，使根系舒展，边填土边踏实，使根系与土壤紧密接触，苗木栽植深度以根颈与地面平为宜。踏实后，充分灌水。

三、土、肥、水管理

（一）土壤管理

1. 土壤耕翻

土壤翻耕分为深翻和浅翻两种。深翻是每年或隔年沿着大量须根分布区的边缘向外扩宽 40～50 厘米，深 60 厘米左右的半圆形或圆形沟。然后将上层土放在底层，底层土放在上面。深翻可在深秋初冬季节结合施基肥或夏季结合压绿肥进行，分层将基肥或绿肥埋入沟内。在每年春、秋季进行 1～2 次，深 20～30 厘米。在以树干为中心、半径为 2～3 米的范围内进行，有条件的地方可结合除草对全园进行浅翻。

2. 树盘覆盖

（1）覆草　最宜在沙壤地、土层浅的山地核桃园进行。覆盖材料因地制宜，秸秆、杂草均可。覆草多在夏秋季进行。覆草厚度以常年保持在 15～20 厘米为宜。连续覆草 4～5 年后可有计划深翻，以促进根系更新。

（2）覆膜　覆膜应在早春根系开始活动时进行。覆膜后一般不再耕锄。膜下长草可压土，覆黑色地膜可免予除草。

3. 间作

为充分利用土地和空间，可在幼龄核桃园的间作种植其他经济作物。间作种类和方式以不影响核桃幼树生长发育为原则。

（二）施肥

1. 施肥的种类和时期

（1）基肥　基肥以腐熟的有机肥料为主。最好在采果后到落叶前施入。幼龄核桃园可结合深翻施入基肥，成龄园可采用全园撒施后浅翻土壤的方法施入基肥，施入基肥后灌 1 次透水。

（2）追肥　在生长期施入，以补充基肥的不足。核桃幼树一般每年追肥 2～3 次，成年树 3～4 次。

第一次在核桃开花前或展叶初期进行，以速效氮肥为主，追肥量应占全年追肥量的 50%。

第二次在幼果发育期，仍以速效氮肥为主，盛果期树也可追施氮、磷、钾复合肥料，追肥量占全年追肥量的30%。

第三次在坚果硬核期，以氮、磷、钾复合肥为主，主要作用是供给核桃仁发育所需的养分，保证坚果充实饱满，此期追肥量占全年追肥量的20%。

此外，有条件的地方，可在果实采收后追施速效氮肥，以利于恢复树势，增加树体养分贮备，提高树体抗逆性，为翌年生长结果打下良好基础。

2. 施肥量

我国根据核桃树的生长发育状况及土壤肥力不同，提出了早实和晚实核桃的基肥参考施肥量。按树冠垂直投影面积计算，晚实核桃栽植后1～5年、早实核桃1～10年，年施有机肥5千克/平方米，20～30年生树株施有机肥不低于200千克。如土壤等条件较差、树体长势较弱且产量较高时，应适当增加基肥用量。肥源不足的地区可广泛种植和利用绿肥。

（三）灌水

1. 灌水时期

（1）萌芽前后 北方地区3月下旬到4月上旬，正值萌芽、抽枝、展叶时期，需水较多，如土壤干旱，应及时灌水。

（2）花芽分化前 5～6月份是北方地区的干旱季节，应及时灌水，以满足果实发育和花芽分化对水分的需求。特别在硬核期（花后6周）前，应灌1次透水，以确保核仁饱满。

（3）果实采收后 10月下旬至落叶前，可结合秋施基肥灌足灌透。

（4）封冻水 土壤结冻前灌水，对树体越冬抗寒非常有利。

2. 灌水量和灌水方法

（1）灌水量 一次灌水需要浸润1米以上土层。

（2）灌水方法 灌水方法有地面灌水、喷灌、滴灌、渗灌等。各栽培区应本着方便、实用、省水，便于管理和机械作业，根据地势、树龄、栽植方式和财力而选用。

（四）排水

核桃对土壤积水和地下水位过高反应敏感。因此，排水必须通畅，要求建园时必须设计排水体系，保证遇到较大降雨时能及时排水。

四、整形修剪

（一）修剪时期

核桃在休眠期修剪有伤流，为避免伤流损失树体营养，多在春季萌芽后进行春剪和采果后至落叶前进行秋剪。

（二）树形

1. 疏散分层形

有中心干，圆片栽植园干高 1.2～1.5 米，间作园干高 1.5～2.0 米。中心干上着生 5～7 个主枝，分为 2～3 层。第一层 3 个主枝，第二层 2 个，第三层 1～2 个。适于稀植大冠晚实型品种和果粮间作栽培方式。成形后具有枝条多，结果面积大，通风透光好，树体寿命长，产量高等优点。但结果稍晚，前期产量较低。

2. 自然开心形

无中心干，干高因品种和栽培管理条件而异。在肥沃的土壤条件下，干性较强或直立型品种，干高 0.8～1.2 米，早期密植丰产园干高 0.4～1.0 米。主干上着生 3～5 个主枝，不分层，主枝间距 20～40 厘米。具有成形快、结果早、整形简便等特点，适合于树冠开张、干性较弱和密植栽培的早实型品种以及土层较薄、肥水条件较差地区的晚实型品种。

（三）不同年龄时期的修剪

1. 幼树期

修剪的任务是培养良好的树形和牢固的树体结构，使主、侧枝在树冠内合理分布，为早果、丰产、稳产打下良好基础。修剪的主要内容是定干和培养主、侧枝等。修剪的关键是做好发育枝、徒长枝和二次枝等的处理工作。

（1）定干　定干高度，应根据品种特点、土层厚度、肥力高低、间作模式等，因地因树而定。具体参照各树形要求。早实核桃可在当年定干，抹除干高以下部位的全部侧芽，如果幼树生长未达定干高度，可于翌年定干。晚实核桃在定干高度上方选留一个壮芽或健壮枝条，作为第 1 主枝，并将以下枝、芽全部剪除。

（2）主、侧枝培养　根据所选树形，培养各级骨干枝。疏散分层形完成第一层主枝的培养，自然开心形培养出主枝的第一侧枝，使主侧枝在树冠内合理分布，为早果丰产打好基础。

2. 初果期

早实核桃 2～4 年、晚实核桃 5～6 年开始进入初果期。修剪的主要任务是继续培养主、侧枝，同时培养结果枝组，为初果期向盛果期转变做好准备。

（1）主、侧枝的培养　疏散分层形选留第二层和第三层主枝及各层主枝上的侧枝。自然开心形培养出各级侧枝。

（2）结果枝组的培养

① 先放后缩　对树冠内的发育枝或中等长势的徒长枝，可先缓放，然后在所需部位的分枝处回缩，再通过去旺留壮的方法，逐渐培养成结果枝组。

② 先截后放　对发育枝或徒长枝，可通过先短截或摘心的方法促发分枝，然后再进行缓放和回缩，培养成结果枝组。

③ 先缩后截　对空间较小的辅养枝和多年生有分枝的徒长枝或发育枝，可采取先疏除前端旺枝、再短截后部枝的方法培养成结果枝组。

3. 盛果期

盛果期修剪的任务是调整生长与结果的关系，改善通风透光条件，更新结果枝组，保持稳产、高产。

（1）调整骨干枝和外围枝　对过密的大、中型枝组进行疏除或重回缩，对树冠外围过长的中型枝组，适当短截或疏除。疏除过密处的弱枝，改善通风透光条件。

（2）调整和培养结果枝组　回缩已经变弱的大、中型枝组；疏除过于衰弱不能更新复壮的结果枝组；控制大型结果枝组的体积和高度，避免形成树上长树的现象。

（3）控制和利用徒长枝　疏除无空间生长的徒长枝；有空间生长或衰弱结果枝组附近的徒长枝，可通过摘心或轻短截，将徒长枝培养成结果枝组，以填补空间，更换衰老的结果枝组。

4. 衰老期

核桃树寿命长，在良好的环境和栽培管理条件下，生长结果达百年乃至数百年。但在粗放管理情况下，早实核桃 40～60 年、晚实核桃 80～100 年以后进入衰老期。对于衰老期的核桃树，应有计划地更新复壮。

（1）主干更新 是将主枝全部锯掉，使其重新发枝并形成新的主枝。主干更新应根据树势和管理水平慎重采用。

（2）主枝更新 在主枝的适当部位进行回缩，使其发出新枝，逐渐培养成主枝、侧枝和结果枝。

（3）侧枝更新 将一级侧枝在适当的部位进行回缩，使其发出新的二级侧枝。侧枝更新具有更新幅度小、更新后树冠和产量恢复快等特点。

不论采用哪种更新方法，都必须在更新前后加强肥水管理和病虫防治。只有这样才能增强树势，较快恢复树冠、树势和产量，达到更新复壮的目的。

五、花果管理

（一）人工授粉

核桃属于异花授粉果树，存在着雌、雄花期不一致的现象，且为风媒花，自然授粉受各种条件限制，致使每年坐果差别很大。幼树开始结果的 2～3 年只形成雌花，没有或很少有雄花，因而影响授粉和结果。为了提高坐果率，增加产量，可以进行人工辅助授粉。

1. 采集花粉

从适宜的授粉树上采集将要散粉的雄花序，带回室内，摊放在洁净的白纸上，放在温度 20～25℃、空气相对湿度 60%～80%、通风的条件下使其散粉。待花粉散出后，收集花粉于干燥的容器内，放在 2～5℃的条件下备用。

2. 授粉时期

当雌花柱头呈倒八字形张开时授粉最好。如果柱头反转或柱头干缩变色，授粉效果会显著降低。为提高坐果率，应进行 2 次授粉。

3. 授粉方法

（1）机械喷粉 将花粉和滑石粉按 1：（5～10）的比例混匀，

装入电动授粉器中，喷粉管口距雌花 20 厘米，进行喷粉。或将花粉与滑石粉的混合物装入纱布袋内进行抖授。

（2）液体授粉　将花粉配成 1：5000 的悬浮液进行喷授，花粉液应现配现用。

（3）挂花枝或雄花序　在树冠不同部位挂雄花序或雄花枝，依靠风力自然授粉。

（二）人工疏雄

核桃雄花数量大，消耗营养多，疏除过多的雄花序不仅能增加产量，而且有利于植株的生长发育，提高坚果产量和品质。

疏雄的最佳时期是雄花芽开始膨大期，此时雄花芽比较容易疏除，且养分和水分消耗较少。以疏除全树雄花序的 90%～95% 为宜。此时的雌雄花之比仍然可达 1：（30～60），完全可以满足授粉需要。

六、采收与分级

（一）果实采收及处理

1. 采收期

为保证产量和品质，应在坚果充分成熟且产量和品质最佳时采收。核桃成熟的标志是青皮由深绿色、绿色逐渐变为黄绿色或浅黄色，容易剥离，80% 的果实青皮顶端出现裂缝，且有部分青皮开裂。从坚果内部来看，内隔膜由浅黄色转为棕色，此时采摘，种仁的质量最好。

2. 采收方法

核桃的采收方法分为人工采收和机械采收两种。人工采收是在核桃成熟时，用长杆击落果实；采收时由上而下、由内而外顺枝进行。机械采收是在采摘前 10～20 天，向树上喷洒 500～2000 毫克/千克的乙烯利促使果柄处形成离层、青皮开裂，然后用机械振动采收果实，一次采收完毕。

果实从树上采下后，应尽快放置在阴凉通风处并尽快脱去青皮，不可在阳光下曝晒，否则会因种仁温度过高影响坚果的品质。

3. 果实脱青皮

（1）堆沤脱皮法　在核桃采摘后及时运到荫蔽处或通风的室内，将果实按 50 厘米的厚度堆成堆，在果堆上加盖一层 10 厘米厚的干草或树叶，以提高温度促进后熟。当青皮大多出现绽裂时，用木板或铁锨稍加搓压脱去青皮。堆沤时间的长短与果实的成熟度有关，成熟度越高，堆沤时间越短。但堆沤时勿使青皮变黑乃至腐烂。

（2）乙烯利脱皮法　将刚采收的青皮果使用 3000～5000 毫克/千克的乙烯利浸泡 30 秒，按 50 厘米的厚度堆积起来后再覆盖 10 厘米厚的秸秆，2～3 天即可自然脱皮。

4. 坚果漂洗

脱青皮后应及时洗去残留在坚果表面的烂皮、泥土及各种污染物，然后再进行漂白。漂白的具体做法：先将 80% 的次氯酸钠溶于 4～6 倍的清水中制成漂白液，再将清洗过的坚果倒入缸内，使漂白液淹没坚果，搅拌 5～8 分钟。当壳面变白时，立即捞出并用清水冲洗。只要漂白液不浑浊，可反复使用。通常 1 千克次氯酸钠可漂洗核桃 80 千克。用作种子的坚果不能进行漂洗和漂白，否则会影响种子的出苗率。

5. 坚果的干燥

（1）干燥方法

① 晒干法　漂洗后的坚果不宜在阳光下进行曝晒，应先在苇席上晾半天左右，等壳面晾干后再放在阳光下摊开晾晒，以免湿果曝晒后导致壳皮翘裂，影响坚果品质。厚度以不超过两层坚果为宜，并经常翻晒，使坚果干燥均匀，一般需晾晒 5～7 天。

② 烘干法　在多雨潮湿地区或遇阴雨天气，可在干燥室内将核桃摊在架子上，然后在屋内烘干。干燥室要通风，炉火不宜过旺，室内温度不能超过 40℃。

③ 热风干燥法　用鼓风机将干热风吹入干燥箱内，使箱内堆放的核桃很快干燥。鼓入热风的温度以 40℃ 为宜。温度过高会使核仁脂肪变质。

（2）坚果干燥指标　坚果相互碰撞时，声音脆响，砸开检查时，横隔膜极易折断，核仁酥脆。在常温下，相对湿度 60% 时，坚果平均含水量为 8%，核仁为 4%，便达到干燥标准。

（二）贮藏

如果长时间贮藏可先用聚乙烯袋包装，然后在 0～5℃ 条件下贮藏，在此条件下可贮藏 2 年以上，且品质良好。如果贮藏时间不超过次年夏季，则可用尼龙网袋或布袋装好，在室内挂藏，或用麻袋堆放在干燥的地上贮藏。

核桃尽可能带壳贮藏。贮藏核仁时应用塑料袋密封，再在 1℃ 左右的冷库内贮藏，在此条件下可贮藏 2 年。低温与黑暗环境可有效抑制核仁酸败。在贮藏核桃时，应防止鼠害和虫害的发生。

（三）分级

1987 年我国国家标准局发布的《核桃丰产与坚果品质》国家标准中，将坚果品质分为了 4 个等级（表 3-21）。

表 3-21　核桃坚果不同等级的品质指标

指标	优级	1 级	2 级	3 级
外观	坚果整齐端正、果面光或较麻、缝合线平或低		坚果不整齐、不端正，果面麻，缝合线高	
平均果重（克）	≥8.8	≥7.5	≥7.5	<7.5
取仁难易	极易	易	易	较难
种仁颜色	黄白	深黄	深黄	黄褐
饱满程度	饱满	饱满	较饱满	较饱满
风味	香、无异味	香、无异味	稍涩、无异味	稍涩、无异味
壳厚（毫米）	≤1.1	1.1～1.8	1.1～1.8	1.9～2.0
出仁率	≥59.0	50.9～58.9		43.0～49.9

第四章 无公害果品生产的病虫害防治

第一节　无公害果品病虫害综合防治原则

一、无公害果品病虫害综合防治的原则

病虫害防治是果品无公害生产的重要保证措施，应在"预防为主，综合防治"的方针下，及时防治病虫害，以达到减少投资、保护环境、生产无公害果品、提高经济效益的目的。

随着生产的发展，现在更为合适的策略称为"病虫害综合防治"。它的发展经过了三个阶段，第一阶段即一虫一病的综合防治，对于某种主要病虫害，采取各种适宜的方法进行防治。第二阶段是以一个生物群落为对象进行综合治理，如对一个果园，综合治理。目前的综合治理已发展到以整个生态系为对象，进行整个区域的治理。充分考虑环境和所有生物种群，最大限度地利用自然因素控制病虫害，采用各种防治方法相互配合控制病虫害，以利于农业的可持续发展。

二、无公害果品病虫害综合防治的指导思想

根据病虫害综合治理的基本原理，在进行病虫害防治时，要从整个果园所共处的环境做全面的考虑，创造一个不利于病虫害发生，而果树能够正常生长发育的环境。果树病害的发生往往与温度、降水、湿度关系密切，创造一个不利于发病，而又不影响果树生长发育的湿度条件，将会限制病害的发生。

如就目前苹果生产现状，在大的方面要考虑果园的环境，周围不能种植引发果树病虫害的作物和防护林，如桃与苹果、梨连片种植，会加重梨小食心虫害的发生；刺槐、核桃做防护林会加重苹果炭疽病的发生；杨树的溃疡病可引起烂果病等。具体到果园内管理，烂果病是生产中的首要问题，综合防治体系应以防治烂果病为中心，根据品种特性，采取各种综合措施，在保证防治效果的前提下，少用高毒、广谱杀虫剂，不用有残留的农药。通过栽培措施，提高树体抗病虫能力，充分利用生物农药和自然天敌控制病虫害。加强病害虫测报工作，减少盲目用药，在必须用药时，尽量局部用药和使用有选择性的低毒农药。注意农药的交替使用，减缓抗药性的产生。

第二节　无公害果品病虫害综合防治途径

一、农业防治

农业防治技术是无公害果品生产中病虫害防治的首选技术，《绿色食品农药使用准则》中明确指出，防治病虫害应"优先采用农业措施"。

（一）实行植物检疫

这项措施可以及时预防危险性病、虫、草等新的有害生物的传入和扩散，尤其是从外地调运的苗木和引种之前，要先了解调出地区有无检疫性对象及疫情，坚持不从疫区调运种苗，必须调运时，要加强对调入的种苗进行检疫和消毒处理。

（二）选用抗病虫害品种

根据本地区果树生产上病虫害发生情况，在选择树种、品种时，选择对本地区发生的病虫害有一定抗性的树种和品种，以减少病虫害发生的程度，进而降低病虫害防治难度，减少农药的使用次数和使用量。

（三）耕作轮作

耕作可以除去杂草和残枝落叶，减少病虫害的寄主和隐匿场所，也可以通过深埋或翻晒消灭暴露在表层土壤中的部分害虫和病原菌，减少病虫害发生的基数。土壤结冻前，翻刨树冠下 20～30 厘米深的土壤，既可熟化土壤，又可消灭在土壤中越冬的害虫。合理轮作，避免重茬是减少果树病虫害的一项重要措施，在无公害水果生产上显得非常重要。

（四）培育和栽植无毒壮苗

通过组织培养的方式，繁殖和栽植脱毒苗木是生产无公害果品的重要措施之一。

（五）加强栽培管理，提高树体抗性，减少病虫害的发生

增施有机肥，改进施肥技术，提高树体的营养水平；做好整形修剪，改善树体的光照条件，疏花疏果，协调营养生长与生殖生长的平衡，保证健壮树势等。

（六）清洁果园，消除病虫源

生长季节及时剪除树上病枯枝和虫卵枝，可以减少或避免病菌的再浸染；冬季彻底清除落叶、病果和杂草，集中烧毁或深埋，可消灭在其中越冬的病虫，减少翌年的病虫源。

（七）刮树皮

山楂叶螨、梨小食心虫等害虫大多在粗皮和翘皮及裂缝中越冬。早春刮除粗皮和翘皮集中烧毁，可消灭 50%～90%越冬害虫。

（八）树干涂白

树干涂白可减少日灼和冻害，延迟萌芽和开花期，并可兼治树干病虫害。涂白宜在秋季落叶后进行，用刷子将涂白剂涂在树干和主枝的中下部。涂白剂的配方：生石灰 12～15 千克、食盐 2～2.5 千克、植物油 0.2 千克、石硫合剂原液 1～2 千克。配制的方法是先将生石灰用少量水化开，加水调成石灰乳，加入植物油后充分搅拌，再加入石硫合剂和食盐并进行搅拌。

二、生物防治

生物防治是指利用害虫的天敌控制害虫。天敌指的是害虫的寄生性、捕食性生物和病原微生物。生物防治可用于控制虫害、病害和草害。在农业生产上，生物防治已成为防治病、虫、草害的重要

手段之一，在除害增产、保护生态平衡，减轻环境污染，节省能源，降低成本等方面起到了良好作用。随着人们对无公害食品的要求和环境保护意识的日益增强，生物防治的前景非常广阔。

（一）以虫治虫

以虫治虫不仅是生物防治的一种行之有效的方法，而且经济、简单，无污染。我国在研究人工饲养赤眼蜂、草蛉、瓢虫以及捕食性螨等方面获得了成功，并能大面积释放和大规模地在温室应用，可以有效地防治螟虫、蚜虫、白粉虱的危害。

（二）应用微生物农药

微生物农药是指利用微生物本身或其产物制成的农药。由害虫病原微生物制成的农药称为微生物杀虫剂，如白僵菌、杀虫螟杆菌等。由植物病害病原菌的抗体或微生物代谢产物抗生素制成的农药称为药用抗生素。微生物农药是 20 世纪 80 年代发展起来的一种新型农药，具有杀虫率高，不产生公害，对人畜无毒，能增强植物的抗病性并刺激植物生长等优点。

三、物理防治

（一）隔绝

即采取隔绝病虫与寄主接触传播病虫害的机会，达到预防病虫害的目的。

1. 喷用防病膜

如高脂膜，主要原料来源于植物，属植物源无毒性产品。其成品为白色"奶油"状水乳液。有芳香气味，易溶于水。喷洒在植物或其他固体上，可形成肉眼看不见的分子膜层。高脂膜本身虽无杀菌、杀虫作用，但膜层可起到驱避害虫、抑卵孵化、防治裂果、抵御风害、预防空气污染、防治小型害虫、增加产量、改善品质等效应。

2. 设置防虫网

在无公害果品的生产上使用用防虫网可以形成一个人工隔离屏障，对防止多种害虫侵入和传毒具有良好作用。

3. 果实套袋

果实套袋可以显著提高无公害果品的商品率。一是可以隔绝空气中的有害物质直接接触果实，造成表面污染，减轻果锈的发生；二是可以避免果实与枝叶的挂、擦伤；三是可以明显提高果实的着色度，而且果面洁净光亮，细嫩美观；四是可以避免或减轻病虫对果实的危害；五是可以阻隔因喷洒农药对水果表面的污染，减少果实内的农药残留量；六是可以减少或避免鸟类、昆虫啄、食果实。

（二） 人工灭虫、刷除病斑

人工捕捉天牛、金龟子成虫，摘取害虫卵块，喷水冲刷叶螨，刮除枝干上的病斑、介壳虫、树皮裂缝中越冬的苹果绵蚜、叶螨、梨木虱等，秋冬季挖越冬茧，集中销毁，可以有效地降低当年和次年的病虫基数，减少农药使用量。

（三） 高温灭虫杀菌

1. 高温闷棚或烤棚

在夏季，选择晴天对大棚扣膜密闭，进行高温闷棚，可使棚内温度达到 60～70℃，5～7 天可杀灭和抑制多种病虫。

2. 夏季覆盖地膜

夏季，耕作后灌足水，再覆盖塑料薄膜，10 厘米内土层温度可达 70℃，能够杀灭土壤中的大量病菌和害虫。

（四） 利用趋性诱杀昆虫

利用黑光灯、糖醋液等，或在树干上绑扎草把等可以诱集不同种类的害虫成虫；利用黄油板可以诱集具有趋黄特性的害虫。然后将诱集到的害虫集中杀灭。

四、化学农药防治病虫害

无公害果品生产允许使用高效低毒化学农药，禁止使用高毒、有残留农药。在实际操作中应树立尽量少用化学农药的指导思想，在选择农药时，可用生物农药控制的应先考虑使用生物农药，其次是矿物源农药，如石硫合剂、硫悬浮剂、波尔多液、矿物油类等。在选择化学合成农药时，应尽量选用高效低毒类农药，最好选用有针对性的农药，如对蚜虫类和叶蝉类选用吡虫啉，对红蜘蛛类选用哒螨灵或四螨嗪等。

第三节　无公害果品生产
禁用和限用的农药

按照毒性可将农药分为高毒农药、中毒农药和低毒农药。生产无公害果品对农药使用的要求是优选低毒农药，有限度地使用中毒农药，严禁使用高毒、高残留农药和有"三致"（致癌、致畸、致突变）、无"三证"（农药登记证、生产许可证、生产批号）的农药。

1. 禁止使用的农药品种

福美胂、六六六、滴滴涕、三氯杀螨醇、甲拌磷、乙拌磷、久效磷、对硫磷、甲基对硫磺、甲胺磷、甲基异硫磷、氧化乐果、克百威、涕灭威、灭多威、杀虫脒等。

2. 提倡使用的农药品种

Bt、白僵菌、阿维菌素、中生菌素、多氧霉素、农抗120、烟碱、苦参碱、印楝素、除虫菊、鱼藤、茴蒿素、松脂合剂、灭幼脲、除虫脲、卡死克、扑虱灵、机油乳油、柴油乳油、腐必清、吡虫啉、马拉硫磷、辛硫磷、敌百虫、双甲脒、尼索朗、克螨特、螨死净、菌毒清、代森锰锌类、新星、甲基托布津、多菌灵、扑海因、粉锈宁、甲霜灵、百菌清以及由硫酸铜和硫磺分别配制的药剂等。

3. 限制使用的中等毒性农药品种

乐斯本、抗蚜威、敌敌畏、杀螟硫磷、灭扫利、功夫、歼灭、杀灭菊酯、氰戊菊酯、高效氯氰菊酯等。

第四节　无公害果品生产
农药使用准则

在无公害果品生产中，应严格按照国家的有关规定和要求正确使用农药，遵循经济、安全、有效、简便的原则，避免盲目用药，杜绝乱用药、滥用药。

一、对症用药

了解果园中不同树种病虫害发生的种类，掌握各种害虫的形态特征和危害症状以及病害的为害症状、不同农药对病虫害的防治范围等，在病虫害发生时，以便选用有针对性的农药，提高防治效果，避免用药错误现象的发生。

二、适时用药

掌握害虫的发生规律和病害的发病规律，尤其是病虫发生发展与气候条件的关系，结合往年病虫害发生的时间特点，将病虫害防治的重点放在预防和最适宜的关键期。如气候条件适宜病虫害发生而病虫害尚未发生时、害虫在未大量取食或钻蛀危害前的低龄阶段，病虫对药物最敏感的生育阶段等。

三、科学用药

一是选用质量较好施药器械，防止在施药过程中出现"跑"、"冒"、"滴"、"漏"现象。二是不能随意加大施药量和增加施药次数，严格按推荐用量和次数使用；三是喷药细致周到，提高用药效果；四是注重药剂的轮换使用和合理混合，避免病虫产生抗药性；四是对准施药位置，如叶面害虫主要施药位置是全叶部位。五是不在晴天高温的中午和下雨天气施药，避免产生药害，提高药效；六是坚持"安全间隔期"（表4-1、表4-2），按规定的安全间隔期在采果前停止施药，保证果品中无残留或不超标。

表 4-1　杀虫剂、杀螨剂使用准则

农药名称	每年最多使用次数	安全间隔期（天）	农药名称	每年最多使用次数	安全间隔期（天）
吡虫啉	—	—	甲氰菊酯	3	30
毒死蜱	—	—	氰戊菊酯	3	14
氯氟氰菊酯	2	21	辛硫磷	4	7
氯氰菊酯	3	21	双甲脒	3	20

表 4-2　杀菌剂使用准则

农药名称	每年最多使用次数	安全间隔期（天）	农药名称	每年最多使用次数	安全间隔期（天）
烯唑醇	3	21	亚胺唑	3	28
氯苯嘧啶醇	3	14	代森锰锌·乙磷铝	3	10
氟硅唑	2	21	代森锌	—	—

第五节　北方主要无公害果品病虫害防治技术

一、苹果主要病虫害的防治

（一）主要病害

1. 轮纹病

（1）选育抗病品种　不同的品种抗病性差异很大。如新红星比红富士抗轮纹病。

（2）加强栽培管理　增施磷钾肥，使树体生长充实、健壮，提高抗病能力。

（3）清除病原　在发芽前彻底刮除枝干上的病瘤，集中销毁。刮皮处涂抹 50 倍液的 5% 菌毒清水剂或 1% 的硫酸铜溶液或 3% 的石硫合剂。花芽膨大期全树喷施 50% 的多菌灵可湿性粉剂 100 倍液。

（4）果实套袋　在谢花后 1 个月内套袋。套袋前要先喷 1 次杀菌剂，可用 70% 甲基托布津可湿性粉剂 1000 倍液或 50% 的多菌灵可湿性粉剂 800 倍液喷雾，然后套袋。

（5）化学防治　生长期可根据物候期和天气的变化进行喷药。谢花后 1 周先喷 1 次 50% 多菌灵可湿性粉剂 800 倍液；当谢花后出现 10 毫米以上降水，且持续 1 天以上的阴雨时，应在停雨后 1 天内喷 50% 多菌灵可湿性粉剂 800 倍液或 70% 甲基托布津可湿性粉剂 1000 倍液。新梢生长期喷 1～2 次 70% 大生 M—45 可湿性粉剂 800 倍液，可同时兼治斑点落叶病。麦收前一般不喷波尔多液，以免产生果锈。麦收后，在降雨后及时喷内吸性杀菌剂，如25％溴菌清可湿性粉剂500倍液等。药后间隔7～10天及时喷布波尔多液，然后注意天气预报和观察天气，喷布波尔多液20天以后，如果天气一直晴好可不再喷施杀菌剂，如天气预报有降雨，可在降雨前喷布代森锰锌、退菌特等保护性杀菌剂，并加入展着剂。

2. 苹果炭疽病

（1）加强栽培管理 合理修剪，保持通风透光，提高树体抗病能力。

（2）清除越冬病原 冬剪时注意把干枯枝、干果台、干僵果剪除，集中深埋或烧毁。

（3）化学防治 可结合防治轮纹病进行。

3. 苹果霉心病

（1）农业防治 选育、选栽抗病品种，加强栽培管理，合理修剪，保持通风透光，提高树体抗病能力。

（2）化学防治 在苹果花蕾分离期和开花期各喷1次苹果益微2000倍液，也可在初花期喷洒12.5％特谱唑可湿性粉剂2500倍液或50％福星乳油8000倍液，抑制霉菌侵入。谢花后结合防治轮纹病，及时喷洒50％多菌灵可湿性粉剂800倍液。

4. 苹果早期落叶病

（1）褐斑病

① 加强栽培管理，增施有机肥，注意排水，通风透光，提高树体抗病力。

② 农业防治 秋冬季彻底清除落叶，消灭越冬病原菌。

③ 化学防治 谢花后1周开始，可先喷70％甲基托布津可湿性粉别1000倍液，或50％多菌灵可湿性粉剂800倍液，然后根据天气情况，交替喷布波尔多液、代森锰锌等药剂。一般防治轮纹病可兼治褐斑病。

（2）斑点落叶病

① 清理果园 发芽前彻底清除落叶，集中深埋或烧毁，冬剪时剪除病枝并集中烧毁。夏季及时疏除直立的徒长枝，改善通风透光条件。

② 化学防治　对发病严重的品种，如元帅系品种，在谢花后20 天左右，喷布 50％扑海因可湿性粉剂 1500 倍液或 10％多氧霉素可湿性粉剂 1000 倍液，间隔 20 天后再喷 1 次，也可交替使用70％代森锰锌可湿性粉剂 1000 倍液或波尔多液。秋梢生长期，根据天气情况喷药 1～2 次。

5. 苹果腐烂病

（1）农业防治　加强栽培管理，增施磷钾肥，增强树势，提高树体抗病力。及时疏除病枯枝，集中烧毁。

（2）人工防治　发现树干上有刚发病的小湿斑后，用刀纵切，深达木质部，再在病斑上直接涂抹大蒜。发芽前和采果后，刮治病斑，刮后可用腐必清原液或 5％的菌毒清水剂 30 倍液涂抹病斑，1个月后再涂 1 次。易发生冻害的地区，在 11 月份及时对树干进行涂白，防止受冻而感染腐烂病。

（3）化学防治　发芽前喷布铲除剂，可用 50％多菌灵可湿性粉剂或 5％菌毒清水剂 100 倍液，并可铲除轮纹病菌。

6. 苹果干腐病

（1）农业防治　加强栽培管理，增施磷钾肥，适当控制结果，提高树体抗病能力。冬季修剪时剪除病枯枝、枯桩等。春季经常检查，发现病斑及时刮治，方法同腐烂病的防治。

（2）化学防治　幼树可对嫁接口涂抹 5％菌毒清水剂 30 倍液，防止感染。

（二）主要虫害

1. 桃小食心虫

（1）地面防治　对上年虫口密度大的果园，可在次年越冬幼虫出土期，每 667 平方米用 0.5 千克的 40％乐斯本乳油或 50％辛硫磷乳油，加水 300 倍对树冠下的地面喷雾。用辛硫磷时，喷药后应浅锄，使药搅入土中，防止光解。间隔 20 天再喷 1 次。

（2）树上防治　6 月份，及时挂桃小食心虫性诱剂诱捕器，监测成虫发生量，每公顷挂 1 个诱捕器，当平均每天诱到 20 头蛾时，调查卵果率。在果园选 10 株树，每株调查 50 个果，当卵果率达1％以上时，及时喷药。可用 20％氰戊菊酯乳油或 25％灭幼脲 3 号1500 倍加 20％氰戊菊酯 1000 倍液喷雾。

2. 梨小食心虫

（1）人工防治　在发芽前刮除老翘皮，消灭越冬的老熟幼虫。

（2）性诱剂诱杀　从第一代成虫发生初期开始，在果园挂性诱剂诱杀器，每 667 平方米 15 个左右。性诱剂可与糖醋液或黏胶结合使用。

（3）树上防治　方法同桃小食心虫的防治。

3. 叶螨类

（1）消灭越冬螨（山楂叶螨）、越冬卵（苹果全爪螨）　发芽前结合喷布杀菌铲除剂，加入 98.8％机油乳剂 50 倍液杀灭越冬螨或卵。

（2）活动螨防治　花前花后，用 5％尼索朗乳油或 20％螨死净可湿性粉剂 2000 倍喷雾。生长季每周调查 1 次树上发生量。在每个果园近 4 个角及中心部位各选一株有代表性的树，每株树在东、南、西、北、中 5 个方位各随机选取 5 片成龄叶，统计活动螨数，当平均每叶活动螨达到 5 头时，开始喷药，可用 20％哒螨灵可湿性粉剂 3500 倍液，73％克螨特乳油 2000 倍液、50％硫悬浮剂 400 倍液。

对二斑叶螨可进行地面防治。麦收前清除地面杂草和根蘖。6 月份发现树上有二斑叶螨时，在数量较少时，可喷布 20％螨死净 2000 倍液或 5％尼索朗 1600 倍液。当数量较多时，可用 18％阿维菌素乳油 8000 倍液，半个月后再喷 1 次。

（3）种植绿肥　对于不种植间作物的果园，可在行间和树盘下种植绿肥，一方面可以增加土壤有机质，另一方面有利于六点蓟马、食螨小黑瓢及捕食螨等螨类天敌的繁殖，对防治叶螨具有良好作用。

4. 金龟子类

（1）人工防治　在早晚温度低时，地上铺塑料膜，利用其假死性振树收集成虫。

（2）化学防治　对于东方金龟子和苹毛金龟子可在开花初期，每 667 平方米用 0.5 千克的 50％辛硫磷乳油，加水 300 倍对树冠下的地面喷雾，然后浅锄，将药搅入土中。对于铜绿金龟子，可在树上喷洒 40％辛氰乳油或 30％氰马乳油 1200 倍液防治。

5. 苹果黄蚜

（1）发芽前杀卵　可结合防治叶螨，用 98.8％机油乳剂 50 倍液杀卵及初孵幼蚜。

（2）花后涂干　谢花后用 40％乐果乳油 5 倍液在树干光滑处涂宽 20 厘米药环，然后用塑料膜包严，半月后解除。

（3）喷药防治　为了保护天敌，可喷布蚜霉菌 300 倍液、10％吡虫啉 5000 倍液、3％莫比朗乳油 2500 倍液、25％唑蚜威 2500 倍液等选择性杀蚜剂进行防治。

（4）保护天敌　在麦熟期不喷广谱性杀虫剂，保护麦田转移到果园的天敌以控制蚜虫。

6. 苹果绵蚜

（1）加强检疫　禁止从疫区调运苗木和接穗。发现苗木和接穗携带有苹果绵蚜时，必须严格进行药物处理，可用 10％吡虫啉可湿性粉剂 5000 倍液浸泡 5 分钟。

（2）药物防治　花前或花后喷布 40.7％乐斯本乳油 2000 倍液。谢花后，刮去树干上的粗皮，用 40％乐果乳油 10 倍液涂药环，宽度 20 厘米，涂后用塑料膜包扎，2 周后去除塑料膜。

（3）保护利用天敌　可引进日光蜂消灭苹果绵蚜，注意保护自然天敌瓢虫、草蛉等。

7. 潜叶蛾类

（1）农业防治　秋季彻底清除落叶，消灭越冬蛹。

（2）化学防治　在麦收前平均百叶有活虫斑 1 个时，用性诱剂测报成虫羽化高峰，在成虫羽化高峰期喷布 25％灭幼脲胶悬剂 2000 倍液或 10％杀铃脲乳油 8000 倍液。麦收后平均百叶活虫斑达 3～5 个时，用药同前。当同时需要防治叶螨时，可改用 30％蛾螨灵可湿性粉剂 2000 倍液。

8. 卷叶蛾类

（1）人工防治　及时剪除顶梢卷叶蛾危害的枝梢，集中销毁。

（2）诱杀成虫　在越冬代和第一代成虫发生期，可用性诱剂加糖醋液诱杀成虫。

（3）生物防治　成虫产卵期释放赤眼蜂，每次每 667 平方米释放 1000 头左右，间隔 5 天释放 1 次，连放 4 次。

（4）化学防治　苹小卷叶蛾危害严重的果园，在越冬出蛰前，可用80％敌敌畏乳油50倍封闭老剪、锯口。

9. 大青叶蝉

（1）农业防治　在幼龄果园不间作白菜、萝卜等晚秋蔬菜，以免加重发生。10月以前在幼树枝干上刷白涂剂，防止雌虫产卵。

（2）化学防治　在成虫产卵前，可喷布10％吡虫啉可湿性粉剂5000倍液进行防治。

10. 蛀干类害虫

（1）化学防治　从萌芽期开始，当发现枝干有新虫粪排出时，随即用蘸有敌敌畏的棉花堵塞虫孔，并用泥堵住上部的老排粪孔，熏杀幼虫。

（2）人工防治　6～7月份雨后羽化期捕捉桑天牛、星天牛成虫。在6～8月份及时剪除苹果枝天牛、豹纹木蠹蛾为害的枯萎枝条，集中销毁。

二、梨病虫害防治

（一）主要病害

1. 梨黑星病

（1）做好清园工作　秋季落叶后，清除落叶落果；结合修剪，剪除病枝、病芽并集中烧毁或深埋。

（2）采取农业措施　加强栽培管理，增施有机肥料，增强树势，提高树体抗病能力。

（3）化学防治　发芽前全园喷布3～5波美度石硫合剂，铲除树上的越冬病原。5月份以后，根据梨树病情和降雨情况及时喷药。第一次在5月中旬，第二次在6月中旬，第三次在6月末至7月上旬，第四次在8月上旬。可选用的药剂有1∶2∶200波尔多液、50％多菌灵可湿性粉剂800倍液、50％甲基托布津800倍液、40％福星乳油8000～10000倍液。

2. 梨锈病

（1）农业防治　砍除梨园附近的松柏，断绝病菌来源。

（2）化学防治　早春对松柏喷1～2次3～5波美度石硫合剂，减少或抑制病原。梨树上有锈病发生时，应在开花前、谢花末期和幼果期喷药保护。常用药物有 25％粉锈宁可湿性粉剂 1500 倍液、1∶2∶200 波尔多液、3％绿得保胶悬剂 300～500 倍液、80％代森锰锌 800 倍液等。

3. 梨轮纹病

（1）农业防治　加强栽培管理，增施有机肥，提高树势，增强树体抗性。冬季认真做好清园工作，彻底清除枯枝落叶，及时刮除病枝上的病斑，并用 5 波美度石硫合剂或腐必清 2～3 倍液消毒伤口，将刮掉的组织以及清除的枯枝落叶集中烧毁，减少越冬病原。

（2）化学防治　发芽前喷布 5 波美度石硫合剂；谢花后，视降雨情况并结合防治其他病害及时喷药，可选用的药剂有 50％多菌灵可湿性粉剂 600～800 倍液、70％代森锰锌可湿性粉剂 500～600 倍液、50％退菌特可湿性粉剂 600～800 倍液等。上述农药应交替使用。退菌特在采果 20 天前停止使用。

4. 褐斑病

（1）农业防治　做好清园工作，秋冬季认真扫除落叶，集中烧毁或深埋土中，以减少病原。加强栽培管理，增施有机肥，合理整枝修剪，促使树体健壮，提高抗病力。

（2）化学防治　萌芽前喷 1∶2∶（160～200）波尔多液，谢花后如遇雨立即喷一遍 50％退菌特 500 倍液，7～8 月份结合防治其他病害，每隔 20 天喷一遍 1∶1∶200 石灰等量式波尔多液，但采果 20 天前停用，以免影响果实外观。

5. 梨树腐烂病

（1）农业防治　科学施肥浇水，增施有机肥，控制产量，增强树势。秋季落叶后，对易感病的品种进行枝干涂白，防止冻伤和日灼。

（2）人工防治　发芽前刮除病斑。刮治时，刮到病斑以外 0.5～1 厘米处，呈梭形，以便愈合。刮后对伤口和工具用腐必清 2～3 倍液或 2 波美度石硫合剂进行消毒。

（3）化学防治　萌芽前喷布 3～5 波美度石硫合剂；对修剪后留下的剪锯口涂抹 100 倍的高浓度萘乙酸水溶液。注意防治枝干害虫，减少伤口。

（二）主要虫害

1. 梨小食心虫

（1）农业防治　建园时尽量避免将桃、梨树混栽、以杜绝梨小食心虫交替危害。做好清园工作，在冬季或早春刮掉树上的老皮，集中烧毁，清除越冬幼虫。越冬幼虫脱果前，可在树枝、树干上绑草把，诱集越冬幼虫，翌年春季出蛰前取下草把烧毁。

（2）物理防治　果园内设黑光灯或挂糖醋罐诱杀成虫，糖醋液的比例是红糖 5 份、酒 5 份、醋 20 份、水 80 份。也可用性诱捕器和农药诱杀，一般每 667 平方米挂 15 个性诱捕器，虫口密度高时，要先喷一遍长效专用杀虫剂然后再挂。

（3）化学防治　在成虫高峰期及时用药，药剂可用 5％的阿维虫清 5000 倍液，或 25％的蛾螨灵 3000 倍液等。

2. 梨木虱

（1）农业防治　冬季刮除树干上的粗皮，清扫落叶，集中烧毁，消灭越冬虫源。

（2）化学防治　越冬成虫出蛰盛期喷布 1.8％爱福丁乳油 2000～3000 倍液或 5％阿维虫清 5000 倍液等。在第一代若虫发生期、第二代卵孵化盛期喷布 10％吡虫啉可湿性粉剂 3000 倍液或 1.8％阿维菌素乳油 3000 倍液或 0.6％海正灭虫灵 3000 倍液等。

3. 茶翅蝽

（1）人工防治　成虫越冬期进行捕捉，实行套袋栽培。

（2）化学防治　以若虫期进行药剂防治效果好，可选速灭杀丁 2000 倍液或 48％乐斯本乳油 1000～1500 倍液等。

三、桃病虫害防治

（一）主要病害

1. 细菌性穿孔病

（1）农业防治　加强桃园综合管理，增强树势，提高抗病能力。园址切忌选在地下水位高或低洼地、黏土地。雨水较多时，及时排水。通过整形修剪，改善通风透光条件；及时剪除病枝，清扫枯枝落叶，集中烧毁或深埋。

（2）化学防治　芽膨大前期喷布 5 波美度石硫合剂或 1：1：

100 波尔多液，杀灭越冬病菌；展叶后至发病前喷布 65％代森锌可湿性粉剂 500 倍液或 1～2 次硫酸锌石灰液或 10％农用链霉素可湿性粉剂 500～1000 倍液或 0.3 波美度石硫合剂。

2. 根癌病

（1）农业防治 避免重茬，也不宜在种植过杨树、泡桐等的林地以及葡萄、柿、栗等的果园种植。仔细检查起出的苗木，剔除病苗，对无症状的苗木立即用 K84 生物农药 30～50 倍液浸根 3～5 分钟，或用 3％次氯酸钠液浸 3 分钟，或 1％硫酸铜液浸 5 分钟后，再放到 2％石灰液中浸 2 分钟。以上 3 种消毒法也适用于桃核浸种防病。

（2）病瘤处理 对发现有病瘤的植株，先切除病瘤，然后用 100 倍硫酸铜溶液或 50 倍 402 抗菌剂溶液消毒切口，再涂波尔多液保护；也可用 10％农用链霉素可湿性粉剂 1000 倍液涂切口，再涂凡士林保护。切下的病瘤应随即烧毁。对病株周围的土壤用 402 抗菌剂 2000 倍液灌注消毒。

3. 流胶病

（1）农业防治 切忌在低洼、排水不良的黏土地段建园。加强土肥水管理，改善土壤理化性质及土壤肥力，增强树体抵抗能力。

（2）及时防治桃园各种病虫害 详见各种病虫害防治方法。

（3）保护伤口 刮除剪锯口、病斑后涂抹保护剂、防水漆，加 843 康复剂。

（4）树干涂白 落叶后对树干、大枝涂白，防止日灼、冻害的发生。也可刮除流胶处的老皮，再涂抹 3～4 波美度石硫合剂与猪油熬制成的糊状物。

（5）化学防治 芽膨大前期喷洒 5 波美度石硫合剂，铲除越冬病菌。

（二）主要虫害

1. 蚜虫

（1）桃蚜

① 化学防治 芽萌动后，喷布 95％机油乳剂 100～150 倍液，兼杀蚧壳虫、叶螨。谢花后，蚜虫集中在新叶上危害时，喷布 10％吡虫啉可湿性粉剂 3000～4000 倍液。秋季桃蚜迁飞回桃树时，

喷布 20％杀灭菊酯乳剂 3000 倍液或 2.5％溴氰菊酯乳剂 3000 倍液。

② 物理防治　秋季迁飞时用塑料黄盘涂黏胶诱集。

③ 生物防治　蚜虫的天敌有瓢虫、食蚜蝇、草蛉、寄生蜂等，对蚜虫发生有很强的抑制作用。因此，要保护天敌，尽量少喷或不喷广谱性杀虫剂。

（2）桃粉蚜　桃粉蚜比桃蚜的危害时间长，且身上有蜡粉，更难防治，以芽萌动期喷药防治效果最好。在危害期喷药时，可加入的 0.1％害立平，增加黏着力，提高防治效果。

（3）桃瘤蚜　桃瘤蚜在危害期迁移活动性不大，因此，及时发现并剪除烧掉受害枝梢是防治桃瘤蚜的有效措施之一。化学防治桃瘤蚜应在卷叶前，芽萌动期是防治的最好时期，可喷布 5％高效氯氰菊酯乳油 2000 倍液或 20％氰戊菊酯乳油 3000 倍液。

2. 山楂叶螨

（1）人工防治　结合冬季修剪剪除枯桩、干橛，刮除粗老翘皮。8～9 月份在树干上绑草把诱集越冬雌成虫，集中烧毁。

（2）化学防治　萌芽前喷洒 5 波美度石硫合剂，或在花前、花后喷布 50％硫磺悬浮剂 200～400 倍液，消灭越冬虫体。麦收前是防治的关键时期，山楂叶螨发生严重的地区，可在此期喷药防治；7 月底以前，每百片叶活动螨达 400～500 头时进行喷药防治。可选用的农药有 10％浏阳霉素 1500～2000 倍液、10％日光霉素 3300 倍液、50％硫磺悬浮剂 200～400 倍液、1.8％的齐螨素 5000 倍液、20％四螨咳嗪悬浮剂 3000～4000 倍液等。

3. 桃蛀螟

（1）人工防治　结合冬季修剪彻底剪除枯桩、干橛，挖刮除树皮缝中的越冬幼虫，及时清理玉米秸秆和穗轴等越冬场所，消灭越冬虫源。随时摘除虫果和捡拾落果深埋。

（2）物理防治　可在成虫期每 667 平方米设置 1 盏杀虫灯或悬挂 2～3 个糖醋液罐诱杀成虫。

（3）化学防治　在产卵期和幼虫孵化期喷布 20％速灭杀丁乳油 2000～3000 倍液或 50％杀螟松乳剂 1000 倍液或 10％氟氰菊酯乳油 3000～4000 倍液。

（4）果实套袋　成虫产卵前用报纸或其他廉价纸袋把幼果简单套上，定果后再套专用袋。

4. 蚧壳虫

（1）人工防治和利用天敌　在春季雌成虫产卵以前，采用人工刮除的方法防治，或用竹片、钢丝刷刷去虫体，或用20％碱水洗刷枝干。在寒冷的冬季向枝干上喷水，结冰后用木棍将冻冰敲掉，消灭越冬若虫，并注意保护利用黑缘瓢虫等天敌。

（2）喷药防治　喷药防治蚧壳虫的关键时期有2个，即越冬若虫活动期和卵孵化盛期。早春芽萌动前，可用5波美度石硫合剂或95％机油乳剂50～100倍液混加5％高效氯氰菊酯乳油1500倍液喷布枝干，铲除越冬若虫。6月上旬观察到卵进入孵化盛期时，喷布25％扑虱灵可湿性粉剂1500～2000倍液或5％高效氯氰菊酯乳油2000倍液。

5. 小绿叶蝉

（1）人工防治　加强果园管理，秋冬季节，彻底清除落叶，铲除杂草，集中烧毁，消灭越冬成虫。做好夏剪，改善通风透光条件。

（2）化学防治　桃树发芽后，成虫向桃树上迁飞时，以及各代若虫孵化盛期，喷洒5％高效氯氰菊酯乳油2000～3000倍液或50％杀螟松乳剂1000倍液或10％吡虫啉3000～4000倍液。

四、杏、李的病虫害防治

（一）主要病害

1. 杏疔病

（1）人工防治　结合修剪，剪除树上的有病枝叶，清除地面上的枯枝落叶，集中烧毁，消灭越冬病菌。

（2）化学防治　花芽萌动前，结合防治其他病虫，喷5波美度石硫合剂；展叶后再喷0.3波美度石硫合剂或喷1～2次1：1.5：200波尔多液。

2. 褐腐病

（1）消除病原　及时清理树上、树下的僵果、病果，结合冬剪剪除病枝，集中烧毁。

（2）减少伤口 及时防治食心虫、椿象、卷叶虫等，减少病菌侵染的伤口。

（3）化学防治 发芽前喷 3～5 波美度石硫合剂 1 次，消灭树下越冬病菌。开花前和谢花后 10 天各喷布 1 次 70％甲基托布津或 50％退菌特 1000 倍液。果实成热前 1 个月左右喷 1 次 0.3 波美度石硫合剂或 65％代森锌可湿性粉剂 500 倍液。

3. 细菌性穿孔病

可参照桃树细菌性穿孔病的防治方法。

4. 根腐病

（1）农业防治 加强栽培管理，提高抗病力。严禁在重茬地上育苗和建园。

（2）化学防治 病树灌根。对于病株，若是大树，在距主干 50 厘米挖深、宽各 30 厘米的环状沟，沟内注入杀菌剂，然后将原土填回；若是幼树，可在树根范围内，用铁棍打眼，深达根系分布层，在眼中注入杀菌剂。常用药剂有 200 倍硫酸铜溶液、200 倍代森锌溶液，大树用量为 25～20 千克/株，幼树用量为 5～10 千克/株。

5. 疮痂病

（1）人工防治 加强果园管理，结合冬剪清除病枝，集中烧毁，减少初侵染源。

（2）化学防治 谢花后 2～4 周内喷 1 次 0.3 波美度石硫合剂或 75％甲基托布津 1000 倍液或 65％代森锌粉剂 500 倍液。

（二）主要虫害

1. 杏仁蜂

（1）消灭越冬幼虫 彻底捡拾受害落果、虫核，摘除树上僵果，集中烧毁或深埋。或用水选法，淘汰漂浮于水面的空杏核并销毁。

（2）化学防治 成虫羽化盛期喷 50％辛硫磷乳油 1000～1500 倍液，每周 1 次，共喷 2 次。

2. 李实蜂

（1）农业防治 成虫羽化前，深翻树盘将虫茧埋入深层。开花前用地膜覆盖地面，使幼虫不能出土。

（2）化学防治　在成虫产卵前喷布氯氰菊酯 1000 倍液或速灭丁 1000 倍液加灭幼脲 3 号 1500 倍。在幼虫入土前或翌年成虫羽化前，树冠下喷布 25％辛硫磷乳油 500 倍液，毒死入土幼虫和羽化出土的成虫。

叶螨、金龟子类、蚧壳虫类以及流胶病、细菌性穿孔病的防治可参考桃病虫害防治部分。

五、葡萄病虫害防治

（一）主要病害

1. 葡萄黑痘病

（1）农业防治　冬季修剪后彻底清扫田地内的枯枝落叶和病果，集中烧毁。

（2）药剂防治　萌芽期，特别是在芽眼膨大呈绒球状时用 3～5 波美度石硫合剂淋洗式喷布植株枝蔓、支架上的铁丝、立柱等可有效减轻黑痘病的发生。生长期第一次喷药在新梢长至 15 厘米左右时。第二次在开花前，第三次在谢花后。可喷布 5％霉能灵可湿性粉剂 800 倍液、40％氟硅唑乳油 6000～8000 倍液、25％戴挫霉 1500 倍液、12.5％烯唑醇 3500～4000 倍液等。

2. 葡萄炭疽病

该病害表现为前期侵染后期发病的特征，因此，防治该病害应及早动手，果实早套袋防治炭疽病侵染有显著效果。发病前可喷布 1 次进行预防，发病后先疏除病果，然后再喷药。常用药剂有 25％咪鲜胺乳油 1000 倍液、10％苯醚甲环唑水分散粒剂 1500 倍液、25％戴挫霉乳油 1500 倍液。

3. 葡萄白腐病

防治白腐病除采取铲除病源、降低地面湿度、提高架面、改善通风透光条件、避免产生伤口和喷杀菌剂等防治措施外，使用果实套袋技术，可从根本上防治白腐病危害。

当病害发生后可以使用 10％苯醚甲环唑水分散粒剂 1500 倍液、40％氟硅唑乳油 6000 倍液、25％戴挫霉 1500 倍液、12.5％烯唑醇 3500～4000 倍液等药剂进行治疗。

4. 葡萄霜霉病

（1）农业防治　及时中耕除草，排出果园积水，降低土壤湿度；合理修剪，及时整枝，尽量去掉近地面不必要的枝叶，改善通风透光条件，创造不利于病菌侵染的环境条件；增施磷、钾肥及有机肥，酸性土壤多施石灰，提高树体的抗病能力。

（2）化学防治　萌芽前全园喷布 3～5 波美度石硫合剂铲除病菌；进入秋季以后交替使用 1∶0.7∶200 波尔多液、35％碱式硫酸铜悬浮剂 400 倍液、80％科博 800 倍液或易宝 1000 倍液、42％喷富露 800 倍液，每隔 10～15 天喷布 1 次，共喷 3 次。

在展叶后的发病初期，应喷布具有内吸治疗作用的杀菌剂，药剂可选用克露、69％的烯酰、72％霜脲氰锰锌、吗啉·锰锌 600 倍液或波尔多精·甲霜灵 500 倍液等。该病害的病菌极易产生抗药性，应交替使用不同的药剂。

5. 葡萄灰霉病

（1）农业防治　加强栽培管理，增施有机肥，适当控制氮肥施用量，防治新梢徒长；秋冬季消除田间病残体，春季发病后，及时剪除病穗，减少越冬病源。

（2）化学防治　在花前和谢花后各喷 1 次 50％扑海因可湿性粉剂 1500 倍液或速克灵 2000 倍液或 40％嘧霉胺胶悬剂 800 倍液。

6. 葡萄根癌病

（1）加强苗木检疫和种条、种苗消毒　不从疫区引入苗木。在对苗木进行检疫时，一旦发现病株，应立即就地销毁。栽植前对苗木进行消毒。消毒的方法为将 100 倍硫酸铜水，加热到 52～54℃，浸泡苗木 5 分钟。

（2）农业防治　伤口根是癌菌的唯一侵染途径，因此，栽培时应尽量减少伤口。同时要做好后期病害的防治。保障枝条的充分成熟和营养的充分贮备，并严防冻害的发生。

（3）人工防治　对于初发病的植株，刮除枝蔓上的肿瘤及周围少量的健康组织，在伤口处涂抹 5～10 波美度的石硫合剂。

（二）主要虫害

1. 根瘤蚜

（1）加强检疫　苗木是葡萄根瘤蚜的唯一传播途径，在对苗木进行检疫时，一旦发现根系及其所带泥土中有蚜卵、若虫和成虫，应立即就地销毁。

（2）农业防治　用 SO_4、5BB 等抗根瘤蚜砧木嫁接繁殖苗木进行栽培是一种有效的防治措施。

（3）苗木消毒　对于未发现根瘤蚜的苗木也要严格消毒，其方法是用 50%辛硫磷 1500 倍液或 80%敌敌畏乳剂 1000～1500 倍液浸泡苗木和枝条 3～5 分钟，然后栽植。

2. 根结线虫

尽量不在老果园地上重茬建园；对新建葡萄园，建园前可在通过夏季覆盖地膜对土壤消毒，杀灭根结线虫；建园时，选用无虫苗木。对于发病葡萄园，应通过加强肥水管理，增强树势，尽量延长结果年限。

六、石榴病虫害防治

（一）主要病害

1. 石榴干腐病

（1）农业防治　加强栽培管理，提高树体抗病能力。坐果后立即对果实进行套袋，不仅可以有效地防治石榴干腐病，而且还可兼防疮痂病和桃蛀螟。

（2）人工防治　结合冬季修剪，清理病枝、烂果等，清扫落叶，做好清园工作；夏季及时摘除病落果，剪除病枝，集中后深埋或烧毁。刮除枝干上的病斑，涂多效灵保护。注意保护树体，预防受冻或受伤，对已出现的伤口，涂药保护，促进伤口愈合，防止病菌侵入。

（3）化学防治　早春发芽前，喷 3～5 波美度石硫合剂，5～8月间，交替使用 80%大生—M45800 倍液，50%甲基托布津可湿性粉剂 800 倍液，50%多菌灵 600 倍液等杀菌剂，间隔 10～15 天喷 1 次。

2. 石榴早期落叶病

（1）农业防治　加强综合管理，合理施肥，重视修剪培养良好树形，改善园内通风透光状况。清除园内落叶，集中烧毁或者深埋，尽量减少越冬病菌源。

（2）化学防治　生长期间，从 5 月初开始，交替喷布 80%大生—M45800 倍液、10％宝丽安 1500 倍波、70％乙锰 300 倍液、1∶1∶200 波尔多液，10～15 天 1 次，共喷 3 次。

3. 煤污病

（1）农业防治　加强果园管理，清除菌源，在秋末采果后，及时将园内所有病虫果及病叶、落叶等集中烧毁或深埋，消除来年病菌来源；建立健全果园排灌系统工程，防止果园大量积水。

（2）人工防治　合理整形修剪，保证全园通风透光良好。进行果实套袋，果实套袋是防治煤污病最理想的措施，防治效率达 100％。

（3）化学防治　萌芽前，全园喷 1 次 5 波美度石硫合剂；采果后，树上喷 1 次 1∶2∶250 波尔多液，减少病原基数；生长期，根据该病的发病规律，6～10 月间，每隔 10～15 天喷 1 次药。防治药剂：托布津、粉锈宁、波尔多液，其中波尔多液防病效果最好。

（二）主要虫害

1. 桃蛀螟

（1）清理石榴园，减少虫源　采果后至萌芽前，摘除树上、捡拾树下干僵果、病虫果，集中烧毁或深埋；刮除树干上的老翘皮，减少越冬害虫基数。生长期间，随时摘除虫果深埋。4 月下旬，园内设置黑光灯、悬挂糖醋罐、性诱剂等诱杀成虫，从 6 月起，在树干上绑草绳或草把，诱集幼虫和蛹，集中消灭。也可在果园内放养鸡，啄食脱果幼虫。

（2）化学防治　在 6 月上旬、7 月上中旬、8 月上旬和 9 月上旬各代成虫产卵盛期，各喷 1 次 5％来福灵乳油 2000 倍液或 2.5％天王星乳油 2500 倍液，杀死初孵幼虫。

（3）果实套袋　石榴坐果后 20 天左右进行果实套袋，可有效防止桃蛀螟对果实的危害。套袋前应进行疏果，喷 1 次杀虫剂。

2. 黄刺蛾

结合冬季修剪，清除越冬虫茧。幼虫发生期间喷 90％敌百虫800～1000 倍液或 50％敌敌畏 1500 倍液，均有良好效果。

3. 金龟子类

危害石榴树的金龟子类害虫主要有铜绿金龟和黑绒金龟两种，

其防治以铜绿金龟为代表介绍如下。

（1）人工捕杀 早、晚振落成虫捕杀。

（2）生物防治 保护天敌。

（3）化学防治 在金龟子为害期，每 667 平方米撒施 5％辛硫磷颗粒剂 3 千克或用 50％辛硫磷乳油 500～1000 倍液均匀喷洒地面。使用辛硫磷后应及时浅耙，以防光解。近开花前，结合防治其他害虫树上喷布马拉硫磷 1000～1500 倍液或 20％氰菊酯乳油 1000～1500 倍液。

七、猕猴桃病虫害防治

（一）主要病害

1. 细菌性花腐病

（1）人工防治 增施钙肥，多施磷钾肥，少施氮肥，增强树势，提高花蕾表皮细胞的抗病能力；生长季节及时疏除过密枝梢，改善通风透光条件。

（2）化学防治 开花前和发病期间喷布 0.3 波美度石硫合剂，或 100 毫克/升农用链霉素，或 30％二氯萘醌 800～1000 倍液。

2. 猕猴桃溃疡病

（1）农业防治 加强土肥水管理，增强树势，定植时选用壮苗，严格检疫。

（2）人工防治 减少伤口，防止病菌浸染和扩散。

（3）化学防治 用甲基托布津液、链霉素、土霉素水剂等进行药剂防治。

3. 猕猴桃褐斑病

（1）农业防治 加强肥水管理，及时疏除过密枝梢，改善通风透光条件，雨季注意排水。

（2）化学防治 可采用农抗 120，同时结合叶面喷肥，可加入的毒清或代森锰锌等杀菌剂类农药。

4. 猕猴桃根腐病

（1）农业防治 栽植深度适宜，合理负载，施用充分腐熟的厩肥或饼肥；合理灌溉，雨季注意排水。

（2）化学防治 可用菌立灭或多菌灵等药剂防治。

（二）主要虫害

1. 透翅蛾

（1）农业防治　结合冬季修剪除掉被害枝干并烧毁。刮粗皮，挖幼虫。

（2）化学防治　发芽前，对虫疤进行涂药，可使用的药剂有50％杀螟松乳油、50％辛硫磷乳油加煤油或柴油30～50倍液。

2. 斑衣蜡蝉

（1）农业防治　建园时远离臭椿和苦楝等斑衣蜡蝉原寄主杂木林。

（2）人工防治　结合冬季修剪和果园管理，消灭卵块。

（3）生物防治　保护利用若虫的寄生蜂等天敌。

（4）化学防治　在斑衣蜡蝉发生期喷布20％磷胺乳油1500～2000倍液，或50％久效磷水溶剂2000～3000倍液，或10％吡虫啉可湿性粉剂3000倍液等。

八、草莓病虫害防治

（一）主要病害

1. 灰霉病

主要采用化学防治。在花序显露至开花前喷一次1∶1∶200波尔多液；在首批花谢花后喷50％农利灵1500倍液，或40％嘧霉胺1200倍液，或50％异菌脲1000倍液等。在设施内可首选百菌清或速克灵烟剂，或将棚温提高到35℃，闷棚2小时，然后放风降温，连续闷棚2～3次，可防治灰霉病。

2. 白粉病

在草莓生长前期，未发生白粉病时，可用75％百菌清可湿性粉剂600倍液或25％阿米西达悬浮剂1500倍液等保护性强的杀菌剂进行喷雾防护；在发病初期选用77％可杀得可湿性粉剂500倍液，或2％武夷菌素200倍液，或27％高脂膜乳剂80～100倍液，或12.5％特谱唑可湿性粉剂2500倍液，或40％硫悬得剂500倍液进行防治；在草莓生长中、后期白粉病发生时，喷布10％世高2000倍液或40％福星4000倍液等内吸性强的杀菌剂。

3. 炭疽病

发病初期喷布 2%武夷菌素 200 倍液，或 25%使百克 1000 倍液，或 50%施保功 1500 倍液，或 40%炭克 800 倍液，或 25%澳菌腈 500 倍液等。

4. 草莓疫霉果腐病

（1）农业防治　高垄栽培，覆盖地膜，避免果实与土壤接触，浇水时避免浸没植株。

（2）化学防治　从花期开始喷药，可用 40%乙磷铝 200 倍液，或 50%甲霜铜可湿性粉剂 600 倍液，或 64%杀毒矾可湿性粉剂 600 倍液等。

5. 草莓蛇眼病

发病初期喷 77%可杀得可湿性粉剂 500 倍液，或 50%甲霜钢可湿性粉剂 600 倍液，或 50%琥珀酸铜可湿性粉剂 500 倍液等。

（二）主要虫害

1. 螨类

（1）生物防治　释放捕食螨、草蛉等天敌。

（2）化学防治　监测虫情，在螨类发生期及时喷布 15%哒螨灵乳油 2500 倍液或 1.8%阿维菌素乳油 4000 倍液。

2. 蚜虫类

（1）农业防治　设施栽培时，在棚室放风口处设防止蚜虫防虫网，防止蚜虫进入；或悬挂银灰色反光膜条驱避蚜虫。

（2）化学防治　蚜虫发生期喷布 10%吡虫啉可湿性粉剂 3000 倍液，或 3%虱蚜威 1500 倍液，或 3%啶虫脒乳油 2000 倍液，或 1.8%阿维菌素乳油 5000 倍液。

3. 地下害虫

（1）物理防治　利用蝼蛄的趋光性，可在蝼蛄的发生期挂黑光灯诱杀。

（2）土壤处理　建园前，在夏季对土壤灌水后覆盖地膜 5～7 天，利用高温杀灭地下害虫。在草莓定植前整地时，使用 50%辛硫磷乳油或 40%乐斯本乳油，处理土壤，然后再进行耕翻。

（3）毒饵诱杀　以 90%晶体敌百虫和炒香的麦麸按 1∶60 的比例配成毒饵，方法是先将敌百虫用水稀释 30 倍，然后掺入炒香的麦麸拌匀，傍晚撒在地面。可防治地老虎和蝼蛄。

（4）药剂灌根　顺行开沟，在沟内浇灌 1500 倍液的 50％辛硫磷乳油，然后覆土，每 667 平方米用 50％辛硫磷乳油 0.5 千克。

九、枣病虫害防治

（一）主要病害

1. 枣缩果病

（1）农业防治　加强土肥水管理，合理整形修剪，改善通风透光条件，增强树势，提高树体的抗病能力。

（2）化学防治　对缩果病发病严重的树，在发芽前用 80％枣病克星可湿性粉剂 150～200 倍液对枝干进行喷洒，铲除越冬病原菌。从 7 月上旬到采收前 25 天，每隔 10～15 天喷布 1 次 80％枣病克星 600～800 倍液。

2. 枣疯病

（1）农业防治　加强土肥水综合管理，增施有机肥和磷钾肥，改善树体营养状况，增强树体的抗病能力。及时铲除病株，防止蔓延。对初感染树、症状轻的树，应及时剪除病枝，剪口应在病枝以下的健康部位，并将病枝集中烧毁。对用于铲除和修剪病株的工具及时进行消毒，避免病菌的传播。

（2）防治传病昆虫，切断传播途径　不在种植有松、柏等树的附近新建枣园，严禁枣树与芝麻间作，以减少叶蝉的危害；生长期喷布 2000 倍液的 10％吡虫啉防止叶蝉刺吸传病。

3. 枣锈病

（1）农业防治　栽植密度不宜过大，合理整形修剪，以利通风透光；雨季及时排除积水。及时清扫枯枝落叶，集中烧毁或深埋。

（2）化学防治　7 月上旬到 8 月下旬，每隔 15～20 天喷布 1 次 1：2：200 波尔多液或 600～800 倍液的 16％松脂酸酮乳油，可有效地控制枣锈病的发生和流行。

（二）主要虫害

1. 食芽象甲

（1）捕杀成虫　成虫上树时，利用其假死性，于清晨或傍晚在树盘上铺塑料布后振树，使成虫受惊落在塑料布上，然后集中杀灭，或对受惊落地的成虫喷洒 3％辛硫磷粉剂或 2.5％溴氰菊酯助剂进行触杀，每株树下施药 0.1 千克。

（2）树上喷药　在成虫上树危害期，向树冠喷布 4.5％高效顺反氯氰菊酯乳油 1500 倍液或 10％安绿宝乳油 1500～2000 倍液杀灭成虫。

2. 枣尺蠖

（1）人工防治　早春在树干基部绑一圈 15～20 厘米宽的塑料薄膜，阻止雌蛾上树产卵。也可在塑料薄膜下部绑一圈草绳，诱集雌蛾在里面产卵后，将草绳解下，集中烧毁。

（2）化学防治　在绝大部分卵已孵化而绝大部分幼虫处在 3 龄前，向树冠喷布 4.5％顺反高效氯氰菊酯 1500 倍液，或 0.5％绿保威乳油 1000～2000 倍液，或 52.5％农地乐乳油 2000 倍液等。

3. 枣瘿蚊

（1）农业防治　秋末冬初或早春成虫羽化前，深翻枣园土壤，将老熟幼虫和蛹翻到地表冻死或翻到深层土壤中阻止成虫正常羽化出土。

（2）化学防治　在 4 月下旬至 5 月上中旬向树冠喷布 1～2 次 25％蚜虱净 1000～1500 倍液，或 25％蛾蚜灵可湿性粉剂 1500～2000 倍液，或 1.8％阿维菌素乳油 3000 倍液等。

4. 枣龟蜡蚧

（1）人工防治　结合冬季修剪，剪除虫枝；在树冠下铺塑料布，刮除枝条上的越冬雌成虫，然后集中杀灭。

（2）化学防治　冬季或早春枣萌芽前喷布 15％～20％的柴油乳剂，或 3～5 波美度石硫合剂，杀灭枝条上的越冬雌虫。在若虫出壳盛期的 6 月下旬至 7 月初，向树冠喷布 25％优乐得可湿性粉剂 2500～3000 倍液或 40％杀扑磷乳油 1000～1500 倍液，7 天后再喷 1 次。

十、核桃病虫害防治

（一）主要病害

1. 核桃炭疽病

（1）农业防治　加强树体管理，合理控制密度，疏除过密枝，改善通风透光条件，增强树势，降低果园湿度。

（2）人工防治　采收后结合修剪，清除病枝、病果、落叶，集中烧毁，清除病源，减少初次侵染源。

（3）化学防治　发病前喷1：1：200波尔多液。病害发生期喷2%农抗320水剂200倍液或50%甲基托布津800～1000倍液，每隔半月1次，连喷2～3次。

2. 核桃黑斑病

（1）人工防治　结合采后修剪，清除病枝、病果，集中烧毁。

（2）化学防治　发芽前喷1次3～5波美度石硫合剂，消灭越冬病菌；生长期喷1～3次1：0.5：200波尔多液或50%甲基托布津500～800倍液。于雌花开花前、开花后和幼果期各喷1次。

3. 核桃溃疡病

（1）农业防治　加强树体管理，提高树体的抗病能力。防止日灼和冻害。

（2）刮治病斑　对刚发病的小病斑，用刀纵切，深达木质部，再在病斑上直接涂抹大蒜。用刀刮除病部，深达木质部，或将病斑纵横划开，再涂3波美度石硫合剂，或1%硫酸铜液，或12%松脂酸酮乳油30倍液。

4. 核桃枝枯病

（1）农业防治　加强果园管理，剪除病枝，集中烧毁。增施有机肥料，增强树势，提高抗病力。冬季树干涂白，注意防冻、防虫、防旱，做好伤口的保护。

（2）刮除病斑　主干发病后，刮除病斑，用1%的硫酸铜液消毒伤口后，外涂伤口保护剂。

（3）化学防治　对发病严重的核桃园可喷布50%多菌灵可湿性粉剂1000倍液进行防治。

（二）主要虫害

1. 核桃叶甲

（1）消火越冬成虫　冬、春季在树盘的土壤上铺塑料布或塑料袋，刮除树干基部的老翘皮，集中后烧毁，消灭越冬成虫。

（2）物理防治　4～5月份成虫上树时，用黑光灯诱杀。

（3）化学防治　在害虫发生期，喷4.5%同效顺反氯氰菊酯2000

倍液防治成虫和幼虫。

2. 核桃举肢蛾

（1）消灭虫源 秋季落叶后至土壤结冻前彻底清除果园内的枯枝落叶和杂草，刮除树干基部老皮，并集中烧毁。晚秋或早春耕翻树盘，杀灭越冬虫茧。

（2）化学防治 在成虫产卵盛期及幼虫初孵期，每隔 10～15 天喷 1 次 48％乐斯本乳油 2000 倍液或 10％吡虫啉可湿性粉剂 2000 倍液。

3. 核桃小吉丁虫

（1）消灭虫源 秋季采收后，剪除全部受害枝，集中烧毁，以消灭翌年虫源。

（2）化学防治 发现枝干被害时，可在虫疤处涂抹煤油与敌敌畏的 2∶1 混合液杀死成虫。

4. 芳香木蠹蛾

（1）物理防治 成虫发生期，利用黑光灯诱杀。

（2）人工捕杀 当发现根茎部有幼虫危害时，撬开皮层挖出幼虫，或用铁丝钩掏出幼虫，装入塑料袋内，集中杀灭。

（3）虫孔注药 将根颈部土壤扒开，用蘸有 80％敌敌畏的棉花球阻塞新虫孔，然后用土封严，杀死幼虫。

第五章 无公害果品的市场营销

第一节 无公害果品的市场营销特点

一、无公害果品的生产管理特点

(一) 生产集约化程度高

与其他农业种植业相比,果树生产集约化程度较高,单位面积投入的劳动力、资金相对较多。果树产业技术复杂,要求的技术水平高、投入多,与之相对应的是,果树产业的收益也较高。因此,果树产业是劳动密集型、资金密集型和技术密集型产业。在美国,每个劳动力可以管理 1333 公顷大田作物,而对于果园只能管理 10.3 公顷。

(二) 生产周期较长

许多果树是多年生植物,生长周期和生产周期长,虽然一年种植可多年收益,但具有一系列的问题。一是前期投入大,时间长;二是市场变化较快,而果树生产周期较长,增加了预测的难度;三是较长的生产周期降低了果树生产企业应变市场的能力,因此,机动性和应变能力差。

(三) 受自然条件影响大,经营风险较大

果树在生长过程中不可避免地会受到自然条件的影响。许多具有地方特色的优良品种也就是在特定的自然条件和社会条件下形成的。近年来我国各地相继建成了不少设施,如玻璃温室、塑料大棚,进行果树设施生产,这在一定程度上减少了果树生长发育对外

界自然环境条件的依赖，但要想从根本上完全摆脱自然环境、气候条件的影响，目前还不现实。另一方面，我国的自然灾害发生较为频繁，几乎每年都有干旱、洪水、冻害、台风等各种自然灾害的发生，再加上一些果品属于生活嗜好品，可替代品种多，这些均加大了果树产业的经营风险。

（四）果树产业有十分明显的地域性

大多数果树具有十分明显的地域性特征，即在最适合的生态地区，表现出最好的生产性能和产品质量，否则，就会生长发育不良，产量和质量不佳。我国地域辽阔，各地都有自己独特的果品，如新疆的葡萄、河北的梨、河南的山楂和柿子等。地域性不仅影响到果树种类的分布、果品质量，还影响着果树产业的发展。

（五）果品贮藏运输和流通的难度较大

大部分果品是鲜食供应品，越新鲜，价格就越高，效益就越好。但由于鲜嫩的产品含水量高，容易损坏腐烂，也易失水失鲜。这就要求果品在市场流通中有良好的贮藏条件、快捷安全的运输条件和便利的销售手段等。

（六）影响果品质量的因素多

影响果品品质的采前因素很多，主要有内部因素和外部因素。内部因素即生物因素，包括种类、品种、砧木、植株田间生育状况及产品成熟度等。外界因素主要有生态因素、农业技术因素和流通因素等。生态因素包括温度、光照、水分、土壤、霜冻、纬度、海拔高度等；农业技术因素包括栽培密度、施肥、灌溉、修剪、疏花疏果、病虫害防治及生长调节剂与化学药剂的使用等。对这些影响因素加以人为控制，即可改变产品的质量。

因此，要重视果树生产管理技术的应用，以提高果品的质量。特别是在病虫害防治、施肥及生长调节剂和化学药剂的使用方面要注意符合无公害生产的要求，加强关键控制点的管理。另一方面，果品的品质虽然在采前就已经形成，但采后处理和流通过程所采用的方法、方式、条件等对果品的品质、寿命、利用以及商品性也有着很大的影响。因此，只有采前与采后技术措施相结合，才能取得良好的效果。

二、无公害果品营销的特点

无公害果品营销和其他产品营销有很多相似性，但因其生产特点、产品特性和消费特点不同，又有着与众不同的营销特点。

（一）消费需求具有普遍性、大量性、连续性特点

无公害果品的基础性决定了其在需求上具有普遍性，但不同的消费群体在无公害果品需求普遍性的基础上，又表现出了在产品质量、产品价格、产品档次等方面的差异性，这与不同消费群体的经济状况有关。如希望消费的果品不仅富有营养，还必须安全，而且价格低，也就是希望所购买的果品都是无公害果品或者是有机食品，且物美价廉。

据国家统计局有关数据显示，2004 年我国城镇居民水果消费总量为 8268 万吨，而且近些年来消费量一直呈上升态势。由此可以看出，随着生活水平的提高，果品已成为人们生活的必需品，消费总量很大。

由于果品生产具有季节性，但消费者对果品的消费却要求周年均衡供应，无论是人们日常消费食用，还是作为工业生产的原料，都是常年和连续的。

（二）无公害果品种类繁多，相互可替代性大

目前，我国生产的无公害果品的种类三十余种之多，涉及的品种更多。一方面由于同类、同种果品所含的基本成分类似、基本用途相同，从而造成了果品之间具有替代性，果品贸易的复杂性和难度大。另一方面占有很大比例的水果，易失水、失鲜和腐烂，这又增加了果品贸易的复杂性和难度。而且不同种类的果品所要求的适宜的采后处理方法、贮藏运输条件和方式各不相同，因此，果品的生产、运销技术非常复杂，难度很大。

（三）无公害果品的质量受产地因素影响较大

果树在长期的自然进化过程中，形成了对自然环境条件的要求以及与其相适应的生态习性，因此，果品的质量在很大程度上受产地自然环境因素的影响。同一品种的果树在不同地区栽培有不同的产品质量。如新疆栽培的哈密瓜的质量比在其他地方栽培哈密瓜的质量好；同一品种的苹果，在气候冷凉的丘陵山区和高海拔的高原

地区栽培比在气候温暖的平原地区栽培品质好。人们在长期的果树生产实践中就认识到了产地因素对果品质量的影响，并利用这种影响和决定性，造就了很多在国内外都享有盛名的地方特产，如天津鸭梨、肥城佛桃、吐鲁番葡萄等。

（四）无公害果品产销矛盾突出，价格波动大

果品的生产有着较强的季节性与地域性，但人们对果品的消费却有普遍性、常年性特征，虽然通过育种工作培育了不同成熟期的品种，实施了设施栽培，拉长了果品的生产链，通过贮藏延长了果品的供应链，缓解了不同时期果品的供需矛盾，但从目前的整体情况来看，果品生产的季节性、地域性与消费的普遍性、常年性之间的矛盾仍然存在。

果品的价格波动也非常大。在产地的生产季节，果品的上市量非常大，时间也很集中。如水果的生产旺季大多在每年的 6～10 月份，此时上市的果品特别多，价格往往较低，但在果品生产的淡季和大宗果品的非生产季节，市场供应的果品种类少，且价格较高，甚至此期间同种果品的价格比供应旺季的价格高几倍至十几倍；柑橘主产于我国的南方地区，苹果多在北方生产，同一时期北方市场的苹果价格低，而柑橘价格高，南方市场的情况则相反。此外，节日消费也是影响果品价格的一个不可忽视的因素。

（五）果品的贮藏、运输难

大部分果品属于鲜活品，容易失水、腐烂，不利于贮藏和运输，因此一方面要采取各种灵活有效的促销手段，制定合理的销售价格，力争就地多销快销，减少果品损耗；另一方面，要加强果品的商品化处理，采用先进技术，进行果品的保鲜和贮藏，降低果品贮藏腐烂率，并选择灵活的流通方式，保持畅通的运输渠道，利用便捷的交通工具和运输路线，尽量减少运输损失，以取得较好的经济效益。

三、果品营销的意义和方法

我国果树资源丰富，生产发展迅猛。尽管我国果树栽培面积大，果品总产量高，但由于采收不当、贮藏不善、运输粗放或不及时，再加上经营者不重视商品化处理和包装，以及营销水平低等原

因，造成果品滞销或腐烂，损失严重。因此，加强果品市场营销有非常重要的意义。

（一）无公害果品营销的意义

1. 是适应市场经济发展的需要

在计划经济时代，我国的果品处于供不应求的局面。当时只要有产品，不论质量如何，都能卖出去，是典型的"卖方市场"。而随着市场经济的发展，果品的产量迅速增加，流通速度加快，供求关系发生了根本性的变化，出现了供过于求的局面。市场对果品生产的约束力也日益明显，形成了"买方市场"。随着经济的不断发展和人民生活水平的日益提高，市场对果品品质提出了更高的要求。因此，如何提高产品质量、采取良好的营销策略、将果品及时地销售出去是一项非常重要的工作。

2. 有利于提高产品竞争力，扩大出口

我国的果品虽然生产总量大，但出口比例却很小，水果总产量中仅有 5％能够参与国际市场竞争。而国际果品市场的竞争又日益激烈，各国对果品出口的政策性补贴在增加，制定一些诸如数量限制、许可证制、苛刻的卫生健康等质量标准、双边贸易协定、优惠协定等政策，增加了进口的非关税壁垒。如 1999 年 1 月 1 日起，欧盟实行统一的香蕉进口政策，即对拉美的香蕉实行配额制和统一征收 20％的关税，这一政策影响了拉美向欧盟的香蕉出口，从而引起拉美和欧盟之间的贸易争端。通过适当的营销策略和生产管理措施，加强果品采后处理，严格实行无公害标准化生产，可以推进果品产业化发展，提高果品的国际市场竞争力。

3. 有利于提高经济效益

尽管我国果品丰富，但有相当比例的产品没有进行商品化处理，导致出现产品难卖，增产不增收的现象。另一方面，由于果品生产的地域性强、季节性强，导致地域差价、季节差价较大。这为果品的营销创造了有利条件。因此，加强果品的无害化、商品化处理，提高产品档次，积极拓宽市场销路，加快流通，有利于提高经济效益。

4. 有利于实现产业化

进行果品的市场营销，可带动一系列的生产环节，如种植、采

收、商品化处理、贮藏、保鲜、运输等各个环节都能形成相关产业，并形成产前、产中、产后一体化，走产业化之路，产生较好的经济效益。

（二）无公害果品的营销方法

保障产品的周年供给，满足消费者需求，这是无公害果品营销的主要特征。果品生产的季节性很强，属于易腐产品，但营养丰富，使用价值高，深受消费者喜爱。为了满足消费需求，既要掌握果品的贮藏保鲜技术，又要了解和开发研制新产品，更重要的是事先要充分了解消费者的需求，以需定产，以需定购。

果品的地域性很强，这就导致果品的地区差价较大。因此，可以充分利用这一点，及时了解果品的供求信息，加快果品的运输和流通，以满足人们的需要，从而取得较好的经济效益和社会效益。

果品的质量尽管在采收前就已经形成，但采后的商品化处理对果果品的质量仍有至关重要的影响。往往通过商品化处理的果品的质量尤其是外观质量会有很大的提高，从而在价格上会有较大的提升。如美国的"蛇果"，商品化处理水平高，市场价格也较高。因此，进行果品营销时应在这方面多做文章，以提高经济效益。

果品企业的经营目标往往有几个，但应主次分明，将效益放在第一位，销售量放在其次。虽然满足消费者的需求和实现企业的经营目标是果品市场营销的焦点，但还必须考虑到社会要求。果品作为日常消费品和食品，最为注重的是产品安全性，如果品的农药残留量、有害有毒物质含量等，对这些方面必须予以足够的重视，否则会影响人们的身体健康，甚至会危及生命安全，并最终影响企业的经济效益。

与其他产品相比，果品市场营销的环境变化更快，消费者的消费心理和购买行为也经常处于变化之中。由于果品生产的连续性与市场营销环境变化的突然性的矛盾，会给果品营销带来强大的冲击和风险。因此，果品经营者应充分重视对市场营销环境的分析和研究，把握市场环境变化的规律，正确理解市场购买决策的具体过程，认真进行市场调研，积极进行市场预测，制定有效的市场营销战略，抓住机会，顺利实现自己的营销目标。

营销决策是果品市场营销业务的核心，果品营销业务在实现和完成每个职能时都需要进行营销决策。只有进行营销决策，才有市场营销的目标、方法和行动。市场营销组合就是综合应用市场调查与预测、产品管理、流通渠道管理、人员推销及广告、定价策略等方面的决策。其营销组合可以概括为果品的目标市场、产品因素、定价因素、促销因素、分销因素这五个方面的策略组合。

第二节　无公害果品的市场与流通

一、无公害果品市场与市场营销观念

（一）果品市场

简单地说，就是无公害果品交易的场所，是在一定时间、一定地点进行果品买卖的地方。随着商品经济的发展，市场的结构、规模、交易范围都在不断发生变化。交换已不仅仅局限在某些固定的时间和空间，出现了贸易洽谈、合同购销等多种形式。因此，它不仅包括果品交换的场所，而且涉及果品交换中供给与需求之间的各种经济活动和经济关系，是生产者围绕满足消费者需求而展开的一系列经营活动。

（二）无公害果品市场营销的意义和必要性

无公害果品市场营销是围绕市场展开的一切活动来满足消费者需求，促进社会进步，为企业争取满意利润的综合性经营销售活动的过程。而市场营销观念则是从事市场营销活动的指导思想，是企业决策人员、营销人员对市场营销经济活动的基本态度与思维方式。

面对市场展开市场营销活动，可以有不同的营销观念，即在不同的营销观念下进行市场营销，必然会产生不同的经营效果。因此，有效地开展市场营销，必须要有正确的营销观念，这对企业营销活动的成败具有重大作用。

果品是人们常年需要，人人需要的生活食品，人人离不开果品，离不开市场。市场连着生产者、经营者和广大消费者。企业无论大小，生产的果品种类、数量，都或多或少地卷入市场营销活

动中。

在市场经济中，竞争是激烈的、残酷的。面对市场，有的人只会生产，却不知如何将自己生产的果品销售出去，或是果品丰收了，却收获无几，甚至烂掉、扔掉。而有的人销售渠道广、销售量大、经济效益好。营销是一门艺术，是一门科学。如大包装改为小包装，小包装改为精包装，利润就可以增加几倍。

中国有 13 亿人口，是一个大市场，但是决定市场规模的实际因素是购买力。中国尚在发展阶段，经济还不够发达。中国是世界上第一水果生产大国，许多名特优果品在海内外久负盛名。这就意味着，许多果品和潜在的营销市场在国外，因此，开拓国际果品营销渠道是必由之路。

二、无公害果品流通渠道

（一）流通渠道

流通渠道又称为流通路线，是指果品及其加工品作为商品由生产者所有向消费者所有转移时所经过的各种中间环节。在商品经济条件下，果品生产和消费常常不是同时同地进行，因此，流通与交换是必不可少的环节，要实现果品的流通与交换，就离不开果品流通渠道。生产者出售果品是流通渠道的起点，消费者购进果品是流通渠道的终点。在生产者和消费者之间，参与果品营销活动的企业、组织或个人称为中间商。中间商的类型包括批发商、零售商、代理商和进出口商等。整个果品流通过程包括购进、运输、分级、贮藏、销售等一系列中间环节。在现代经济中，更多的生产者是经过一系列中间环节和各种各样的中间商完成商品转移的。经济越发达，市场空间越广大，流通渠道就越复杂。流通渠道是随着果品生产的发展而产生的，同时，随着市场的变化而变化。研究流通渠道的目的是便于生产者正确选择流通渠道，以最快的速度将果品运销到消费者手中，既能满足消费者需求，又能减少流通费用。因此，流通渠道是果品经营中的重要内容之一。

（二）流通渠道的作用

在市场经济发达的条件下，多数无公害果品的流通要经过一个或几个中间环节才能到达消费者手中，流通渠道主要起以下几方面作用。

1. 沟通供求、繁荣市场、拓展销路

随着市场经济的不断发展，生产的果品种类越来越多，消费者的需求也发生了很大变化。营销渠道中的中间商，正是为了满足双方需要，沟通供求。一方面大量收购各种果品，一方面又根据消费者的需要不断将果品投放市场，最终完成果品的转移运动。同时，营销渠道还可以通过果品种类、数量的变化，及时把握市场行情、分析、反馈信息，保证市场充满生机，为产品开拓销路。

2. 营销果品、引导消费、最大限度满足消费者需求

果品在流通过程中，中间环节起着"集零为整"和"化整为零"的作用，既可将果品售销出去，还可在品种、果品质量、选购地点等方面为消费者提供广阔的选择空间，最大限度地满足顾客的需求。同时，还能全面掌握生产发展趋势，洞察消费者潜在的需求，宣传、推介消费者不熟悉的产品，增加顾客消费欲望。

3. 在果品种类、品种、规格和消费时间上缓解生产和消费的矛盾

果品生产往往在种类、品种和供给时间上存在矛盾，流通环节可起到调节余缺、繁荣市场、满足消费者需求的作用。

4. 加速果品流通，扩大销售范围

有效的流通渠道，有利于生产者和经营者合理安排贮运，及时销售产品，缩短流通时间，降低生产成本和销售费用，增加利润。同时，中间环节还可以扩大产品的销售范围，为生产者分担风险。

5. 掌握市场信息，指导生产

流通渠道既是果品转移的路线，又是收集、掌握市场信息的途径，准确把握市场信息，及时向生产者反馈市场信息，有利于生产者正确组织生产，提高市场竞争能力。

（三）无公害果品流通渠道的特点

1. 多形式、多渠道流通

目前，存在着自产自销、专业贩运、专业批发商等多种经营方式，国营、联合体、协会、个体等多种经营类型。果品及加工品种类繁多，数量不一，质量差异大，不同等级的果品目标市场不同，流通渠道不同，流通环境不同。正是这种多形式、多渠道的流通，

有力地促进了我国果品的生产与发展。

2. 大中城市是果品的主要集散地

改革开放以来，大中城市的果品批发市场应运而生，日吞吐量从几百吨到数千吨不等，特别是经济发达的中心城市，成为水果商的主要目标市场，竞争激烈。常常出现大中城市的水果价格低于中小城镇和农村的水果价格。运往广州、上海的苹果价格低于北方城市的价格。我国有近 2/3 的人口在农村及中小城镇，随着农村经济的发展，拓宽农村目标市场，也是果品流通不可忽视的渠道。

3. 南北流通

我国南北地区气候差异很大，生产的果品种类各不相同，为满足消费者需求，调节市场余缺，南果北运，北果南调现象已成为我国乃至世界果品流通的一大景观。如南方的柑橘、香蕉、菠萝等果品每年有 1/3 以上运往北方，充实北方市场，北方的苹果、梨、葡萄等水果也大批量南销。

（四）国内果品流通渠道的基本结构

1. 生产者—消费者

"生产者—消费者"即生产者把果品直接卖给消费者，不经过任何中间环节。这是果品销售渠道中最简单、最直接的一种渠道。其特点是产销直接见面，环节少，流通时间短，销售快，流通费用低。生产者能及时了解消费者需求和市场行情的变化情况，调整生产经营决策，便于为消费者服务。但需要生产者自设销售机构。

2. 生产者—零售商—消费者

"生产者—零售商—消费者"即经过一道中间环节的流通渠道形式。生产者将果品先卖给零售商，再由零售商转卖给消费者。如场店挂钩、生产单位直接向零售商供货等均属这一形式。其特点是中间环节少，渠道短，有利于生产者充分利用零售商的力量，扩大产品销路，树立产品声誉，提高经济效益。零售商的机构有个体和国营，如国营果品供销公司、果品店等。其资金雄厚、信息来源广且及时、销售网络齐全，质量标准严格，在果品流通中占有重要地位。

3. 生产者—产地批发商—零售商—消费者

这种渠道即经过两道中间环节的流通渠道形式。生产者先把果品卖给产地批发商，再由批发商卖给零售商，最后到达消费者手中。其特点是中间环节较多，渠道较长，有利于生产者大批量生产，节省销售费用，也利于零售商节约进货时间和费用，扩大经营品种。但由于果品在流通领域流通时间长，不利于生产者及时了解市场信息，把握市场行情。其机构名称很多，属性不一，有各种合作和联营的果品批发公司、贩运集团等，如果品服务中心、果树协会、果工贸公司等。经营方式灵活，生产、流通和服务一体化，很受果农欢迎，发展前景广阔。

4. 生产者—产地贩运集团—销地批发商或大中城市批发商—零售商—消费者

这种渠道即经过3道中间环节的流通渠道形式。生产者先将果品卖给产地贩运集团，再运往销地或大中城市批发市场，由批发商再批发给零售商，最后卖给消费者。其特点是渠道经过中间环节多，结构复杂。生产者可利用中间商所具有的集中、平衡、扩散的功能，使果品得以简便、大量销售。这种渠道是当前果品销售的最基本渠道。其机构除上述机构外，还有个体或联合的专业贩运集团以及销地的专业批发集团、果品批发公司、果工商公司等。

5. 生产者—大中城市或销地批发商—零售商—消费者

这种渠道即经过两道中间环节的流通渠道形式。大中城市批发商或销地批发商到产地从生产者手中购入果品后批发给零售商，最后由零售商卖给消费者。由于大中城市是我国果品的主要集散地，这种渠道有利于加快果品销售，虽然渠道较长，但流通快，费用低，效益好。其机构主要有果品公司、果工贸公司等，有国营、个体和联合体等多种形式。

6. 生产者—收购商—大中城市或销地批发商—零售商—消费者

生产者将果品出售给收购商，由收购商卖给大中城市或销地批发商，再卖给零售商，最后零售商出售给消费者。这种渠道可以充分利用中间商的集中、扩散能力，节省生产者在销售上的人力、财力、物力。这也是当前果品销售的主要销售渠道。但渠道较长，销售费用高，易造成果品损失。其机构包括上述的多种。

7. 生产者—加工者—零售商（或收购商—销地批发商—零售商）—消费者

这种渠道经过的中间环节不同，渠道结构较复杂。生产者先将果品出售给加工者，经加工后，再将产品出售给零售商或出售给收购商，由收购商卖给销地批发商，再出售给零售商，最后到达消费者手中。我国果品的加工品主要采用这一渠道形式。其优点是有利于满足消费者的不同需求，丰富市场。但果品经加工后，增加了生产成本。

三、果品流通的特点

（一）快速流通

水果属鲜活易烂商品，采摘后要及时贮运，以保持其品质和新鲜度，减少养分消耗。用以加工的原料果品更需新鲜完好，而且其加工品均有一定的保质期。因此，加快流通或减少流通环节十分重要。

（二）低温流通

为最大限度地延长果品贮运和市场寿命，多数果品需在低温条件下流通，因此，建立适宜的冷链流通系统十分重要，也是果品流通发展的必然趋势。

（三）必须时刻注意安全、卫生

果品属食品类，果品的卫生状况直接关系到消费者的健康。国家质量监督部门和世界卫生组织均制定了各类食品的卫生标准。流通中必须时刻注意果品卫生，防止有害物质的污染，以保证消费者的食用安全。

（四）流通较困难

我国果品生产多数规模小、分散。有相当数量的果品产于山区，交通不便，这给果品的收购、贮藏、运输以及销售都带来了很大不便。另一方面，我国目前正处于市场经济的初期，果品贸易主要是现货交易，鲜果贸易风险大，流通较困难。

四、果品流通形式

果品流通形式包括两个方面的内容：即由果品贮藏、运输过程完成的物流形式和由果品交易活动完成的商流形式。

（一）物流形式

果品物流是借助各种运输工具实现果品空间的位移。目前我国果品物流形式很多，小到肩担、车推，大到舱船、飞机运输。在实际流通中，可根据果品的性质、数量、到达目标市场的距离和时间选择适宜的运输工具和途径。

1. 公路流通

主要工具有畜力车、拖拉机、汽车等。这些设备是果品销售、批发、转运等的主要流通工具。公路运输的主要优点是灵活、迅速，适应面广，易于组织管理，减少装卸次数和损耗，在 300～500 公里内公路运费比铁路运输费用低，适于中、小批量果品近距离运输，是当前国内果品流通中的主要运输工具。

2. 铁路运输

铁路运输在世界上大多数国家，特别是国土辽阔的国家起着主导作用。可分为零担、拼装整车或集装箱等运输方式。适于运距长，批量大的果品运输。其运输的优点：

（1）运载量大 一般集装箱容量为 15～18 立方米，大型集装箱容量可达 33～35 立方米。这些集装箱可与有关汽车匹配，可以相互转移。

（2）速度快 高速货车平均时速可达 100 公里/小时，仅次于航空运输速度，居各种运输方式中的第 2 位。

（3）费用低，安全系数高 铁路运输受气候等自然因素影响较小，路途时间短，可靠性大，长距离运输费用低。

3. 水路运输

水路运输可分为远洋运输、海岸运输和内河运输。国内运输有机械舱船、运输艇等，但多不属于专用果品运输。国际贸易上，主要以冷藏船运输，船内设冷仓或集装箱。集装箱冷藏船可以在同一船上同时装运几种不同运输温度的果品。水路运输的特点是装载量大、费用低。但是运输速度慢，航期较长，易受自然因素（如台风、潮水等）影响。

4. 空中运输

其运输速度最快、费用高、损失少，有利于抢占市场，提高竞争力，为顾客提供良好的服务。高价果品、易腐烂的果品多采用航空运输。特别是桃、葡萄、草莓等不耐贮藏，其他方式运输不适合，更适宜航空运输。随着我国经济的发展，航空运输的成本将会相应降低。

（二）商流形式

目前我国果品商流的中间环节有独立的营销公司、批发商或者是零售商等。

1. 批发商

批发商从事大批量果品购销活动，有工商部门、联合体、果品销售协会或个人。他们一方面从生产者手中批量购进果品，另一方面又向零售商或另一批发商销售果品，其经营的果品数量大，品种各异，处在果品流通的起点和中间环节，是果品流通的大动脉。批发商主要通过批发市场经营果品的交易活动。

批发商有产地批发商和销地批发商两类。产地批发商处在果品流通的起点，主要是聚集生产者手中少量分散的果品，并把果品批发给其他批发商或零售商。销地批发商处在果品流通的中间环节，是将产地或接收地购进的果品，再批发给零售商或消费者。

2. 零售商

零售商是指直接将果品出售给消费者的个人或部门。在时间、地点、服务项目等方面能够为消费者提供更好的服务。零售商进货批量小，品种多，零星销售，形式灵活多样，是果品商流的最后环节。零售商的数目众多，形式各异，有相当一部分是个体摊贩或零售店。随着市场经济的发展，果品超级市场逐渐形成，送货上门和邮政销售等形式也会出现。

3. 期货交易

果品流通中间环节的重要形式之一是期货交易，它是稳定果品市场的一种方法。在期货交易中，买卖双方交易的只是果品的期货合同。期货交易有严密的规则，其程序有获得交易权力、进行期货交易、结算和实物交割4个过程。进入期货市场获得交易权力并进行期货交易的，一是能够做交易所中任何一种或其中一种买卖的会员，并付少量的"会员费"，可为自己进行交易，或担任经纪人代他人进行交易。其中具有经济实力者可做结算员，购买交易所的结算股票和开设账户。二是委托交易所的经纪人进行期货交易。期货交易者都必须在票据结算所办理开户手续，并存入一定数量的期货保证金，以保障交易所的利益，保证期货交易顺利进行。

期货交易的场所是交易大厅，交易的只是合同。期货交易者根据自己对期货市场果品价格趋势预测的涨落，决定对某种果品的期货合同的买或卖。当期货合同在期货市场上成交后，期货交易人或经纪人以订单形式将交易详情送入票据结算所进行结算，并将交易差价直接转入经营者的账户。为了防止"暴发户"或"大破产"，交易所可以限价，政府部门也可以对期货市场进行监督。

实物交割是指实物交货，每种果品交易合同上都填有货物交割时期，当接近交割期时，交易人或经纪人都应根据客户的要求决定卖出合同还是接受实物。如要实物，就准备资金，如果是卖者，则要将果品运抵日期、数量、质量、保险情况，在规定之日前交到交易所，由交易所转给买者。

期货交易的交易者是利用期货的不同时间价格差价获得利润。期货交易可以使不同市场、不同时期的供求状况保持合理的结构，稳定市场价格，同时，也能为生产者、销售者、贮存者分担风险。

第三节　无公害果品的价格

一、价格的形式与差价

（一）价格的形式

我国的果品价格主要为市场价格，按照所处的流通环节可将价格划分为收购价格、批发价格和零售价格等形式。收购价格是果品经营者直接从生产者手中购进果品时所采用的价格。收购价格是由生产者在生产该果品时支付的生产成本加上税金及利润构成。批发价格是批发商出售给零售商或下一级批发商所采用的价格。它分为产地批发价和销地批发价。批发价格直接由收购价加上购销差价组成。零售价格是产品直接出售给消费者的价格。收购价格是果品的起点价格，批发价格为中间价格，零售价格则为终点价格。

（二）差价

差价是指在同一个流通过程中，由于流通环节、地区、季节或质量不同而形成的价格差额，包括购销差价、批零差价、地区差价、季节差价和质量差价。

1. 购销差价

购销差价指在产地同一种果品在同一时期购进价格和销售价格之间的差额。主要由经营者在购销活动中必须支付的流通费用、税金及合理利润构成。果品由于易耗易腐，经营难度大，购销差率常为10%～18%。

2. 批零差价

批零差价指同一果品在同一市场、同一时期内的批发价格与零售价格之间的差额。一般由零售商的流通费用、税金及一定的利润构成。果品批零差价大。不耐贮运的鲜嫩果品批零差率高，而耐贮运的干果类低，如瓜果类一般为25%～35%，樱桃、葡萄、杨梅、无花果40%～50%，干果类15%～20%。

3. 季节差价

季节差价是同一种果品在同一市场、不同季节间的价格差额。主要有季节差价、淡旺季差价、节假差价、早晚差价、晴雨差价等。季节差价一般是鲜果大于干果，不耐贮运的大于耐贮运的果品。

4. 地区差价

地区差价指同一种果品在同一时期、不同地区之间的价格差额。包括收购价格之间的地区差价、销售价格之前的地区差价和销地之间的地区差价。地区差价的基价以进货地的市场批发价格计算。地区差价的综合差率由利息率、损耗率、经营管理费率及利润构成。

5. 质量差价

质量差价指同一果品在同一市场、同一时期内，由于果品质量不同而形成的价格差价。主要有品质差价、品种差价、等级差价、规格差价、产地差价等。品质差价指同一品种，因品质优劣不同而形成的价格差价，等级差价是同一品种不同等级之间的价格差额。果品质量差价以果品质量和等级标准为确定依据。同一品种中，以无公害标准等级确定定价标准。

二、价格的构成与表示方法

（一）价格的构成

1. 生产成本

生产成本是果品在生产和销售过程中所支出的费用总和。包括生产过程中的种苗费、肥料费、农药费、机械作业费、排灌费、农田基本建设费、小型农机购置及修理费、固定资产折旧费，以及劳动用工费等。生产成本是制定无公害果品价格的主要依据。一般情况下，成本的高低决定着果品价格的高低，只有售价大于成本，才能形成利润。

2. 流通费用

流通费用是果品由生产者所有向消费者所有转移过程中所消耗的全部费用。包括贮藏运输费、包装等采后处理费、损耗费、经营管理费及利息等。流通费用除受流通中经营者的经营管理水平的影响外，与果品的流通环节密切相关。一般流通环节越多，费用越高。

3. 税金

生产者或经营者依照国家法律向国家交纳的资金。

4. 利润

生产者或经营者销售果品收入减去成本、流通费用和税金后的剩余，是生产、经营者获得经济收入的货币表现，也是扩大再生产的资金来源。利润的高低是反映生产、经营管理和技术水平高低的重要标志。

（二）价格表示方法

常用价格表示方法有标签法和条形码法。标签法需应用国家规定的统一标签，标签内容有商品名、产地、规格、等级、计价单位、单价及核价员等。条形码目前应用越来越广泛，主要为国际物品条形码 EAN-13 码。

三、无公害果品价格特点

1. 价格体系的复杂性

　　果品价格不仅因流通渠道不同而具有收购价、批发价、零售价等其他商品共有的价格形式，而且种类、品种间价格差异大，差价种类多。果品由于受生产地域、季节、市场的不稳定与不均衡、品种多样化及品质要求上的鲜活安全等的限制，形成的差价种类多，如季节差价、地区差价、质量差价等。

　　2. 价格变化的灵敏性

　　果品价格波动大，而且受需求弹性影响大。果品不仅受土地资源、气候条件的限制，而且还受科学技术、管理水平的影响，造成价格波动大。

　　3. 价格变动的长效性

　　果品当其价格上涨时，短期内，由于生产者无法生产大量果品投放市场，因此，对市场供应量影响小，但对供给的长期影响大。

四、影响无公害果品定价的因素

　　科学合理地确定无公害果品营销价格，即要运用科学、灵活的定价策略，又要综合内外部影响因素，合理制定无公害果品的价格。

　　（一）内部因素

　　1. 定价目标

　　（1）利润最大化目标　　如果企业以当前最大利润为目标，计算不同价格下的需求和成本，以获得最大利润和尽快回收投资来制定价格，其确定的价格通常较同类产品价格高。

　　（2）扩大市场占有率目标　　销售同类产品的竞争者存在时，将自己产品的价格定得尽可能低，以吸引竞争者的顾客，提高自己产品的市场占有率，甚至使自己的产品在市场上占统治地位。只有拥有最大市场占有率的企业才可将成本降到最低，价格降到最低，获得最大的长期利润。

　　（3）阻止竞争者进入市场　　企业为了阻止新的竞争力量进入同一市场，往往采取低定价的办法，使竞争者意识到如果进入市场其利润微薄甚至亏本，这样就能减少竞争者的数量。

　　2. 成本因素

　　定价中首先考虑的是产品成本，它是无公害果品定价的基础，也是企业核算盈亏的临界点。定价高于成本，企业方能获得利润，反之则亏本。因此，产品定价必须考虑补偿成本，这是保证企业生存和发展的最基本条件。

（二）外部因素

1. 消费者的消费水平与偏好

不同消费者对市场价格的反应不同。对收入高的地区，可相应提高价格；对收入低的地区，则以大众化果品为主，价格水平应适应当地收入水平。

消费者的生活习惯与偏好在不同国家、不同地区、甚至不同的群体中存在着很大差异。高收入和高消费的地区，总的消费倾向是对果品需求范围广、层次高、质量精。但收入分配的不平衡，又使相当多的消费者只能购买中低档果品。多样化的需求也决定了多样化的产品价格结构。

2. 市场需求与需求价格弹性

果品需求量的大小与果品有密切关系，当某种品种的价格上涨时，就会减少需求量；当价格下降时，需求量就会增加。果品种类多，常常可相互替代，故其需求弹性大。在销售该类富有需求弹性的产品时，提高价格往往导致销售额的下降。

3. 市场竞争

市场竞争就是同类果品或可替代的果品之间发生的价格竞争与非价格竞争，对购买者最具吸引力的果品应该是价廉物美的果品。定价需要参照竞争者果品的价格，不仅要了解在某一成本水平下，价格是否具有应对竞争的能力，而且要考察消费者对竞争果品的质量和价格的认同情况。

五、无公害果品的定价方法

（一）定价程序

所谓定价程序是根据企业的营销目标，确定适当的定价目标，综合考虑各种定价因素，选择适当的定价方法，具体确定果品价格的过程。

1. 选择定价目标

果树经营企业的定价目标不是一成不变的，不同条件下有不同的定价目标，应权衡利弊，兼顾多种因素，确定定价目标。在不同时期慎重选择定价目标。

2. 计算成本

果树经营企业根据各自营销能力，计算成本费用，产品价格高于成本，企业才能赢利，因此，企业定价必须估算成本。按成本与销售量的关系，总成本可分为变动成本和固定成本两种。总成本等于全部变动成本和固定成本之和。变动成本是指在一定范围内随产品销量变化而成正比例变化的成本，如产品进货费用、贮存费用、销售费用等。固定成本是指在一定范围内不随销量变化而变化的成本，如固定资产折旧费等。

3. 进行目标市场调研

无论是国内目标市场还是国际目标市场，都会因政治、经济、文化、价值观念和宗教信仰的不同而形成不同的消费观念和消费习惯，这些与果品的定价不无关系。同时，国家法律、政策也是影响价格的因素。

4. 估测产品的需求弹性

营销价格与商品供求关系十分密切，例如，某些特色水果不是人们生活必需品，其需求弹性较大，当价格水平过高时，需求量就会因为价格的上升而减少。相反，价格下降会增加需求量。这是供求规律的客观反映。因此，应通过估测需求弹性实现正确定价的目的，找出最佳结合点。

5. 选择定价方法和定价策略

在分析以上因素的基础上，选择适当的定价方法和定价策略以实现定价目标。

6. 确定产品最后价格

最后价格是产品的市场销售价格。需要说明的是，果品投放市场以后，价格不一定一成不变，可根据供求状况的变化作适当的调整。

（二）无公害果品的定价方法

1. 成本导向定价法

该方法是以产品成本为基础制定果品的价格。成本导向定价法的思路：定价时，在销量一定的情况下，首先要考虑收回在生产经营中的全部成本，然后再考虑取得一定的利润。其中常用的有成本加成定价法和销售定价法。

（1）成本加成定价法 成本加成定价法是指单位果品成本加上预期的利润所制定的价格。其计算公式：

$$单位产品价格＝单位产品总成本×（1＋加成率）$$

一般来说，名、特、优、稀果品其加成比例可以高一点，大众果品加成比例应低一些。

这种方法的优点在于能满足利润要求，容易计算，可以保证果品经营企业获得正常的利润率；缺点是没有考虑市场上需求一方能否接受，可能出现因商品售价高而影响销售量和销售额。

（2）售价加成定价法 此方法以售价为基础，加成率为预测利润占售价的百分比，其具体公式：

$$单位产品售价＝单位产品总成本/（1－加成率）$$

此方法的优点在于企业更容易计算商品销售的毛利率，而对消费者来说，在售价相同的情况下，用这种方法计算出来的加成率较低，也就容易被接受。

2. 目标收益定价法

目标收益定价法是首先确定一个预期收益目标，在收益目标基础上制定产品价格，收益定价法常用的有收支平衡定价法和投资收益定价法。

（1）收支平衡定价法 收支平衡定价法是根据生产（销售）数量，并能保证取得一定利润的前提下制定价格的方法。该方法是根据盈亏平衡点公式计算出平衡点的价格，这是不亏损的最低价格，即保本价格。不同预期的销售量，对应着不同的收支平衡价格。可以根据这一标准，结合预期的产品赢利，选择适当的定价。

（2）投资收益率定价法 投资收益率定价法是先按照企业的投资总额确定一个资金利润率，然后按照资金利润率计算目标利润额，再根据总成本和计划销售量及目标利润算出产品的价格。这种方法有利于保证实现既定的资金利润率，但是这种方法一般是市场占有率比较高的企业才可以采用，因为是先保证企业一定的收益，然后才确定销价，因此，产品价格有时会偏高。

六、无公害果品定价策略

（一）高价、低价与温和定价策略

1. 高价策略

高价策略是以获取最大利润为目标，将价格定得较高的一种定价策略。采用这种定价法的前提是该果品供应紧张，或是刚刚引进，或是培育的新、奇特品种，其价格可高出其价值的几倍或十几倍。

2. 低价策略

低价策略是以追求市场占有率为目标，将价格定得较低，薄利多销，让产品迅速占领市场的策略。这种方法适用于需求弹性较大的果品，价格低，人们购买得多，价格高，购买量显著下降。一般在购买力较低的目标市场或是高档、名贵的果品考虑采取此价格策略较为合适。例如反季节水果、名果等。

3. 温和定价策略

一般是参照竞争对手同类产品的价格和充分考虑市场购买力情况来定价，价格高低适当，既能获得利润回报，购买者也较易接受。这种定价策略适宜于普通果品。

（二）折扣折让价格策略

这种策略通过将果品按原价的几成降价销售或购买量超过一定数量后附赠一定量的果品来吸引顾客。例如，常见在大型超市里水果按购买数量实行差价销售。这种策略也适合于上架已有一定时间、新鲜度远不如当天上市的水果，为了减少因腐败变质而带来的损失，要在短期内将果品全部卖掉，可运用价格折扣折让策略来促进销售。但是，这种折扣让价销售必须建立在诚信的基础上。

（三）心理定价策略

心理定价策略是针对消费者的不同消费心理，制定相应的价格以满足不同类型消费者的需求的策略。如最小单位定价，是指商家将同种商品按不同的数量包装，按最小包装单位量制定基数价格，销售时，参考最小包装单位的基数价格与所购数量收取款项。一般情况下，包装越小，实际的单位数量商品的价格越高，包装越大，实际的单位数量商品的价格越低。心理定价方法多用在果品零售环节。

（四）随行就市价格策略

一般价格较贵的零售的无公害果品，主要根据生产季节、货源供应情况及产品质量等随行就市定价。生产旺季，产品大批量上市，价格低一些；淡季由于产量减少，价格高一些；有时一天中的价格也不一样，例如早晨水果更新鲜，价格高一些，到下午水果的新鲜度下降，价格相对低一些。

第四节　开拓无公害
果品市场的策略

一、无公害果品品质对营销的影响

目前，某些果品，在市场上已经接近或处于饱和状态，竞争日趋激烈，市场价格差距正在缩小。讲究营养保健的现代消费者已由追求数量转变为了追求高质量，对果品质量提出了越来越多、越来越高的要求，市场竞争也由过去的价格竞争为主转向以质量竞争为主。因此，提高果品质量，向消费者提供可以信赖的优质产品已经成为果品生产、流通企业提高市场竞争力的最重要的因素。

（一）无公害果品的品质

1. 品质的含义

品质是产品满足人们需要的各种特征和特性的总和。果品品质的客观特性是由以栽培者和加工者为主的生产者按消费要求的目标通过生产和流通来体现的，而主要部分是消费者要求的体现。因此，对果品品质的综合认识，取决于从生产者、经营者到消费者不同观点指导下对果品各项客观特性的综合评价。

2. 无公害果品的质量品质

（1）感官品质　凡是可以通过人的视觉、嗅觉、触觉和味觉进行综合评价的品质特性均被称作"感官品质"特性，它包括外部感官品质，如颜色、大小、形状；果品的新鲜程度、整齐度、病斑、虫口、风味和质地等。

（2）营养品质　果品中含有的各种维生素、矿物质以及蛋白质、氨基酸、碳水化合物等被称作"营养品质"。这些营养成分种类的多少及其含量高低、营养成分的比例等均属于营养品质特性。

（3）缺损度 缺损度主要指产品的外观损伤、畸形程度。果品的缺损大多是由于采收、整理、运输、贮藏等操作过程中的机械损伤所致，感染病害、被害虫咬伤所出现的病斑和虫口也都属于品质不佳的范畴。由于遗传或异常环境条件、外来化学物质作用等因素，也会使产品中出现部分缺陷。缺损度是影响果品品质的重要因素之一。

（4）安全品质 即果品中是否含有有毒有害物质，有毒有害物质的种类多少及其含量，对人类身心健康的影响程度等。

（二）果品品质对营销的影响

1. 品质是参与国际市场竞争的基础

随着生活水平的提高和对环保意识程度的提高，人们对食品质量尤其是食品的质量安全越来越重视。在国际果品贸易往来中，果品的质量安全已成为新兴的贸易壁垒和技术壁垒，加剧了国际市场上果品的激烈竞争。发达国家通过实施管理体系标准、全过程的质量安全控制和认证注册，提高其国产果品质量和市场竞争力，增加市场份额。与此同时，一些发达国家纷纷起用这些新兴的贸易壁垒，实行市场准入制，限制果品的进口。

面对激烈竞争的国际市场，要想提高我国果品的国际竞争力，就必需积极发展无公害果品生产，着力推行标准化无公害生产技术，实施全过程的质量安全控制，提高果品品质和质量安全水平，以适应国际市场的竞争。

2. 品质是满足消费需求，取得商业利益的前提

果品多数是鲜活商品，越新鲜越受市场欢迎，越新鲜经济价值越高。因此，在果品的生产、包装、运输、贮存、销售全过程各环节都应将果品的品质作为重要指标。否则，一旦失去了"鲜"字，便影响了使用价值，失去了消费者，降低了利润，失掉了市场，损失了利益。

果品的消费需求具有普遍性、大量性和连续性特点。因此，提高产品的品质质量，是影响营销的最重要因素。

（三）提高果品品质质量的措施

首先，生产者选育良好的品种。好的品种有以下 3 个要求：①满足生产者对果品品质的要求，如品种的抗病能力强，耐贮性好和易采性好等。②满足消费者对果品品质的要求，如果品感观性状好，营养价值高，外形美，口感佳，质量安全性好等。③满足中间商的果品质量的要求，如果品货架期长、市场价格适应多层次需求等。

其次，严格按国家无公害果品生产技术规程进行生产，产品达到无公害果品标准要求。

第三，果品在销售中要选择灵活的流通方式，通畅的流通渠道，便捷的交通工具和科学的运输路线。

第四，要根据果品的特性选择贮藏地点、空间和条件。温度和湿度控制在最有利于保鲜、贮存的范围内。

二、果品的品牌策略与商标设计

（一）品牌的含义

品牌是包含品牌名称、品牌标志、商标等概念在内的一个集合概念。它们代表一个或一组生产者或销售者的产品，也与其他竞争者的同类产品相区别的重要标志。因此，一个品牌代表一个产品的生产者或销售者。消费者把品牌看做是产品的一个重要组成部分。

1. 品牌名称

品牌名称指品牌中可以用语言称呼的部分。例如"绿汀"甜柿、"花牛"苹果。

2. 品牌标志

品牌标志指品牌中可以被识别，但不能用言语称呼的部分。例如图案、符号等。

3. 商标

商标是品牌标志，往往印在商品的包装或标签上。商标容易记忆。商标按其是否在政府有关主管部门注册登记分为注册商标和非注册商标。注册商标受国家法律保护，产品商标一经注册，其他果品生产者或经营者就不得在同类产品上再使用此商标。

（二）品牌的功能

1. 品牌可以增加产品的价值，是高定价的基础

名牌的出现，可使用户形成一定的信任度和追随度。由此，不仅使果品生产者或经营者在与对手竞争中拥有了后盾基础，同时也可以利用品牌资本运营相应的能力。通过一定的形式，如特许经营、合同管理等形式实现价格垄断。驰名品牌会给果品生产者或经营者带来高额利润。

2. 品牌是取得产品竞争优势的基础，驰名品牌具有强大的竞争力

树品牌、创名牌是人们在市场竞争的条件下逐渐形成的共识，人们希望通过品牌对果品以及果品生产者或经营者加以区别，通过品牌扩展市场。品牌的创立，名牌的形成正好能帮助果品生产者或经营者实现上述目的，使品牌成为果品生产者或经营者的有力竞争武器。

3. 品牌表明企业产品特征，是吸引新消费者，巩固老消费者的有效途径

消费者或用户购买具有某种使用价值的产品时，会在众多的商品中进行比较，通过对品牌产品的使用，围绕品牌形成消费经验，存贮在记忆中，并形成一种消费情感，为将来的消费决策提供依据。而且消费者或用户通过使用对商品产生的好感，通过不断宣传，对品牌形产生信任和追随，使消费者或用户重复购买。

果品的果品生产者或经营者可以通过培育和保护好的品牌、创立名牌，奠定果品品牌优势，塑造驰名品牌，积累品牌资产，达到提升实力，扩大市场份额的目的。品牌资产的构成要素包括品牌知名度、消费者对品牌的认知度、品牌信任度和追随度以及其他资产。

未来的营销之战将是品牌之竞争。"拥有市场比拥有工厂重要得多"，唯一拥有市场的途径就是拥有具有市场优势的品牌。品牌建设是衡量经营水平的重要尺度，也是衡量整个产业发展水平的一个重要指标。随着果品产业化经营的开展，我国的一些果品生产者或经营者已认识到了品牌的重要性，实施了品牌策略，并取得了良好的经济效益和社会效益。事实上，果树产业化的过程就是一个依

靠品牌优势，逐步建立果树产业规模优势，最终使之得到进一步发展和完善的过程。没有果品品牌的创立和扩张，没有驰名果品品牌的优势，就不可能有无公害果品产业化经营的快速发展。

（三）品牌策略

1. 品牌保护策略

品牌保护是果品生产者或经营者为防止他人盗用自己的品牌商标的侵权行为以及避免声誉受损所采取的措施。可采用以下措施：

（1）及时注册商标　商标是品牌的标记。商标只有经过注册才能得到法律的保护，有效地防止竞争者使用和销售具有相同或相似商标的商品，才能维护自身的合法权益和效益。出口果品应在目标国家及时注册商标。注册商标在有效期满后应及时申请续展注册。

（2）关联注册　关联注册指在非同类果品中注册同一商标。果品生产者或经营者以生产经营某类产品或其中某个品种为主，附营其他类产品或品种的情况下，可采取这一措施。如果品生产者或经营者为某品种水果注册了商标，在生产和经营的其他种类水果和其他类的园艺产品也注册同样的商标，以免这一品牌商标被他人抢注在与自己生产和经营的同类产品上而遭受损失。

（3）使用防伪标识　采用防伪标识，对保护商标专用权可起到积极作用。

2. 品牌使用策略

（1）多品牌策略　这是果品生产者或经营者内部品牌之间关联程度的决策，可分为2种品牌策略。第一种，类品牌，是指将自己的同一大类果品选用同一个品牌。主要是用品牌把不同产品的特性、档次、目标顾客的差异隔离开来。使某一产品的失败不至于影响其他产品。第二种，多品牌。多品牌化是将自己经营的各类产品各自选用不同品牌。这种品牌化做法有两大优点：一是可以避免一种产品的不良影响殃及其他产品；二是品牌文化更适应目标市场要求。缺点是由于品牌多，商标设计、品牌命名、注册与续展、促销等的费用多，经营成本高。

（2）单一品牌策略　指一个品牌只用于一类（种）果品的策略。例如，水果品生产者或经营者将生产或经营的水果类产品只用一个品牌。单一品牌的优点是节省品牌宣传促销费用，顾客可以较快地了解企业、了解产品；缺点是产品间会有一荣俱荣，一损俱损的后果。这种情况下，经营者更应该特别注重产品质量。

（3）无品牌策略　为了降低价格、扩大销量，节省成本费用，有些果品仍不使用品牌，某些出口商品也采用无品牌中性包装形式，其目的是为了适应国外市场的特殊情况，为转口销售、避免某些进口国的限制等。

（4）生产者品牌　指各环节的经营者均使用由生产者确定的品牌。使用这一品牌的优点是产品和企业联系紧密，在了解品牌的同时认识了生产者。缺点是品牌和生产者彼此牵连，互相影响。

（5）借用他人的品牌　在借用他人品牌时有以下几种方法可以借鉴：

① 指定品牌　指定品牌主要用于出口果品时，在不影响国家和民族利益的基础上，果品生产者或经营者按进口方的要求在自己的产品上使用进口方指定的品牌名称、商标。

② 特许品牌　通过支付费用的形式，取得他人的品牌使用权。这种策略有利于参与国际市场竞争，扩大出口。

③ 使用中间商的品牌　也称为销售者品牌。利用中间商社会声誉好，销售量大的优势条件，使用中间商的标志、商号、店名做品牌商标，可节省推销费用，取得价格竞争的主动权，加快产品进入和占领市场的速度。缺点是中间商往往会提出在一个细分市场上独家销售的要求。

④ 双重品牌　产品同时使用生产者品牌和销售者品牌，在生产者或经营者强强联合的情况下，这种策略有利于巩固和提高双方的市场占有率，击败竞争对手。但我国果品企业由于生产规模较小，较少采用双重品牌策略。

采用哪一种品牌策略要根据自身的实际情况来选择。单一品牌的管理操作简单，对消费者易形成聚集点。但单一品牌无法同时满足所有目标市场的消费群体。多品牌能有效地做好消费群的划分和市场定位，针对不同的消费者有不同的所谓差异优势。当然多品牌管理困难，资金投入大，每个品牌都要推广、维护。借用他人品牌要有较好的服务和一定的销售规模。

3. 创名牌策略

（1）名牌的含义　名牌的基本内涵应包括：具有极高的知名度和美誉度；产品竞争力强劲，市场占有率高；工艺精湛，内美外秀；质量稳定可靠，服务优良；消费者对它有信任感、安全感和荣誉感。名牌有地区性名牌、国家名牌和世界名牌。名牌本身就是财富，具有极高的经济价值。因此，产品一旦成为名牌产品必然具有很强的市场吸引力，对消费者具有很强的吸引力。因此，创名牌已成为了众多果品生产者或经营者追求的目标和发展战略。

（2）国家名牌的评价指标　国家质检总局 2001 年 12 月 29 日以 12 号总局令的形式发布了《中国名牌产品管理办法》（以下简称《办法》），《办法》第三章申请条件中规定："市场评价主要评价申报产品的市场占有水平、用户满意水平和出口创汇水平；质量评价主要评价申报产品的实物质量水平和申报者的质量管理体系；效益评价主要对申报者实现利税、成本费用利润水平和总资产贡献水平等方面进行评价；发展评价主要评价申报者的技术开发水平和经营规模水平，评价指标向拥有自主知识产权和核心技术的产品适当倾斜。"

中国名牌产品证书的有效期为 3 年。在有效期内，生产者或经营者可以在获得中国名牌产品称号的产品及其包装、装潢、说明书、广告宣传以及有关材料中使用统一规定的中国名牌产品标志，并注明有效期。对符合出口免检有关规定的，依法优先予以免检。

（四）　品牌的管理

品牌是生产者或经营者的无形资产，提高品牌质量，注重品牌保护是果品生产者或经营者创立品牌后更为重要的工作。一方面应对自己的品牌进行商标注册，获得法律保护；另一方面应加强内部管理，提高产品信誉，提高产品质量，珍惜和维护品牌信誉。加强品牌推广和宣传力度，树立品牌形象，提高品牌知名度和品牌认知度，形成强势品牌。

（五）　商标设计的原则

1. 商标应符合法律的规定

果品的商标（品牌）设计要遵守国内外有关法律、法规，既要遵守中华人民共和国商标法，又要与有关的国际公约、条约相符合。

2. 商标要具有显著特征

商标设计既要注意突出产品特点，又要符合生产者或经营者的形象。商标反映产品特征要求商标含义、商标标记要与产品相符。符合生产者或经营者的形象主要是指，商标要能反映果品生产者或经营者的文化、精神及追求的目标。商标设计不能与他人的商标相似、雷同。仅有本商品通用名称、图形、型号的以及仅仅直接表示商品的质量、主要原料、功能、用途、质量、数量及其他特点的不能作为商标，如不能选用"苹果"及其图案作为苹果的商标，也不能用"一等品"、"10 千克"等作为商标。

3. 商标要有艺术性、宣传性

商标不仅能很好地宣传产品，而且要美观大方，符合公众审美心理要求，符合人们的思维习惯，达到形象性与艺术性的高度统一。体现在表现形式上，要讲究技巧，注重形象提炼，图形构思，色彩利用上要表现出艺术美。

4. 商标要符合民俗、宗教信仰

商标设计应尊重所在国或地区的风俗习惯，避免引起不良反应。不能使用有歧义的商标。

商标是企业和产品的脸面，是反映企业整个形象的关键视觉要素。商标在商品流通中是"无声的推销员"，其有力的推销作用是其他形式不能代替的。

参 考 文 献

[1] 柏永耀．石榴栽培新技术．北京：中国农业出版社，1997．

[2] 蔡新波，蔡炼明，张勇等．日光温室草莓秋冬茬无公害栽培技术．蔬菜，2007，(9)．

[3] 曹慧．无公害果树优质高产栽培技术．北京：中国农业科学技术出版社，2004．

[4] 曹尚银，赵卫东．优质枣无公害丰产栽培．北京：科学技术文献出版社，2005．

[5] 曹玉芬，聂继云．梨无公害生产技术．北京：中国农业出版社，2003．

[6] 晁无疾．无公害葡萄生产技术问答．北京：中国农业出版社，2003．

[7] 崔坤．园艺产品营销．北京：中国农业出版社，2006．

[8] 邓伯勋．园艺产品贮藏运销学．北京：中国农业出版社，2002．

[9] 邓群珍，祝瑛．保护地草莓无公害高产栽培技术．农村科技，2009，(1)．

[10] 冯建国，陶训，于毅等．无公害果品生产技术．北京：金盾出版社，2000．

[11] 冯玉增．石榴优良品种与高效栽培技术．郑州：河南科学技术出版社，1999．

[12] 高金成，张发寿，赵亚夫等．棚式优质无公害草莓丰产五改高效技术．农业装备技术，2006，(4)．

[13] 高岐，王兴刚．草莓无公害栽培技术要点．新农业，2008，(6)．

[14] 高文胜．无公害农产品高效生产技术丛书——苹果．北京：中国农业大学出版社，2005．

[15] 高文胜，吕德国，杜国栋等．我国无公害果品生产与研究进展．北方园艺，2007，(5)．

[16] 郭宝林．果品营销．北京：中国林业出版社，2000．

[17] 郭民主．苹果安全优质高效生产配套技术．北京：中国农业出版社，2006．

[18] 韩礼星，李明．优质猕猴桃无公害丰产栽培．北京：科学技术文献出版社，2005．

[19] 胡征令，王信法．梨树优质丰产栽培技术．上海：上海科学普及出版社，2000．

[20] 花文苏，邵泽亮．保护地草莓半促成无公害栽培技术．现代农业科技（上半月刊），2006，(11)．

[21] 华小平，孔凡标．露地草莓无公害标准化栽培技术要点．中国果菜，2008，(6)．

[22] 冯建国．无公害果品生产技术．北京：金盾出版社，2000．

[23] 黄日静，纪虹宇，张敬强等．温室草莓优质高效无公害栽培技术．北方果树，2008，(3)．

[24] 黄玉萍，郭征．无公害农产品发展综述．中国热带农业，2007，(1)．

[25] 吉沐祥，李国平，霍恒志等．无公害草莓设施栽培技术规程．上海农业科技，2008，(4)．

[26] 蒋锦标，夏国京．无公害水果生产技术．北京：中国计量出版社，2002．

[27] 贾敬贤，曹玉芬，姜淑苓．梨优质高效栽培技术．北京：中国农业科技出版社，2001．

[28] 姜子文，陶爱群．无公害果品生产基地环境质量评价综述．湖南环境生物职业技术学院学报，2008，14 (4)．

[29] 李保国，齐国辉．绿色优质薄皮核桃生产．北京：中国林业出版社，2007.
[30] 李丹，樊秀芳，万怡震．石榴无公害栽培技术要点．陕西农业科学，2006，（1）.
[31] 李显石，范宁，陈志英．草莓无公害高效栽培技术．北方园艺，2007，（5）.
[32] 李宗圈，李志安．无公害石榴生产技术规程．河南农业，2007，（7）.
[33] 刘凤之，汪景彦．苹果优质高产栽培技术．北京：中国农业科技出版社，2001.
[34] 刘建华，万靓军等．无公害农产品的申请认证主体之组成结构分析与发展建议．中国农业科技导报，2009，11（2）.
[35] 刘孟军．枣优质生产技术手册．北京：中国农业出版社，2004.
[36] 刘庆连，宫小迪，赵学常等．无公害石榴生产技术．山东林业科技，2007，（3）.
[37] 刘威生．李树杏树良种引种指导．北京：金盾出版社，2005.
[38] 陆秋农，贾定贤．中国果树志·苹果卷．北京：中国林业出版社，1999.
[39] 吕英华．无公害果树施肥技术．北京：中国农业出版社，2003.
[40] 马之胜，贾云云．桃无公害标准化生产技术．石家庄：河北科学技术出版社，2005.
[41] 农业部农业技术推广总站．核桃优良品种及其丰产优质栽培技术．北京：中国林业出版社，1998.
[42] 普崇连．杏树高产栽培．北京：金盾出版社，2005.
[43] 蒲富慎，王宇霖．中国果树志·梨．上海：上海科学技术出版社，1963.
[44] 曲泽洲．猕猴桃的栽培和利用．北京：农业出版社，1981.
[45] 曲泽洲，王永惠．中国果树志·枣卷．北京：中国林业出版社，1983.
[46] 任守才，丁永川，黄振．软仁石榴无公害高产优质栽培技术．北京农业，2004，（5）.
[47] 阮小凤，杨勇．草莓塑料大棚无公害早熟栽培技术．西北园艺（果树），2006，（3）.
[48] 邵建柱等．杏和李高效栽培教材．北京：金盾出版社，2005.
[49] 沈宝成．石榴优质高产栽培新技术．北京：中国农业出版社，1999.
[50] 石英．保护地桃无公害栽培技术．现代农业科技，2008，（15）.
[51] 束怀瑞等．苹果学．北京：中国农业出版社，1999.
[52] 宋小婕．石榴无公害施肥技术．河北农业科技，2007，（7）.
[53] 孙俊杰，韩璐．优质无公害石榴栽培技术．现代农业科技，2009，（7）.
[54] 孙士宗，王志刚．无公害农产品高效生产技术丛书—梨．北京：中国农业大学出版社，2005.
[55] 万靓军，廖超子等．对强制性无公害农产品认证市场准入的思考．中国农业资源与区划，2009，30（2）.
[56] 汪景彦．苹果无公害生产技术．北京：中国农业出版社，2003.
[57] 王仁才．猕猴桃优质高效生产新技术．上海：上海科学普及出版社，2000.
[58] 王仁才．园艺商品学．北京：中国农业出版社，2007.
[59] 王迎涛，方成泉，刘国胜等．梨优良品种及无公害栽培技术．北京：中国农业出版社，2004.
[60] 王永．北方优质桃无公害生产管理技术．上海：科学普及出版社，2007.

[61] 魏钦平，王小伟，朱丽琴．无公害苹果标准化生产．北京：中国农业出版社，2006.

[62] 武兆瑞，李庆江．我国无公害农产品的发展及举措．农业质量标准，2009，(2)．

[63] 夏树让，孙培博，欧广良．优质无公害鲜枣标准化生产新技术．北京：科学技术文献出版社，2008.

[64] 肖兴国．猕猴桃优质稳产高效栽培．北京：高等教育出版社，1997.

[65] 辛贺明．草莓优良品种及无公害栽培技术．北京：中国农业出版社，2003.

[66] 杨立峰，郝峰鸽，周秀梅．鲜食杏仁用杏栽培技术．郑州：中原农民出版社，2006.

[67] 杨维俊，杨春．日光温室草莓无公害生产技术．农业工程技术（温室园艺），2006，(5)．

[68] 杨永德，李正英，卢白娥等．无公害农产品生产技术及产业发展初探．现代农业科技，2008，(8)．

[69] 杨治元．葡萄无公害栽培．上海：上海科学技术出版社，2003.

[70] 姚春潮．绿色无公害猕猴桃生产技术．西北园艺，2002，(4)．

[71] 姚继锋，张志红，李俊峰等．桃无公害栽培环境要求及品种选择．农业科技与信息，2008，(15)．

[72] 余中树．猕猴桃无公害栽培措施．柑桔与亚热带果树信息，2002，(2)．

[73] 张国海，张传来．果树栽培学各论．北京：中国农业出版社，2008.

[74] 张胜，曹锦明．桃无公害生产技术．北方园艺，2008，(2)．

[75] 张铁强，李奕松，邢广宏．枣树无公害栽培技术问答．北京：中国农业大学出版社，2007.

[76] 张学勤．大果石榴无公害丰产栽培技术．安徽林业，2007，(3)．

[77] 张正，靳建荣，柴福喜，等．浅谈发展无公害农产品的重要性．甘肃农业，2003，(11)．

[78] 赵思东，胡春水．山地猕猴桃低投高效无公害栽培研究．果树科学，1999，(1)．

[79] 周正群．冬枣无公害高效栽培技术．北京：中国农业出版社，2002.

[80] 周正群．无公害金丝小枣优质栽培技术．北京：中国农业出版社，2004.

[81] 朱道圩．猕猴桃优质丰产关键技术．北京：中国农业出版社，1999.

[82] 中华人民共和国农业部．NY/T 394—2000 绿色食品 肥料使用准则．

[83] 中华人民共和国农业部．NY 5013—2001 无公害食品 苹果产地环境条件．

[84] 中华人民共和国农业部．NY/T 5012—2001 无公害食品 苹果生产技术规程．

[85] 中华人民共和国农业部．NY/T 439—2001 苹果外观等级标准．

[86] 中华人民共和国农业部．NY 475—2002 梨苗木．

[87] 中华人民共和国农业部．NY/T 442—2001 梨生产技术规程．

[88] 中华人民共和国农业部．NY/T 5101—2002 无公害食品 梨产地环境条件．

[89] 中华人民共和国农业部．NY/T 5102—2002 无公害食品 梨生产技术规程．

［90］ 中华人民共和国农业部.NY/T 5105—2002 无公害食品　草莓生产技术规程.

［91］ 中华人民共和国农业部.NY 5107—2002 无公害食品　猕猴桃产地环境条件.

［92］ 中华人民共和国农业部.NY/T 5108—2002 无公害食品　猕猴桃生产技术规程.

［93］ 中华人民共和国商业部.GB/T 5835—1986 干枣质量等级.

［94］ 中华人民共和国国家质量监督检验检疫总局.GB/T 22345—2008 鲜枣质量等级.